10,000 lettres d'impression pour 1 centime.

BIBLIOTHÈQUE POUR TOUS

ILLUSTRÉE

ROMANS, HISTOIRE, VOYAGES, LITTÉRATURE, SCIENCES, ETC.

CHAQUE OUVRAGE COMPLET : 50 CENTIMES.

LORETTES ET GENTILSHOMMES

PAR HENRY DE KOCK

Prix: 50 centimes.

60 CENTIMES POUR LES DÉPARTEMENTS ET L'ÉTRANGER.

LIBRAIRIE MODERNE

2 19, BOULEVARD DE SÉBASTOPOL (RIVE GAUCHE) ET RUE DE LA HARPE

GUSTAVE HAVARD, ÉDITEUR.

PARIS, LÉCRIVAIN ET TOUBON, RUE DU PONT-DE-LODI, 5

BIBLIOTHÈQUE POUR TOUS

LORETTES ET GENTILSHOMMES

PAR

HENRY DE KOCK

I. LA FAMILLE BOURDOT.

M. Bourdot était un homme de cinquante-deux ans; il avait cinq pieds quatre pouces, beaucoup de ventre, peu de cheveux, le nez gros, la bouche immense et les yeux petits.

Madame Bourdot était âgée de cinq ans de moins que son mari; elle avait été fort jolie, disait-on, elle possédait même encore ce qu'on appelle de *beaux restes*, — Défiez-vous des femmes qui ont de beaux restes! — mais, telle que nous devons vous la représenter, en commençant cette véridique histoire, ce n'était, à notre avis, qu'une masse de chair, tournant à droite et à gauche, selon que cela était nécessaire, mais avec des difficultés visibles, surmontée d'une tête pointue, où l'on apercevait encore une bouche essayant de temps à autre de sourire pour exhiber des dents assez blanches, un nez aquilin, — l'organe de l'individu qui avait le moins souffert, — et des yeux bleu-faïence sans expression.

M. et madame Bourdot faisaient lit à part depuis longtemps. De méchantes langues assuraient que le propriétaire de la maison qu'ils habitaient, boulevard Saint-Denis, 22, s'était enquis sérieusement de cette particularité avant de leur louer, par intérêt pour ses plafonds qui, aurait-il dit, eussent été incapables de supporter deux pareils poids réunis sur un seul point.

Mademoiselle Herminie Bourdot était ornée de vingt et un printemps. C'était une assez jolie fille, un peu petite, un peu ramassée, — pouvait-elle être svelte, issue d'un père et d'une mère tels que M. et madame Bourdot? — Mais, néanmoins, agréable à la vue, avec ses cheveux blonds, son petit nez retroussé, ses yeux presque égrillards et sa bouche rose et humide.

M. Bourdot se qualifiait de banquier; quelques niais le saluaient de ce titre et poussaient même la complaisance jusqu'à le lui laisser en s'entretenant de lui; mais les gens bien avisés intitulaient moins honorablement M. Bourdot : ils l'appelaient net et crûment : un usurier, et ils n'avaient pas tort. M. Bourdot prêtait de toutes façons : à la petite semaine, sur gages, sur lettres de change, sur billets, à intérêts de vingt-cinq, de cinquante, de cent pour cent. Cela montait parfois jusqu'à cent cinquante ou deux cents... En revanche, cela ne descendait jamais au-dessous de vingt-cinq. Et qu'on ne vienne pas nous dire que ce personnage est fabuleux, qu'un *banquier* de cette espèce est impossible à notre époque, avec nos tribunaux, nos lois et notre police... M. Bourdot existe et il a une infinité de confrères... Ce ne sont pas les commerçants auxquels il faut s'adresser pour obtenir des renseignements sur cette espèce de prêteurs d'argent... la clientèle de ces messieurs gît parmi les fils de famille qui se ruinent, les artistes viveurs et les femmes entretenues... tous gens discrets s'il en fut; maudissant du fond du cœur le juif qui les exploite, mais ne l'accusant pas hautement parce qu'ils savent bien qu'au jour où il n'y aura plus d'usuriers, ils ne pourront plus, eux, ni se ruiner, ni manger leur talent en herbe, ni trouver de ressources quand les charmes seront en baisse.

M. Bourdot était donc un usurier; madame Bourdot tenait la caisse de la maison de banque — d'usure, veux-je dire — Bourdot.

Enfin, mademoiselle Herminie Bourdot était le premier commis de monsieur son père, ou plutôt elle représentait, à elle seule, tous les commis qu'aurait pu avoir M. Bourdot, vu que, dressée de bonheur à cet usage, elle savait sur le bout du doigt ses compte-courants, ses échéances, ses liquidations de comptes à demi et son calcul des agios.

Telle était la famille Bourdot au point de vue commercial : un trio de fripons unis par les liens sacrés et indissolubles de la parenté, et par une ardente et égale ambition, une soif d'acquérir, un instinct de posséder..... A examiner curieusement ces trois personnages on se sentait saisi d'une sorte d'admiration mêlée de terreur, tant on apercevait de singulières sympathies entre ce gros homme au regard fauve, cette grosse femme aux mains crochues, et cette épaisse jeune fille au sourire avide. La famille Bourdot devait devenir millionnaire ou mourir à la peine, et il y avait à parier cent contre un qu'elle deviendrait millionnaire. Dieu avait mis au monde monsieur et madame Bourdot pour voler et pour procréer une fille à leur image.

Au point de vue du monde, c'est-à-dire superficiel, ce nid de vautours était une maison charmante. M. Bourdot donnait souvent de grand dîners, des bals, des fêtes; et comme il a y toujours des gens pour aller manger et danser là où on mange et où on danse, il en résultait, pour ces infortunés qui ignoraient de quel argent on payait les dindes truffées, ou le délicieux orchestre qu'on mettait à leur service, une vénération véritable pour ce bon M. Bourdot qui recevait si bien, pour cette chère madame Bourdot qui avait tant de rondeur, pour cette charmante mademoiselle Bourdot qui polkait si gracieusement. Les quelques victimes de l'usurier, mêlées alors à cette foule bienveillante — je dis *quelques* parce que la plupart auraient cru indigne d'elles de paraître à ces réunions; — gémissaient seules sur ce luxe qui leur coûtaient si cher... Mais, elles gémissaient tout bas... Il est des individus qu'on méprise et auxquels on est forcé de faire bon visage... Cela est triste à dire, mais cela est vrai; il n'y a que l'indépendance qui donne le droit et le pouvoir de cracher aux lâches et aux fripons leurs vérités à la face.

Or, c'était un des derniers jeudis du mois de novembre 184... Trois heures venaient de sonner; la famille Bourdot se trouvait réunie dans la petite salle qu'elle intitulait pompeusement ses bureaux; mademoiselle Herminie, debout devant un grand livre, placé sur un pupitre élevé, parachevait un bordereau; madame Bourdot, assise un peu plus loin, faisait sa caisse; enfin M. Bourdot se promenait à pas lents dans l'espace étroit, resté libre entre sa femme et sa fille, de l'air d'un homme qui cherche la solution d'un problème difficile.

Lorsque l'arrivée d'un jeune homme arracha nos trois associés à leurs occupations respectives.

Ce jeune homme avait ouvert d'une main exercée la porte qui donnait du palier dans les bureaux de la maison Bourdot, puis, saluant gaiement de cette phrase : « Bonjour, mes enfants » le trio laborieux, il avait passé la frontière en grillage, qui séparait la salle en deux parties, l'une destinée au public, l'autre à l'usage du banquier et de ses commis, et s'était jeté sur un fauteuil de maroquin, auprès de madame Bourdot.

A la vue de ce jeune homme, une expression de plaisir parut à la fois sur les traits de chacun des membres de la famille Bourdot. Le père s'avança vivement vers le visiteur et lui tendit la main, — politesse à laquelle ce dernier répondit en offrant négligeamment un doigt long, rose et effilé; la fille abandonna son calcul d'escompte, et fit volte-face du côté de l'étrang[illegible]ain, la mère remit en caisse un sac de mille francs qu'elle s'apprêtait à aligner par piles, et s'écria :

— Oh! que c'est donc gentil à vous de venir nous voir, monsieur de Bergue!

— Il y a si longtemps que nous n'entendons plus parler de vous! ajouta mademoiselle Herminie.

— Vous négligez si fort vos amis... vos véritables amis!... continua Bourdot.

De Bergue accueillit cet assaut de politesses par une inclination de tête. Son regard, se promenant de mademoiselle Herminie à monsieur et à madame Bourdot, fut tour à tour, presque tendre, presque affectueux, presque aimable...

— Ne me grondez pas! mes enfants, je vous en supplie, fit-il; j'arrive de la Lorraine où j'ai passé deux semaines chez un de mes amis à chasser, à boire et à jouer...

— C'est cela! repartit Bourdot d'un ton grondeur, à jouer surtout! et monsieur n'a plus le sou, et nous ne devons sa visite qu'au besoin qui le talonne de remplir son escarcelle?

Cette fois le regard du jeune homme, fixé sur l'usurier, étincela d'ironie... sa bouche s'entr'ouvrit prête à lancer quelque sarcasme peut-être... mais aussitôt, par un rapide effort sur lui-même, il reprit sa physionomie seulement enjouée, et tendit de nouveau l'index à son gros interlocuteur, qui le saisit avec un empressement respectueux :

— Oui, oui, répliqua-t-il, je n'ignore pas que votre maison est toujours à mon service, mon cher Bourdot... et je vous sais gré de vos aimables reproches... mais vous vous trompez en attribuant ma visite à un besoin d'argent... je n'ai jamais été si riche, au contraire, qu'aujourd'hui... j'ai beaucoup joué chez de Tiverval.... à Nancy... mais j'ai beaucoup gagné... vous voyez que ce n'est pas du temps trop mal employé!

— Heureux mortel! grimaça Bourdot.

— Ce qui m'amène chez vous, continua de Bergue, c'est un motif tout fortuit! Je vous avouerai même, — dût ma franchise m'attirer la colère de mademoiselle Herminie et de madame Bourdot, — que je ne comptais pas avoir l'honneur de vous saluer ce soir... je ne suis de retour à Paris que depuis dix jours, et après une absence on a tant à faire chez soi!... mais comme je passais dans mon cabriolet devant votre maison, j'en ai vu sortir... une personne... à laquelle je porte le plus grand intérêt... et j'ai désiré savoir si cette personne ne venait pas... de vous parler?...

Ces derniers mots furent prononcés par de Bergue avec une sorte d'inquiétude.

— Comment se nomme la personne en question? fit Bourdot.

Le jeune homme hésita une seconde; on eût dit qu'il craignait de compromettre le nom qu'on lui demandait en le confiant à l'usurier.

— André Schneider, dit-il enfin.

— André Schneider... un peintre... un homme de quarante-cinq à cinquante ans?

— C'est cela!... il s'est donc présenté chez vous?

— Sans doute, repartit Herminie, en prenant un papier sur son pupitre... tenez... voilà le billet qu'il nous a souscrit...

— Il a l'air d'un homme charmant! ajouta madame Bourdot... une belle tête... c'est singulier... tenez... sans compliment... je trouve qu'il y a entre vous et lui un peu de ressemblance... n'est-ce pas Herminie?

— Je l'avais déjà pensé, maman, répondit la grosse jeune fille qui baissa les yeux.

Mais de Bergue n'avait pas entendu les observations flatteuses de la mère et de la fille. A l'aspect du billet souscrit par André Schneider il s'était levé brusquement, avait saisi l'effet et en regardait le chiffre.

— Mille francs, murmurait-il, je ne m'étais pas trompé... juste la somme qu'il m'a donnée!... il n'avait pas d'argent! et c'est pour moi...

Et... à quel taux lui avez-vous prêté cela? continua-t-il tout haut en se tournant vers l'usurier qui le considérait d'un air ébahi.

— Hé! hé! répliqua celui-ci... ce farceur de de Bergue, on voit bien qu'il est l'ami de la maison... il vous adresse de ces questions!...

— Voyons! voyons! reprit le jeune homme d'un ton d'impatience.... je vous ai dit que je m'intéresse à M. André Schneider...

— Eh bien! cher petit... que ne s'est-il présenté de votre part! je l'aurais traité plus doucement... l'argent est cher...

et puis, un peintre... les renseignements ont été bons, néanmoins... ça lui coûte trente-deux et demi...

— Et l'effet est à six mois... c'est bon, Bourdot... si, à l'échéance, on n'était pas en mesure, c'est moi qui payerais ce billet... je m'y engage... entendez-vous?

— Comment donc, mon ami... tout ce que vous voudrez... mais, encore une fois, si j'avais su que ce M. Schneider...

— Il n'y a pas de mal... vous faites votre métier... tant pis pour ceux qui ont besoin de vous!...

Et comme pour adoucir la crudité de sa phrase, de Bergue la termina par ces mots qu'il accompagna d'une tape sur le ventre de l'usurier :

— N'est-il pas vrai, gros bandit que vous êtes!

— Hé! hé! ricana de nouveau Bourdot, on est banquier ou on ne l'est pas; vous concevez bien que là où il y a des chances à courir il faut des bénéfices... équivalents... Ce M. Schneider aurait bien pu courir mille fois chez les Rotschild, les Laffite et les Ganneron... on ne lui aurait pas avancé deux liards sur sa signature... tandis que moi... dam!... je suis un peu... dur... mais j'oblige, du moins...

— Vous avez raison... il faut arrondir la dot de la charmante Herminie...

— Nous y songeons! nous y songeons!... repartit madame Bourdot en se cabrant fièrement sur son fauteuil, et nous pouvons vous assurer d'avance que celui qui l'épousera ne fera pas un mauvais rêve...

— C'est ce que j'ai toujours pensé, répliqua de Bergue en imprimant galamment ses lèvres sur les mains rouges et bouffies de la jeune fille.

— Au reste! je ne suis pas si noir que j'en ai l'air, reprit Bourdot, qui, à la vue de l'hommage rendu à sa fille par de Bergue, avait échangé avec sa femme un coup d'œil d'intelligence; tenez... mon bon ami, vous êtes discret, vous... on peut vous parler sans crainte... eh bien! dans ce moment, si je voulais... j'ai de quoi envoyer un de vos confrères... un lion, et des plus huppés... au bagne... à moins que je ne préfère transiger avec ma conscience et gagner quelques milliers de francs.

— Bon! je suis tranquille pour mon confrère, comme vous l'appelez, repartit de Bergue en riant, vous transigerez avec votre conscience... Bourdot... Diable... il y a de quoi... le bagne... c'est un fort vilain endroit, assure-t-on... Et qu'a donc fait ce pauvre lion, s'il vous plaît?

— Un faux, tout simplement!

— Un faux!

— Oui... je lui avais refusé de l'argent... non par peur, mais parce que je ne me trouvais réellement pas en fonds pour le moment... De quoi s'est avisé mon drôle!... — Ah ça! encore une fois! songez que ceci est une confidence... après cela... vous ne saurez pas le nom... je suis bête... — il a tiré sur moi une lettre de change de Nantes où il se promenait alors, il a endossé cette lettre à mon nom... ma signature parfaitement imitée, ma foi... puis il m'a averti du tour après s'être procuré de l'argent... du tour... il intitule cela un tour... qu'en dites-vous?

— Je dis que c'est un acte de folie auquel vous ne pouvez donner de l'importance...

— Vous êtes charmant, vous! je n'en ai pas moins payé la lettre de change ce matin et ça aurait pu me gêner...

— Mais puisqu'il vous avait prévenu... que n'alliez-vous le trouver?...

Bourdot ne répondit rien, mais sa femme répliqua pour lui :

— C'est un jeune homme très-riche, ou du moins qui le sera un jour, il n'y a pas de mal de lui donner une leçon.

— Une leçon! pensa de Bergue, c'est-à-dire que les brigands spéculeront d'une manière infâme sur la faute de ce malheureux jeune homme... un enfant peut-être, qui a pris un crime pour une plaisanterie.

Et vous refusez de me dire le nom de votre monsieur à la lettre de change? reprit-il en regardant l'usurier.

Celui-ci secoua résolument la tête.

— Impossible, mon cher, répondit-il; je serais même désolé que vous racontassiez cette affaire quelque part... je vous le répète, à tout autre que vous...

— Est-ce que je le connais? interrompit de Bergue.

— Sans nul doute!...

— Quel âge a-t-il?...

— Oh! vous m'en demandez trop... laissons cela, mon bon... vous dites donc?

— Non pas! reprit de Bergue, dont les sourcils se rapprochaient de plus en plus; puisque vous avez commencé, vous achèverez. Je ne vous lâche plus...

— Qu'il est gentil! fit madame Bourdot avec un regard caressant, si c'était un de vos amis, nous ne nous ferions pas prier...

— Mais, au contraire!...

A ce : au contraire, imprudemment échappé à mademoiselle Herminie, de Bergue tressaillit et se posant en face de l'usurier :

— C'est Edgard de Beauvilliers, fit-il.

En dépit de sa grande habileté à conserver, en quelque occasion que ce fût, un visage impassible, Bourdot ne put réprimer un mouvement des muscles à ce nom : Edgard de Beauvilliers. De leur côté, madame Bourdot et sa fille se regardèrent stupéfaites.

— C'est lui! c'est bien lui!... c'est cela!... Il était à Nantes il y a un mois, continua de Bergue en arrêtant d'un geste l'usurier près de répondre. Bourdot, à combien s'élève cette lettre de change?...

— Mais vous êtes dans l'erreur, mon cher... il ne s'agit nullement ici d'Edgard de Beauvilliers...

— Chut!... ne mentez pas!... tenez, votre femme et votre fille ne disent rien, elles... elles savent bien que ce n'est pas la peine de nier; je vous en prie, Bourdot, répondez-moi : de combien est cette malheureuse lettre?

— Mais...

— Allons! dis-lui, puisqu'il a deviné, reprit madame Bourdot à son mari. M. de Bergue est incapable de faire un mauvais usage de ce secret.

— Sans doute! pourtant...

— Le chiffre, Bourdot, le chiffre?

— Deux mille francs, là! cria Herminie.

— A! ça! les miens me trahissent maintenant!.. murmura l'usurier avec un sourire où perçait quelque colère.

— Deux mille francs! répéta de Bergue.

Il tira son portefeuille de sa poche.

— En voici trois, continua-t-il; vous n'avez déboursé votre argent que ce matin, vous gagnez donc mille francs d'intérêt pour un jour. C'est la plus belle affaire de votre vie... Donnez-moi la lettre de change, Bourdot.

Et, comme la famille Bourdot demeurait muette de stupéfaction devant le jeune homme, il continua en serrant à la fois dans ses mains la main du mari et celle de la femme, — ce qui n'était pas chose si facile à exécuter qu'on peut le croire :

— Voyons! vous savez que je suis incapable d'une mauvaise action, n'est-ce pas? Je n'aime pas M. Edgard de Beauvilliers, cela est vrai... mais... ceci va vous surprendre, sans doute, et c'est pourtant la vérité, je serais désolé qu'il arrivât malheur à cet enfant; car c'est un enfant, il n'a pas vingt-deux ans. Vous vouliez lui donner une leçon, Bourdot; je m'en charge, c'est une besogne de moins pour vous. Vous gagner mille francs pour votre argent déboursé, c'est raisonnable, il me semble; je suis presque certain, même, que vous ne comptiez pas sur un pareil bénéfice. Vous n'auriez pas cherché le scandale!.... votre intention n'était pas d'abuser d'un moment de folie d'Edgard, en le lui faisant payer trop cher!... Toutes les choses sont donc au mieux; et si, pour vous décider, j'ai besoin d'employer des arguments plus sérieux, je vous dirai, Bourdot, et vous, madame, que c'est, non seulement à des amis, mais.... mieux que cela, à des gens que je considère *déjà* comme de ma famille, que je crois m'adresser maintenant.... avec assez de confiance pour espérer qu'ils ne me refuseront pas la faveur que je réclame...

La première partie de ce discours débité d'un ton pathétique par de Bergue avait laissé froids Bourdot et sa femme... à la narration, ils s'émurent... et la péroraison les trouva vaincus...

Prenant un air grave et bienveillant à la fois, — l'air d'un homme qui remplit un devoir doux à son cœur, — l'usurier se dirigea vers son bureau, tandis que madame Bourdot appelait à elle, d'un regard, Herminie demeurée interdite et de l'action et des paroles du jeune homme.

De Bergue arracha plutôt qu'il ne prit des mains de Bourdot la fameuse lettre de change, la parcourut d'un coup-d'œil, et poussa une exclamation de joie.

— Songez, Stéphen, que c'est une grande marque d'attachement que je vous donne là, fit sentencieusement l'usurier... c'est d'avantage, même, car lorsque Edgard de Beauvilliers saura...

— Ne craignez rien! nous arrangerons tout cela! interrompit Stéphen... adieu, mes enfants! Bourdot, vous êtes un brave et honnête banquier!... madame Bourdot... je vous porte dans mon cœur... et, vous, Herminie... je vous aime de toutes mes forces... adieu! adieu!

Et de Bergue serra une dernière fois les énormes doigts de l'usurier et de sa moitié, puis il prit son chapeau... mais comme il saluait Herminie, je ne sais comment il se fit que la tête de la jeune fille se trouva si près de la poitrine du jeune homme, qu'il crut sans fatuité, voir un désir dans cet extrême rapprochement... Il est des moments où l'on sent que l'on peut tout oser... cette science là est celle des grands capitaines en guerre comme en amour... Stéphen n'en était pas à ses premières armes; il n'aimait pas Herminie, assurément, mais elle était jeune, fraîche, potelée... elle désirait.... n'eût-il pas été cruel de refuser quelque chose à celle qui venait de le servir si bien une minute auparavant.

Se penchant donc rapidement vers la fille de l'usurier, Stéphen posa ses lèvres sur des lèvres qui loin de se détourner....

O amour!... pauvre Herminie! elle aimait bien l'argent, mais le baiser de Stéphen lui fit palpiter plus violemment le cœur que ne l'aurait pu faire à ce moment l'aspect d'un morceau d'or!

O amour paternel! M. Bourdot et sa femme ne menaient pas leur fille au théâtre du Palais-Royal, sous prétexte qu'on y joue des vaudevilles trop décolletés... et ils n'avaient pas bronché en la voyant tendre ses lèvres à un jeune homme qu'elle voulait pour mari.

Stéphen était déjà loin et M. Bourdot et sa femme souriaient encore à leur fille qui n'avait pas la force de sourire.

II. — PLUSIEURS PERSONNAGES QU'IL NOUS FAUT CONNAITRE.

En sortant de chez les Bourdot, Stéphen de Bergue monta dans un élégant cabriolet que gardait un domestique à livrée bleu en face de la maison de l'usurier.

— Au café de Paris, Louis, fit Stéphen au domestique.

Puis Stéphen demeura pensif, la tête penchée en arrière, les yeux distraitement arrêtés sur l'alezan qui arpentait, d'un pas rapide, les boulevards.

Tout-à-coup, à la hauteur du Gymnase, à peu près, Louis retint, d'une main exercée, son cheval, et se tourna vers Stéphen :

— M. Perret, dit-il, en indiquant de l'œil à son maître, un jeune homme arrêté sur le bord du boulevard.

— Perret! répéta Stéphen arraché à sa rêverie.

Il tourna la tête du côté indiqué et fit signe au jeune homme, qu'on lui avait nommé, de venir à lui.

M. Edmond Perret avait vingt-sept ans: il était d'une taille un peu au-dessous de la moyenne, mais bien prise; il avait le teint brun, les yeux noirs et expressifs, le nez aquilin, la bouche surmontée d'une fine moustache aux poils brillants et soyeux.

Stéphen—nous saisissons cette occasion de vous faire connaître physiquement ce personnage—était plus jeune de deux ans qu'Edmond. Il était grand et mince, mais sa poitrine large, ses bras au biceps vigoureux, annonçaient la force et la santé. Son œil bleu et bien fendu était spirituel, souvent railleur; il avait le nez droit et un peu long, la bouche un peu grande, mais garnie de perles, le front développé, les cheveux d'un blond cendré. Ainsi qu'Edmond, sa lèvre supérieure était ornée d'une moustache délicate, mais qui visait plus que celle de ce dernier à la crânerie, avec ses extrémités relevées en crocs.

Edmond avait pris dans le cabriolet la place de Louis qui était monté derrière, les reines remises entre les mains de son maître.

— Vous sortez de la répétition? mon ami, fit Stéphen lorsque le cheval eut repris sa course, stimulé par un coup de fouet.

— Oui.

— Cela marche-t-il bien?

— J'espère passer dans dix jours.

— Tant mieux! nous irons vous applaudir.

— Puisse tout le monde vous imiter, Stéphen!

— Allons! encore des idées noires, comme l'autre semaine, la veille de votre première aux Variétés! Fi! Edmond! après le joli succès que vous venez d'obtenir, devriez-vous douter de vous-même et du public! Vous avez de l'esprit, vous acquerrez, en travaillant, du savoir-faire! puis il vous faudra prendre peu à peu—dans le monde, j'entends! jamais avec vos amis, au moins!—quelques airs de suffisance et beaucoup d'applomb!—Il n'y a rien qui vous pare un homme comme l'impertinence!—et dans quatre ou cinq ans, au lieu d'être obligé de vous adjoindre un collaborateur, ainsi que vous l'avez fait jusqu'à présent, selon le désir de ces messieurs les Directeurs, c'est vous qui deviendrez — toujours selon le jargon du métier — chef de collaboration! Vous marchez à la fortune, vous entrerez à l'Académie...

— Assez! assez! interrompit Edmond en souriant, en vérité je serais presque tenté de croire à la réalisation de ces beaux rêves, tant vous parlez avec conviction! Mais tout le monde ne vous ressemble pas, Stéphen, s'intéressant, sans le connaître, à un pauvre garçon sans appui, sans famille; sans fortune! Vous m'avez puissamment aidé, et, en échange de votre généreuse conduite, je vous ai voué une amitié éternelle, j'accepte aussi, en partie, vos prédictions de bonheur et de fortune..... Vous êtes mon ange gardien et tant que je vous verrai à mes côtés, je serai fort et confiant! mais quant à vos conseils dans le cas où je réussirais, je ne veux y voir qu'une plaisanterie! Les plaintes de ceux que j'écraserais, si jamais un sot orgueil me montait à la tête, me rappelleraient trop le temps où je souffrais du dédain ou de l'indifférence!

— Allons! repartit Stéphen, vous êtes fort innocent, je le sais, mais je veillerai à ce qu'on n'exploite pas trop cette candeur, digne de l'âge d'or!.... Vous dînez avec moi, Edmond?..

— Pardon! mais j'aurais désiré...

— Vous livrer aux douceurs d'un beefteack, en compagnie de votre Delphine, peut-être?..

Edmond se troubla légèrement.

—Ce n'est pas cela, dit-il; M. Schneider et sa fille sont aux Variétés, et je leur ai promis...

—De les rejoindre?... Nous irons ensemble, mon ami. Aussi bien, je serai content de voir Schneider et sa chère Paule.., et d'ici là, tout en dînant, nous causerons d'eux si vous voulez?

—Vraiment! vous êtes si aimable! je ne puis vous refuser.

— Et puis, vous n'êtes pas fâché de cette occasion de parler à votre aise de Paule, n'est-il pas vrai?

Edmond ne répondit rien, mais une rougeur passagère vint encore colorer son visage. Stéphen avait déjà sauté hors du cabriolet: nos deux jeunes gens, bras dessus, bras dessous, entrèrent au café de Paris.

Il était six heures. Les dîneurs commençaient à arriver; Stéphen, avant de prendre place à une table avec Edmond, salua, en passant, quelques connaissances: l'une d'elles,— un homme de soixante ans environ, décoré, et mis avec une recherche juvénile, ridicule sous ses cheveux blancs,—tendit avec empressement la main à de Bergue.

— Quel est donc cet homme? demanda Edmond à Stéphen, je le rencontre partout: sur les boulevards, aux promenades, dans les théâtres; sa mise, assez singulière pour son âge, ses manières, son langage plus étonnant encore me divertissent beaucoup, et je n'ai pas eu, jusqu'à présent, occasion de savoir son nom.

—C'est le général de la Ferme, repartit Stéphen, un vieux soldat de la fin de l'Empire, transformé pour le moment en coureur de ruelles,—style de nos gentilshommes!—Comment, vous ne connaissiez pas le général de la Ferme, mon cher ami? mais depuis la Bastille jusqu'à la Madeleine, depuis la grisette du Marais jusqu'à la femme entretenue de la rue de la Paix, depuis le lion du faubourg Saint-Denis jusqu'au gentilhomme de la Chaussée-d'Antin, tout le monde connaît le général de la Ferme!.. c'est le plus enragé mauvais sujet,—et ces dames assurent qu'il mérite cette épithète, —le plus beau joueur, le gastronome le plus distingué!.. Il aime toutes les femmes, tient la banque au lansquenet avec une grâce parfaite, et ingurgite six bouteilles de champagne sans se griser!... Je vous ferai faire sa connaissance, Edmond, ainsi que celle de sa maîtresse... une lorette assez jolie... son pot au feu, dit-il, qui lui reste fidèle par tendresse... et pour les mille francs qu'il lui offre par mois... Tenez, il s'aperçoit que je vous entretiens de lui, et il se rengorge, le vieux fat! Vous verrez, il est très-amusant à entendre raconter ses conquêtes guerrières et galantes..... Il vous aimera tout de suite!.. il raffole des écrivains, les journalistes exceptés, parce que ces messieurs se permettent souvent de raconter au public ses équipées galantes.

Mais, laissons le général, s'il vous plaît, et parlons de Schneider, notre bon artiste. Voyons, Edmond, soyez franc: voilà deux mois à peu près que vous allez chez Schneider, c'est même à l'une de vos premières visites à mon vieil ami que je dois le plaisir de vous connaître... vous vous êtes présenté d'abord chez lui, comme on se présente partout où le hasard vous mène..... dans l'intention seulement de tuer le temps!.. Aujourd'hui, est-ce toujours une simple distraction que vous cherchez dans sa société?..

Edmond hésita un instant; son regard arrêté sur celui de

Stéphen semblait y vouloir lire la pensée qui dictait ces paroles; enfin il répondit :

— Mon voisinage avec M. Schneider est un des principaux motifs de mes fréquentes visites. Logé dans la même maison qu'un homme charmant, qu'un artiste estimé, qui a la bonté de m'engager à venir causer de temps en temps avec lui, il est tout naturel...

— Chut! Edmond, pas de faux-fuyants, je vous prie; je vous demande de la franchise, et vous me répondez; voisinage, artiste estimé, quand il y a à mentionner principalelement une jeune fille, belle et pure comme un ange!.. Eh bien? puisque vous êtes si discret, je me montrerai bavard pour vous!.. Je ne suis pas aveugle, mon ami, et j'ai la certitude que vous êtes amoureux de Paule!.. hein! vous tressaillez!... sournois!... puisque je vous ai tendu jusqu'à présent une main amicale, pourquoi ne continueriez-vous pas de la presser sans crainte?.. Vous vous êtes figuré, peut-être, en me voyant si bien accueilli dans la maison de Schneider, que je devais être redoutable à vos rêves.... à vos espérances!... Mais ne vous êtes-vous pas aperçu aussi que je traite Paule comme une sœur, et qu'elle-même s'arrête, parfois, prête à m'appeler son frère?... Nous nous sommes connus enfants, nous avons grandi ensemble sur les genoux de Schneider, nous lui fermerons ensemble les yeux. Tel est le lien qui nous unit tous deux. Une même et immense tendresse pour cet homme... un même et immense désir de le voir heureux et de ne lui donner jamais un sujet de chagrin...

— Oh! repartit Edmond, dont les traits s'étaient animés d'une expression de joie tandis que Stéphen parlait, l'assurance, que vous me donnez là, de ne rien redouter de vous comme rival, est superflue... j'avais souvent, en effet, remarqué combien étaient simples et réservés vos soins auprès de Paule, et cette pensée que vous ne l'aimiez pas... d'amour... était un motif de plus pour moi de vous chérir et d'accepter vos services...

Néanmoins, je vous remercie, Stéphen, de ce que vous venez de me dire... je n'appréhendais aucun obstacle de votre part... mais j'ai été si malheureux... jusqu'aujourd'hui... que je n'osais m'arrêter à l'idée qu'il me fût permis d'adorer Paule...

— Et que Paule pût vous aimer?... Allons! ne rougissez pas!... Oh! elle vous aime!... je le sais, moi!...

— Vraiment... elle vous l'aurait dit?...

— Pas tout-à-fait! Peste! comme vous y allez, mon cher!... on voit bien, messieurs les auteurs, que vous avez l'habitude de vivre avec des hommes et des femmes imaginaires qui se prennent de passion en cinq minutes et se prouvent leur tendresse après un quart-d'heure d'entretien!... non... Paule ne m'a rien confié jusqu'à présent... mais cela arrivera...

— Hélas! quand elle m'aimerait, interrompit Edmond d'un ton triste, à quoi cela me servirait-il! Vous avez raison, Stéphen, je me laisse emporter par des chimères... la fille de M. Schneider peut-elle devenir la femme d'Edmond Perret...

— Pourquoi pas! si Edmond Perret travaille et acquiert de la réputation? Croyez-vous donc que Schneider doive se montrer exigeant... oh! sa fortune n'est pas considérable!.. je le sais mieux que personne... Sans ambition, sans audace, il a passé sa vie à faire de l'art... et on ne s'enrichit guère à ce métier-là...

— Alors, si les difficultés ne viennent pas du côté de Paule...—je vous l'ai dit, Stéphen... je suis malheureux... — elles viendront donc du mien... Une chaîne de fer me retient et...

Edmond fut interrompu, à ce moment, par un grand bruit: deux jeunes hommes prenaient place à la table voisine et l'un d'eux, en passant, avait heurté du coude et fait tomber à terre la bouteille de vin de Bordeaux à demi-vidée par Stéphen et son convive.

Edmond se tourna vers l'auteur de cette maladresse; il s'attendait à quelques mots d'excuse fort naturels en pareil cas, mais à peine eût-il jeté les yeux sur le visage de ce monsieur, qu'il pâlit...

Stéphen, lui-même, parut, un instant, sous l'impression d'un sentiment pénible et apercevant les nouveaux venus.

L'un d'eux — celui qui avait renversé la bouteille et qui se trouvait, alors, assis à la gauche d'Edmond Perret—était un jeune homme de vingt-quatre à vingt-cinq ans. Il avait les traits fins et réguliers, mais sa physionnomie empreinte d'une rare impertinence déplaisait dès le premier abord.

Mis selon les lois les plus extravagantes de la mode, il portait un chapeau aux bords imperceptibles, un gilet de soie qui lui descendait presque à la naissance des cuisses, un habit qu'un paysan n'eût pas renié pour sa propriété tant il était lourd et sans grâce, enfin un pantalon collant par le haut et qui allait en s'élargissant comme un entonnoir sur la botte.

Le partner de ce monsieur était vêtu dans le même style. Assez joli garçon également, il possédait une nuance d'impertinence de plus que le premier; en revanche il avait l'air beaucoup moins distingué.

Cependant un garçon du restaurant était accouru enlever les débris de la bouteille et essuyer le vin qui couvrait le plancher.

Edmond avait détourné la tête.

Mais Stéphen était redevenu calme comme auparavant. Laissant le garçon achever sa besogne, il offrit à Edmond d'une charlotte de pommes, et sur le refus de celui-ci, il plaça sur sa propre assiette, ce qui restait de l'entremets, puis, le garçon s'étant éloigné, Stéphen adressa d'une voix haute ces paroles au monsieur assis près d'Edmond.

— Monsieur de Beauvilliers, je croyais que parce que l'on était maladroit cela ne dispensait pas de se montrer poli?

Une vive contraction plissa le front du personnage interpellé... mais il se tut... son compagnon prit la parole pour lui :

— Nous vous remercions de la leçon, monsieur, fit-il en adressant à Stéphen un regard qui appelait un soufflet, mais si vous aviez daigné attendre une minute, vous auriez vu que nous serions désolés de faire le moindre tort à personne. Quel vin buviez-vous, messieurs?... On mettra sur notre addition la bouteille dont nous vous avons privés....

Un sourire de mépris erra sur les lèvres de Stéphen.

— Ce n'est pas à vous que je parle; monsieur Raymond de la Gaule, repartit-il, et je présumais M. le vicomte assez grand pour me répondre...

Le jeune de Beauvilliers, à cette réplique, pâlit comme l'avait fait Edmond à sa vue, et, rendant mépris pour mépris à Stéphen, il s'écria :

— M. Raymond de la Gaule a très-convenablement répondu, monsieur Stéphen de Bergue, et je suis étonné que vous fassiez tant de bruit pour une malheureuse bouteille brisée... en vérité... je serais tenté de supposer qu'il ne vous arrive pas de boire du vin tous les jours.....

Cette fois, ce fut au tour de M. Raymond de la Gaule de changer de couleur; la riposte de son compagnon était d'une insolence telle que, croyant, sans doute, qu'elle serait accueillie d'une manière fâcheuse, il se recula sur son siége en jetant du côté de Stéphen un coup-d'œil presque craintif.

Edmond, au contraire, poussa une exclamation de colère et se leva brusquement, comme s'il n'eût attendu qu'un mot de Stéphen pour le venger de l'insulte lancée; mais à la grande surprise du jeune auteur, Stéphen se contenta de laisser échapper un ricanement sardonique, en l'invitant d'un signe, lui, Edmond, à se rasseoir.

Tout ce que nous venons de raconter, se passa en moins de temps qu'il ne nous en a fallu pour l'écrire. A peine si quelques dîneurs rapprochés remarquèrent cet incident, et encore y donnèrent-ils peu d'attention..... le bruit des conversations avait étouffé les éclats de voix... et d'ailleurs les gens qui se disputent ressemblent tant à des gens qui s'amusent, parmi le monde des gentilshommes, que personne, dans le restaurant, ne soupçonna même une querelle entre nos quatre personnages.

— Prenons-nous encore quelque chose, Edmond? fit Stéphen.

Edmond secoua négativement la tête.

— Partons donc! continua Stéphen..... Joseph... tenez... payez-vous.

Joseph—le garçon qui avait réparé le dégât causé par M. de Beauvilliers—prit le louis que Stéphen lui jetait sur la table, et s'éloigna.

Edmond considérait son ami.

Raymond de la Gaule et Edgard de Beauvilliers observaient, de leur côté, tous les mouvements de Stéphen.

Ils paraissaient tous trois, chacun suivant la connaissance qu'il possédait du caractère de l'individu, étonnés du calme qu'il montrait en cette circonstance.

Mais tout n'était pas fini.

S'avançant lentement dans l'intervalle qui séparait la table qu'il quittait de la table de Raymond et d'Edgard, Stéphen, après avoir pris son chapeau accroché à une patère, se pencha, l'œil toujours souriant, vers celui qui l'avait insulté.... Edgard, d'un mouvement machinal, se recula un peu...

— N'ayez pas peur, monsieur, fit Stéphen presqu'à l'oreille du jeune homme... mais il faut bien que je réponde à votre plaisanterie de tout-à-l'heure, n'est-ce pas? Eh bien! monsieur Edgard de Beauvilliers, je vous jure que vous vous abusez au sujet de mes goûts bachiques : je bois du vin tous les jours et je n'ai pas encore recouru pour le payer à un moyen que vous trouverez, j'en suis sûr, ainsi que moi, des plus dangereux : celui de se faire de l'argent avec de faux billets...

Là-dessus, Stéphen s'inclina légèrement devant Edgard de Beauvilliers dont le visage était devenu livide... et sans s'occuper de M. Raymond de la Gaule qui l'examinait avidement, il passa son bras sous celui d'Edmond et sortit avec lui du restaurant.

III. — CONFIDENCES.

Stéphen et Edmond firent, d'abord en silence, quelques pas sur le boulevard.

Enfin le premier s'écria en regardant en face son compagnon :

— Vous connaissez donc Edgard de Beauvilliers, mon ami ?

— Oui, oui,... je le connais ! repartit Edmond d'un ton amer, vous avez remarqué mon trouble à son aspect, n'est-ce pas ? Cet homme est pour moi, en dépit de ma raison, ce que devait être pour Hamlet l'ombre de son père assassiné.

Et, pourtant, nous ne nous sommes jamais adressé ni l'un ni l'autre la parole ! Lui, il ne sait qui je suis et ne se soucie guère, je pense, de le savoir...

Tout cela se rattache aux confidences que j'allais vous faire, tout entières, Stéphen, lorsque j'ai été interrompu par son arrivée et l'incident qui l'a suivie... Que d'insolence ! et ce jeune homme, dit-on, est d'une des meilleures familles ? Mais pour s'être conduit si indignement, il a donc quelque sujet de mécontentement contre vous ?

— Je vous conterai cela plus tard, Edmond ; qu'il vous suffise maintenant d'être certain que nous sommes déjà bien vengés de la conduite d'Edgard, et que cette vengeance n'en restera pas là ! Avez-vous remarqué son effroi après que je lui eus parlé à l'oreille ?

— Oui, et je l'avoue, j'ai craint que vous ne fussiez allé trop loin ! Son offense n'est pas de celles dont on exige une réparation où vous auriez à risquer autant que lui... le mépris seul...

— Bah ! vous avez cru que je le provoquais ?... non pas ! non pas !

Et Stéphen secoua énergiquement la tête.

— Je me juge aussi courageux qu'un autre, Edmond, mais jusqu'à présent je n'ai point confié ma vie aux éventualités d'un duel, et je me suis promis de ne jamais mettre les armes à la main que pour une sainte cause... D'ailleurs, s'il faut vous le dire, mon ami, tout en blâmant l'arrogance habituelle du ton et des manières d'Edgard, j'ai mes raisons pour ne pas chercher à l'en punir trop sévèrement ; ce jeune homme m'est sacré... je ne ressens aucune haine contre lui et j'aurais désiré que par ses façons à mon égard, il me permît de l'aimer... il ne l'a pas voulu ; nous passons partout pour deux ennemis irréconciliables, on se trompe partout ! encore une fois, Edgard est libre de me détester, mais je ne puis, je ne dois voir en lui qu'un étourdi qui, malgré tout, a droit à mon indulgence !

— Et cependant, fit Edmond, vous me parliez tout-à-l'heure de vengeance ?

— Oui, repartit Stéphen, je me vengerai de tout ce qu'il m'a fait souffrir depuis longtemps... mais je me vengerai de lui à moi... sans que le monde ait rien à voir dans ce qui se passera entre nous, et de manière qu'Edgard ou me craindra en me respectant comme un censeur sévère de ses actions, ou deviendra mon ami s'il a encore au cœur quelques nobles cordes qu'on puisse faire vibrer.

Mais voici les Variétés. Avant d'entrer, tout en fumant un cigare, voulez-vous achever vos confidences ? nous en étions sur un obstacle qui se trouvait, disiez-vous, entre la fille d'André Schneider et vous. Etes-vous toujours disposé à me conter vos chagrins ? qui sait si je ne pourrai pas vous offrir un bon conseil.

— Le conseil que vous me donnerez, je le connais d'avance, repartit Edmond ; j'adore Paule, mon ami... j'espère en vous qui m'avez déjà si généreusement secondé sans vous enquérir ni d'où je viens ni de ce que je suis... mais j'ai peur que vous ne puissiez rien pour moi dans la situation où je me trouve : j'ai une maîtresse, Stéphen ; je suis, depuis trois ans, lié à une femme qui m'a comblé de preuves d'attachement, qui m'aime... comme on ne m'aimera jamais, peut-être ! Je ne l'aime plus moi... mais je ne veux pas être ingrat ni lâche envers elle... Je préfère le malheur à ces deux infamies... et je suis bien malheureux, allez ! car, auprès de cette femme, j'ai appris à rougir, sa tendresse m'humilie !... et pourtant cette tendresse est si dévouée que je n'ai pu rompre violemment avec elle !

— Vous êtes l'amant d'une femme entretenue, fit gravement Stéphen.

Edmond tressaillit.

— Vous l'avez dit, murmura-t-il.

Stéphen se passa la main sur le front comme pour chasser de son esprit une pensée pénible.

— Et, reprit-il, cette femme s'est montrée si bonne pour vous que vous redoutez ses reproches si vous l'abandonniez ?

— Ses reproches ? non ! elle pleurerait, elle mourrait... qui sait ! loin de moi !... mais elle ne se plaindrait pas !... Je l'ai connue lorsque chassé par mon père, — je vous conterai plus tard cette histoire, Stéphen, — j'essayais de vivre de la misérable pension qu'il me servait à regret... Delphine, — je vous l'ai nommée quelquefois, — me plut d'abord à cause de sa gaîté, de sa douceur, de sa beauté... bientôt, un sentiment plus tendre remplaça mes désirs..... Je tombai malade... j'avais besoin de soins, d'argent... elle ne quitta pas le chevet de mon lit et, — vous le dirai-je ! — je crus n'être pas coupable en la laissant subvenir pour moi à des dépenses auxquelles il m'était impossible de faire face...

Et, cependant, je connaissais sa position... je savais que cet argent dont elle disposait en ma faveur, un autre le lui donnait...

Oh ! vous en êtes sûr, n'est-il pas vrai ! en recevant ses soins et son or j'avais le dessein de les lui rendre au centuple !

Mais c'est une honte que d'accepter de pareils secours..... je le sentais déjà..... et j'aimais Delphine ! à présent que mon amour s'est éteint, ce n'est plus de la honte que je ressens ! c'est du désespoir ! Mieux eût valu pour moi mourir que de vivre chargé d'une telle reconnaissance ?

Mon ciel si sombre alors s'est dégagé.. déjà j'ai pu rendre à Delphine une partie de l'argent qu'elle avait offert avec tant de désintéressement à ma misère...

Mais je ne pourrai jamais la payer de ses soins !... mon âme, un instant fascinée, par un amour enchanteur, est redevenue plus calme ; mes sens enivrés par des caresses inconnues, se sont émoussés... ma raison endormie devant la honte, s'est réveillée... Je souffrais déjà avant de connaître Paule... depuis que j'ai vu cet ange, je ne dors plus ! Je n'ai pas dit à Delphine ! « va-t-en ! je ne t'aime plus ! » Ses regards, — non ses lèvres, — me répondraient : « Tu n'a plus besoin de moi... tu me chasses ! » je ne puis lui crier : « tu est à un autre en même temps qu'à moi... je te méprise !... » Ne dois-je pas me rappeler que lorsque je lui disais : je t'aime, je n'ignorais point que cet autre la payait pour qu'elle feignît de l'aimer !

Il m'est donc impossible d'abandonner Delphine et, près d'elle l'existence me pèse... Plus je vois Paule... plus je la chéris... plus je devine, en souriant de joie... — folle joie, mon Dieu ! — les progrès que je fais dans son cœur... et plus j'éprouve ensuite de dégoût et de douleur aux côtés de Delphine... tout me rappelle ce qu'elle est... cet Edgard de Beauvilliers, tenez... je sais qu'il a été avec elle avant qu'elle me connût... c'est là la cause de mon aversion pour cet homme... Chaque fois que je le rencontre il me semble qu'il va lire sur mon visage que je suis l'amant d'une femme dont il a acheté, lui, les baisers !...

Telle est ma position, Stéphen ; vous m'avez demandé une confession, et je me suis confessé à vous sans réserve... peut-être allez vous m'accuser de démence, me dire que lorsqu'on veut quitter une maîtresse, on n'a qu'à le vouloir... qu'il est des femmes de l'amour desquelles on doit rire quand il ne vous plaît plus...

— Je ne vous dirai pas cela, fit Stéphen.

— Alors, vous pensez donc comme moi qu'il me faut renoncer au bonheur à jamais ?

— Je pense qu'il ne faut pas douter de Dieu ou du hasard, comme vous voudrez appeler l'influence étrange qui nous gouverne... je pense... qu'il est des hommes plus malheureux que vous, Edmond.

— Plus malheureux ! c'est impossible !

— Taisez-vous !... et si au lieu d'être aimé de Delphine et de souffrir de cet amour... c'était vous qui ne pussiez vous passer d'elle... d'elle ! qui resterait froide, ennuyée à vos protestations... d'elle qui repousserait dédaigneusement vos présents, les comparant à ceux dont une main plus riche la comblerait ! s'il vous fallait acheter par des larmes un sourire de cette créature méprisable... obtenir à force de sacrifices inouïs un de ses baisers... une de ses nuits!...

Edmond, ne désespérez pas! la partie est belle pour vous...vous êtes aimé... vous pourrez bientôt secouer votre manteau couvert de la poussière d'un aride chemin...

Il en est d'autres, je vous le répète, qui une fois entrés dans une mauvaise route, ont plus à craindre que vous! De même que le juif maudit par le Christ, il faut qu'ils marchent, qu'ils marchent, qu'ils marchent... au risque d'écraser dans cette course sans but leur cœur sous leurs talons.

Comparez donc votre existence à celle de ces hommes et plaignez-vous encore si vous l'osez.

En disant ces mots, Stéphen serra fortement la main d'Edmond, et Edmond, en effet, n'osa rien répondre...

Il comprenait que, semblable au borgne qui niait la bonté de Dieu en face d'un aveugle, il venait de raconter ses misères à plus misérable que lui.

— Vous me conduirez demain chez Delphine, ajouta Stéphen, après un moment de réflexion.

Puis il jeta son cigare... et Edmond qui l'avait considéré avec une sorte de pitié demeura frappé de stupeur.

Stéphen, en une seconde, avait repris sa physionomie ordinaire : son œil railleur et brillant, sa bouche souriante, sa contenance pleine de désinvolture.

— Entrons aux Variétés, s'écria-t-il : il y a longtemps que je n'ai admiré le nez d'Hyacinthe, et je ne suis pas fâché non plus de revoir votre pièce et de serrer la main à ce bon Schneider.

IV. — L'ARTISTE ET SA FILLE.

André Schneider avait cinquante ans; il était grand, mince, presque fluet, ce qui étonne presque toujours dans un homme arrivé à l'automne de la vie; — il semble qu'en vieillissant il faille que nous devenions, en même temps qu'ennuyés et trop souvent ennuyeux, — ceci n'est pas pour beaucoup d'hommes charmants de ma connaissance qui ont su garder leur esprit en perdant leur jeunesse, — que nous devenions enfin gros, gras, lourds, et sans grâce. André Schneider avait été un fort joli garçon ; son visage était encore, quoique flétri par l'âge, plein de charme et de finesse, mais ce qui surtout plaisait en lui, qu'on ne le vît qu'un instant ou qu'on vécût à ses côtés, c'était la bienveillante expression de ses traits, la mélodie toute sympathique de sa voix, l'affabilité sans affectation de ses manières. Schneider avait des ennemis, — quel artiste n'en a pas! — mais quiconque causait avec lui devenait aussitôt — à moins d'être du nombre de ces gens qui aiment à haïr, — sinon son admirateur — en fait d'arts l'admiration ne se commande pas, — du moins un dépréciateur moins furieux. Malheureusement, ou heureusement pour lui, à votre choix, Schneider n'avait pas su ou n'avait pas voulu profiter de cet avantage physique. Nous l'avons dit, il faisait de l'art pour l'art et se souciait peu de se créer des prosélytes ou de se débarrasser de quelques-uns de ses ennemis en allant à eux ou en les appelant à lui. Il ignorait peut-être aussi la puissance de sa physionomie, de sa voix... puissance immense, nous le répétons : Otez à Napoléon son regard d'aigle et vous n'obtiendrez pas tout-à-fait un épicier, sans doute, mais vous n'aurez plus le demi-dieu dont l'aspect donnait un cœur aux lâches et mille cœurs aux braves.

Paule, la fille d'André Schneider ressemblait en tous points à son père. Elle était, comme lui, mince et élancée, ses yeux bleus en amandes avaient la même expression douce et affable. Son pied était étroit et cambré, sa main effilée et blanche. Sa chevelure seule différait; elle était très blonde, et André Schneider était brun.

Le père et la fille écoutaient et regardaient de tous leurs yeux et de toutes leurs oreilles le vaudeville d'Edmond Perret : le premier, parce que cela l'amusait beaucoup et que cela l'intéressait un peu ; la jeune fille, parce que cela l'amusait un peu et que cela l'intéressait beaucoup. Cependant l'œuvre de notre jeune artiste n'était pas de première force ; il y avait bien dedans quelque esprit et quelque originalité, — c'est déjà beaucoup, me direz-vous, et je suis de votre avis, — toutefois, Perret eût pu mieux faire : mais nos deux spectateurs ne cherchaient pas si loin ; ils entendaient rire et applaudir, ils riaient eux-mêmes, ou plutôt, non : Schneider riait et Paule sentait son cœur palpiter. Et ils étaient heureux pour leur ami.

Une salve d'applaudissements venait d'accueillir la fin du premier acte de la pièce. Le rideau était tombé, les musiciens s'en allaient fumer leur cigarette, le souffleur avait quitté, pour un quart-d'heure, son trou, et le peintre et sa fille restaient encore le cou tendu du côté de la scène, quand on heurta légèrement à la porte de leur loge.

Schneider se leva pour ouvrir, et Paule rougit; elle devinait qui arrivait là.

C'était en effet Edmond Perret suivi de Stéphen. Edmond, la tête inclinée en avant, son chapeau sur les yeux, — comme un auteur qui craint d'être aperçu par son public, — Stéphen, le front haut, la main tortillant sa moustache.

— Ah! vous voilà, messieurs! s'écria Schneider; c'est gentil de venir nous tenir compagnie, Edmond! Ça nous amuse autant que le jour de la première représentation., je trouve même que les acteurs jouent mieux...

— Et vous, mademoiselle, pensez-vous comme monsieur votre père? fit Edmond en se penchant vers Paule.

Un regard seul de la jeune fille répondit, mais ce regard signifiait: C'est charmant! je suis contente! vous êtes un grand homme!...

O amour! que de grands hommes tu fais!... Que nous aurions de succès, mon Dieu ! nous autres pauvres littérateurs. si nous n'étions jamais jugés que par notre maîtresse!...

— Et toi, comment vas-tu depuis hier? ajouta Schneider en serrant la main de Stéphen qui était assis derrière lui.

— Très-bien, mon ami, repartit celui-ci!... j'aurai un mot à vous dire tout-à-l'heure, si cela ne vous gêne pas?...

— Un mot, tout-à-l'heure! pourquoi pas tout de suite, si cela est important?

— Non, non... nous avons le temps; ne vous dérangez pas... nous causerons dans l'entr'acte.

— Comme tu voudras... Et d'où sortez-vous ainsi, messieurs les mauvais sujets, de dîner ensemble, et, sans doute, de bien dîner?

— Oh! nous nous sommes comportés d'une façon toute bourgeoise, au contraire : un perdreau, des huîtres, un macaroni et deux bouteilles de médoc... vous voyez qu'on n'est pas plus sage!... Nous avions à parler d'affaires nous deux Edmond.

Et, en terminant cette phrase, Stéphen jeta sur Paule un regard qui la troubla. Edmond, de son côté, parut décontenancé.

— D'affaires! allons donc!... de quelque partie au bois de Boulogne, ou de quelque amourette!...

Paule regarda dans la salle, et Edmond tira difficultueusement son mouchoir de sa poche.

— Non pas, monsieur, repartit Stéphen d'un ton mi-sérieux, mi-plaisant: Edmond Perret ne songe guère aux parties de plaisir et aux amourettes... il veut d'abord gagner de l'argent et se faire un avenir. Quand il aura mis le pied dans l'étrier, eh ! ma foi ! l'on verra... c'est un joli métier que de fabriquer des vaudevilles, on y devient millionnaire...

— C'est vrai! c'est vrai! je me suis laissé dire que M. Scribe avait gagné des millions avec son Gymnase, fit Schneider qui, comme tous les pères et les maris, n'y voyait pas plus loin que son nez. Tant mieux, Edmond, continuez, mon ami.

— Hélas, monsieur, *non licet omnibus adire Corinthum*, reprit Edmond avec un sourire, ce qui signifie, mademoiselle, qu'il n'est pas permis à tout le monde d'arriver à l'Académie.

Le coup de sonnette de théâtre retentit et le deuxième acte de la pièce de notre jeune homme commença. Pendant toute sa durée, nos quatre personnages restèrent muets. Le peintre et sa fille étaient rentrés dans leurs rôles de spectateurs intéressés; Stéphen, quoique préoccupé, se tenait néanmoins attentif à ce qui se passait sur la scène.

Quant à Edmond, blotti au fond de la loge, il ne bougeait pas, il ne s'apercevait même pas des regards que lui lançait de temps à autre Schneider aux moments où l'on riait de tous côtés. L'amant avait disparu en lui, l'auteur vivait alors, et l'auteur au début de la carrière, c'est-à-dire soucieux jusque dans le succès, craintif malgré les applaudissements. C'était la première fois qu'il assistait, de la salle, à la représentation de sa pièce, et non encore pourvu d'un courage ou d'une impassibilité qu'on n'acquiert que par l'expérience dans la profession d'écrivain dramatique — courage et impassibilité que plusieurs de nos auteurs à réputation n'ont jamais pu obtenir en dépit de leurs efforts — il en était à se demander s'il resterait dans la loge ou s'il s'enfuirait.

Enfin la pièce se termina de manière à raffermir le courage de notre jeune homme. La toile tombée, un concert d'éloges dont le peintre, sa fille et Stéphen étaient les exéenfants, résonna autour d'Edmond, qui reçut avec une modestie sans affectation les mots aimables et les encouragements.

Puis Stéphen se leva et tendit la main à Edmond.

— A demain, lui dit-il, j'ai à parler à M. Schneider et il faut, ensuite, que je me rende en soirée. Je vous attendrai à onze heures chez moi pour terminer l'affaire en question.

— Adieu, Paule, ne m'en veuillez pas de vous pr dre votre père; dans une minute, je vous le renvoie orné d'oranges.

Un regard de reconnaissance des amants accueillit les paroles de Stéphen; s'excuser de les laisser ensemble, c'était presque leur demander pardon de les rendre heureux.

Schneider avait pris le bras de Stéphen. Dès qu'ils furent dans le couloir, le peintre s'écria vivement:

— Eh bien! voyons! qu'as-tu à me dire? Avec ton air sérieux tu m'as empêché de m'amuser à mon aise à la pièce d'Edmond.

— Moi... l'air sérieux!... je vous ai prévenu, au contraire, qu'il ne s'agissait de rien d'important!

— C'est égal! Parle! Parle vite!

Mais au lieu d'obéir, Stéphen se prit à considérer le peintre, et un doux sourire effleura ses lèvres et ses yeux devinrent humides.

— Oh! que je vous aime, mon père! s'écria-t-il, et que vous êtes bon!

Schneider sourit à son tour.

— Pour ce qui est de m'aimer, répliqua-t-il, ce n'est pas de ce soir, j'espère, que tu t'en aperçois! et si je suis bon, comme tu m'appelles, cela n'a rien non plus, il me semble, qui doive t'étonner!

— Il est vrai! vous m'avez habitué à ne pas douter de vous! Mais vous me permettrez bien de vous dire, quand l'envie m'en prendra, que je vous aime plus que je ne vous ai jamais aimé!

Schneider pressa contre sa poitrine le bras de Stéphen.

— Et c'est pour contenter cette envie, fit-il avec une petite moue, que tu viens me surprendre au spectacle et que tu me forces à laisser ma fille seule?

— Non pas seule!... Edmond n'est-il pas auprès d'elle?

Schneider hocha gaîment la tête.

— Hé! hé! reprit-il, c'est peut-être un tort, qu'en penses-tu?

— Je pense qu'Edmond est un brave garçon... qu'il est devenu mon ami depuis que je l'ai rencontré chez vous, et que pour cette seule raison vous devez avoir confiance en lui!

— C'est trop juste! et je plaisantais... Mais serait-ce de lui que tu veux m'entretenir? t'aurait-il déjà fait quelques ouvertures? Paule est encore bien jeune et...

— Non! non! oh! nous avons le temps de songer à marier ma chère sœur! ce que je veux vous apprendre c'est... c'est que j'ai reçu ce matin de l'argent qui m'était dû... une assez forte somme gagnée au lansquenet... que, par conséquent, ce que vous m'avez prêté hier m'est inutile... et que je vais vous le rendre.

— Comment! Quoi! Qu'est-ce que c'est! s'écria Schneider ébahi, tu veux me rendre l'argent que je te donne, à présent!

Et il saisit les deux bras du jeune homme comme pour l'empêcher de fouiller à sa poche.

— Mais est-ce que je t'ai redemandé cet argent? est-ce que je t'ai dit que j'en avais besoin... que cela me gênait de te les prêter?

— Vous ne m'avez rien dit de tout cela, fit Stéphen en repoussant doucement son père, seulement je vous répète que je me trouve très-riche pour l'instant... cinq à six mille francs, à peu près, devant moi, et qu'il est absolument inutile que je puise dans votre bourse quand je puis faire autrement!

— Mais si c'est inutile à cette heure ce sera pour plus tard.

— Eh bien! plus tard, je recourrai à vous, voilà tout! vous savez bien que je ne me gêne pas? Allons, reprenez ces mille francs tout de suite ou je me fâche... tenez! avec vos gestes et vos exclamations vous êtes cause que l'on nous regarde déjà comme des curiosités!

Schneider se décida à satisfaire Stéphen, mais d'un air si rechigné que ce dernier ne put s'empêcher de rire.

— En vérité! poursuivit-il, on n'a jamais fait tant de façons pour rentrer dans ses fonds!

— Tu m'ennuies, avec mes fonds! je t'avais donné cela! c'était chose arrangée! je ne me reconnaîtrai plus dans mon budget!

— C'est bon! c'est bon! soyez tranquille! si la fortune me tourne le dos je saurai bien vous retrouver!

— C'est justement dans cette prévision que tu devrais...

— En voilà assez! hein! tout le monde rentre... Edmond et Paule vous attendent... allez acheter des oranges à ma sœur, moi je vous quitte...

— Tu es un gredin! je suis persuadé que tu me mens avec tes contes de lansquenet!

— Bah! vous me prenez pour un autre, mon père! je suis un gredin, s'il vous plaît, mais un gredin honnête! Lorsque j'ai de l'argent, ma caisse est ouverte à mes amis et je ne touche pas à la leur. Au revoir! J'irai peut-être dîner chez vous demain!

Là-dessus Stéphen serra la main de Schneider qui tenait encore le billet de banque, objet de tant de contestations, puis il s'éloigna d'un pas rapide.

Il descendait l'escalier du balcon quand il se trouva en face d'un homme de soixante ans environ, dont le maintien, la tournure, rappelaient singulièrement la tournure et le maintien du général de la Ferme. C'étaient la même élégance outrée dans le costume, la même manière de porter le chapeau, en éliquibre, sur le côté gauche de la tête, le même regard libertin et provocateur, la même moustache grisonnante et retroussée.

Cependant à la vue de Stéphen notre personnage parut perdre une partie de sa physionomie triomphante et décidée. On eût cru même qu'il espérait échapper au jeune homme tant il s'effaçait pour le laisser passer.

Mais Stéphen peu touché de cette urbanité, s'arrêta court, prit le bras du vieux lion et lui glissa ces deux mots à l'oreille:

— Je compte vous rendre visite demain, sur les deux heures, monsieur le comte... si cela ne vous dérange pas!

— Cela me dérangera, monsieur, repartit le comte de Beauvilliers.

— Alors ce sera donc pour demain dans la soirée, cher père, ajouta gravement Stéphen.

Et il continua sa course, laissant son interlocuteur visiblement contrarié de la promesse qu'on venait de lui faire.

Stéphen était arrivé derrière le contrôle lorsque, à son tour, il se sentit arrêté par le bras; il se retourna:

— Fœdora! s'écria-t-il, à l'aspect d'une jeune et jolie femme élégamment vêtue, eh! bonjour, chère petite... qu'il y a longtemps que je ne t'ai rencontrée!

Celle à qui s'adressaient ces mots regarda d'abord autour d'elle avec inquiétude, puis elle répondit précipitamment:

— Voulez-vous m'accorder cinq minutes, monsieur Stéphen?

— Bien volontiers, mon ange, quoique je sois un peu pressé! mais...

— Marchez donc devant... je vous suis.. je vous rejoindrai sur le boulevard de l'autre côté du théâtre.

Assez étonné de ce ton mystérieux, Stéphen allait répliquer en riant, mais l'attitude de la jeune femme était si suppliante, il y avait tant de pâleur et de chagrin répandus sur ses traits qu'il retint la plaisanterie près de lui échapper; il sortit du théâtre, traversa la chaussée en face et alla attendre mademoiselle Fœdora à l'endroit désigné.

Il n'attendit pas une minute; un bras se passa sous le sien et une voix lui dit aussitôt:

— Ne restons pas là, monsieur Stéphen.. descendons dans la rue Grange-Batelière, que personne ne puisse nous voir.

Stéphen obéit encore, mais, cette fois, il partit d'un éclat de rire en s'écriant:

— Ha çà, Fœdora, que signifie tout ceci?... tu es donc avec un prince étranger despote et jaloux que tu ne peux dire, sans te cacher, un mot à un de tes anciens amis?

— D'abord, Stéphen, ne m'appelez plus Fœdora, je vous prie... je me nomme maintenant Delphine.

— Delphine! Tiens! c'est singulier! fit Stéphen auquel ce nom fit dresser les oreilles... Ah! tu t'es débaptisée, chère enfant!

— Et puis, si vous conservez un peu d'amitié pour moi, ajouta la jeune femme, ne me tutoyez plus... non pas que ça m'offense, au moins! je sais bien que vous avez le droit de me parler... à votre guise... mais c'est comme une grâce que je vous demande cela... et vous allez savoir pourquoi j'implore cette grâce de votre bonté.

La voix de Delphine s'était émue en prononçant ces mots: Stéphen en fut frappé en même temps que d'un étrange pressentiment; il pressa la main de la lorette et lui dit:

— Qu'il soit fait comme vous le désirez, ma bonne amie; je ne suis pas de ces hommes qui voudraient qu'on attachât leur nom au front des femmes qu'ils ont connues... je n'ai que de bons souvenirs de vous et je ne puis me fâcher d'une formalité que vous jugez nécessaire... contez-moi donc le sujet qui vous a fait m'aborder avec tant d'inquiétude et si je puis vous être utile...

Stéphen et Delphine étaient alors arrivés au milieu de la rue Grange-Batelière, dans l'ombre que projettent les murs de la mairie.

— Vous pouvez tout pour moi, s'écria la lorette en s'arrêtant en face de son compagnon... vous êtes l'ami d'Edmond Perret et je suis sa maîtresse!

Quoique, nous l'avons dit, Stéphen eût un pressentiment de ce que Fœdora, devenue Delphine, allait lui dire, il n'en poussa pas moins une exclamation de surprise lorsqu'il sut qu'il ne s'était pas trompé. Et l'on appréciera la surprise mêlée d'un certain chagrin de notre jeune homme : à la suite de confidences qui lui avaient fait concevoir le projet d'arracher Edmond aux dangers d'une liaison gênante, Stéphen, en promettant à son ami de l'accompagner le lendemain chez cette maîtresse qu'on n'aimait plus, s'était attendu à se trouver vis-à-vis d'une femme inconnue à laquelle il aurait parlé sans crainte parce que nul sentiment d'affection ne se serait mis en travers de ses sages discours... Et voilà qu'au contraire cette Delphine, près de laquelle il espérait se sentir si fort, était une pauvre fille qu'il avait aimée, lui aussi, un peu... et en passant, il est vrai, mais qu'il savait gentille, dévouée... une de ces bonnes créatures, enfin, comme on en rencontre tant parmi les lorettes... qu'on est forcé de quitter à cause de l'usage par trop libéral qu'elles ont fait d'elles-mêmes, mais qu'on regrette pour leur cœur, en les abandonnant.

— Comment! tu es... vous êtes la maîtresse d'Edmond!... murmura Stéphen.

— Oui... cela paraît vous surprendre!... est-ce qu'il ne vous a pas dit qu'il a une maîtresse... repartit la lorette, étonnée à son tour...

— Si, si... il me l'a dit... mais j'étais si loin de présumer que ce fût vous!...

— Quand vous l'auriez su, est-ce que vous y auriez trouvé du mal? fit Delphine, qui ne concevait rien à la contenance de son ancien amant, j'adore Edmond... je me conduis bien avec lui... il n'a donc rien à me reprocher!...

— Je n'en doute pas, ma chère amie, reprit Stéphen d'un ton qu'il essaya de rendre dégagé... aussi ma surprise ne provient-elle pas de votre position vis-à-vis d'Edmond, mais de ce qu'étant très-lié avec lui depuis à peu près deux mois, je n'ai pas eu occasion de la connaître.

— Cela est tout simple! je n'ignorais pas vos relations avec Edmond... lui-même il m'avait plusieurs fois parlé d'un jeune homme riche et aimable, M. Stéphen de Bergue, qui s'intéressait à lui... mais Edmond n'a jamais amené la moindre personne chez moi, et, de mon côté, comme vous pensez bien... malgré les bons souvenirs que je gardais de vous, je n'étais guère curieuse que vous apprissiez que c'était moi qu'Edmond aimait...

— Oui... qu'il *aimait*, en effet! pensa Stéphen.

— Mais alors, continua-t-il tout haut, dans quel but êtes-vous venue à moi ce soir, Delphine?... quel danger vous a donc obligée à cette démarche?...

Et, en émettant cette question, Stéphen songea que la lorette sortait des Variétés... qu'elle avait dû y apercevoir son amant dans une loge auprès d'une jeune fille... qu'elle était jalouse et qu'elle bravait tout pour confier ses tourments, et obtenir des renseignements sur l'objet de sa jalousie.

La lorette, avant de répondre, hésita comme si elle eût appréhendé qu'on la raillât.

Enfin, s'armant de courage, et de son inflexion de voix la plus douce, elle reprit lentement :

— Depuis deux mois qu'Edmond demeure dans la maison de M. André Schneider, Edmond n'est plus le même auprès de moi, Stéphen... il ne veut plus que j'aille chez lui... il m'a même bien mal reçue un jour que je lui ai désobéi... parce que... il n'était pas venu à la maison, depuis huit jours... enfin... j'ai cherché à connaître les motifs de sa froideur... j'ai su que M. Schneider a une fille... et... j'ai eu peur de deviner pourquoi Edmond me délaissait ainsi... je n'ai rien dit, pourtant... mais, dès lors... j'ai bien souffert, allez!... quand il n'était pas là... car, lorsqu'il arrivait... par hasard... pour une heure avec moi, j'oubliais tout et je lui cachais jusqu'aux traces de mes larmes...

Bref... ce soir, guidée par je ne sais quelle malheureuse pensée... j'ai voulu revoir sa pièce... que je n'avais applaudie encore que deux fois... aux deux premières représentations!

Croiriez-vous qu'il me refuse des billets pour voir sa pièce!...

Sans lui en rien dire, j'ai acheté deux places... pour une de mes amies et moi... j'espérais l'apercevoir dans la salle... lui faire signe... et qu'il accourrait me gronder... bien doucement...

Je l'ai aperçu en effet... mais lui... il ne songeait guère à moi... près de cette jeune fille... — Est-ce que vous la trouvez jolie, Stéphen? — D'abord... j'ai eu envie de monter, de le faire demander... mais je l'aime, voyez-vous, comme je n'ai jamais aimé personne... je l'aime et je le crains... je suis donc restée à ma place... le dévorant des yeux, tandis qu'il causait avec cette demoiselle... — c'est drôle, même, qu'une demoiselle cause tant que ça, sans que son père y trouve à redire... — Pendant le second acte, il est redevenu très-tranquille... mais... une fois la toile tombée et une fois, surtout, que vous avez eu quitté la loge avec le père... si vous saviez!...ils se sont tournés l'un vers l'autre... puis... ils ont causé... tant et tant... et d'une si drôle de façon... qu'on aurait dit qu'ils se croyaient seuls dans une chambre où personne ne pouvait les remarquer...

Alors, ma foi! je me suis sentie étouffer... j'ai dit à Esther, mon amie — une bonne petite fille, et bien sage! — il faut que je *cause* à M. Stéphen... il le faut!... elle voulait me retenir, rien n'y a fait... j'ai couru comme une folle... je vous ai attrapé... et voilà! Maintenant dites-moi la vérité... l'aime-t-il?

Cette longue tirade avait été débitée par Delphine, toute entremêlée de gros soupirs et d'exclamations. Quand elle prononça ces deux mots, *l'aime-t-il...* elle partit d'un sanglot...

Stéphen considéra cette pauvre fille qui *faisait l'amour* depuis sept ans et qui savait encore aimer.

— Delphine, ma chère enfant, lui dit-il en la serrant doucement contre lui pour que les passants ne la vissent pas pleurer, ce n'est ni le lieu ni le moment de vous répondre... on m'attend... et, d'ailleurs, encore une fois, ce n'est pas dans la rue que je puis vous parler convenablement. Demain, j'irai chez vous...

— Chez moi! s'écria la lorette avec terreur, oh! ne venez pas! ne venez pas, M. Stéphen... s'il le savait!

— Il le saura, car c'est lui qui m'y amènera, je vous en préviens.

— Lui qui vous amènera!... et comment!... et pourquoi!

— Ne vous inquiétez point! ne pleurez plus et ayez confiance en moi! Vous me recevrez comme si vous ne me connaissiez pas et je me conduirai de même à votre égard.

— Mais...

— Je n'ai pas le temps de vous en dire davantage... adieu!...

— Au moins, savez-vous s'il m'aime toujours!

— Il vous aime toujours...

Et quand il fut déjà loin de la lorette :

— Au fait! ajouta mentalement Stéphen, pourquoi ne pas lui mentir! Elle dormira, du moins, tranquille cette nuit.

V. — CHEZ LA LIONNE.

Caroline de Berny n'était pas jolie, mais elle possédait ce je ne sais quoi qui étonne agréablement à première vue et qui captive ensuite lorsqu'on est d'une nature facile à captiver. Elle était grande et bien faite; ses yeux, un peu trop couverts brillaient d'un feu étrange; il semblait que cette femme, quand elle vous regardait, fût toujours près de vous demander ou de vous offrir un baiser; mais si, pourvu de quelque expérience ou d'un cœur à l'abri de la fascination, on se donnait la peine d'analyser avec soin le reste du visage de madame de Berny : son nez droit et aux narines à peine ouvertes, ses lèvres minces, ses sourcils imperceptibles, son teint d'une blancheur de marbre, on comprenait que l'expression de ses yeux était plutôt le résultat d'une longue et savante étude que le reflet de son âme ou de ses sens. Caroline de Berny jouait la comédie, et elle s'était tellement identifiée à son rôle de femme à promesses ardentes, que, s'adressât-elle à un gentilhomme dont elle désirait les hommages ou à un commis de nouveautés auquel elle demandait l'exhibition de dentelles ou de satins, sa physionomie restait la même, provoquante à donner la chair de poule à un séminariste.

Caroline de Berny, à seize ans, s'était appelée Louise Berraut. Fille d'une fruitière du faubourg Saint-Antoine, Louise Berraut, sans vocation pour le commerce, sans goût pour l'existence paisible du ménage, s'était d'abord donnée à un riche anglais qui, après quatre ans de liaison, s'était éloigné en lui laissant une rente de trois mille livres bien assurée sur l'état. Cette première affaire avait décidé de l'avenir de Louise Berraut devenue Caroline de Berny. Métamorphosée en presque grande dame, grâce aux professeurs de toutes sortes dont l'anglais l'avait entourée, grâce, surtout, aux efforts de son intelligence et à ses relations nouvelles, Caroline qui, à seize ans, dénuée de sens et de désirs, avait menti par instinct aux baisers du premier homme qu'elle eût connu, s'était prise à mentir par calcul aux amants qui lui succédèrent. Caroline n'éprouvait de bonheur qu'à l'aspect de l'or... elle s'était donc juré de consacrer une partie de sa vie à élever le plus haut possible l'édifice de fortune dont l'anglais avait posé la pierre fondamentale. Indifférente aux besoins, aux appels de sa famille, elle rompit toutes relations avec le faubourg Saint-Antoine en allant habiter sous un nom d'emprunt le quartier de la Chaussée-d'Antin... Incrédule aux jouissances de l'amour... parce que le ciel lui refusait de connaître ces jouissances, elle repoussa constamment tout homme qui ne se déclarait pas, dès les préliminaires, par de riches cadeaux ou des offres réelles.

De cette sage manière de se conduire il advint qu'à trente ans Caroline de Berny n'ait eu que six entreteneurs et qu'elle était riche à douze mille livres de rentes : deux mille livres par tête... c'était convenable, et Caroline, fière de sa fortune et du talent avec lequel elle l'avait acquise, se dit alors :

Je suis à mon aise... je veux vivre désormais pour moi et non plus pour les autres : j'ai eu des maîtres, je veux des esclaves... j'ai obéi, je veux qu'on m'obéisse... j'ai été présentée chez les autres... je veux recevoir !

Et, en effet, à compter de ce jour, Caroline de Berny, refusant résolument toute offre qui eût pu l'enchaîner, ouvrait sa maison à ce monde où elle avait longtemps brillé, mais qui ne soupçonnait pas qu'elle pût si bien le traiter. Tous les gentilshommes de Paris assistaient aux soirées de madame de Berny, soirées qui avaient lieu chaque vendredi dans son élégant appartement dans la rue de la Ferme-des-Mathurins. Quant aux femmes qui venaient là, c'étaient, comme on le pense, des femmes *aimables*, mais des femmes aimables du grand genre, des lorettes, des actrices à réputation ; — Caroline méprisait souverainement celles qui n'avaient pas au moins un coupé à leur service ; — bientôt Paris galant connut les salons de *la Lionne*, — c'était ainsi qu'on désignait madame de Berny — et il fut de mode, pour les hommes, d'avoir accès chez elle comme il est de mode de faire partie du Jockey-Club ; pour les femmes, de la nommer : mon amie Caroline, comme d'avoir un King-Charles ou d'assister aux premières représentations à l'Opéra. Du reste les réunions de la lionne étaient d'une excentricité assez remarquable pour qu'on fut désireux d'y assister quelquefois : elles exhalaient un parfum indéfinissable de bon ton et de laisser-aller : on y jouait rarement, seulement les jours de grands raouts, — et alors il s'y perdait des sommes considérables — mais on y parlait beaucoup politique, chasse, amour, spectacles et surtout toilette, tout à la fois, tout haut, tout bas, partout... et le tout exécuté par les plus jolies femmes et les plus grands noms côte à côte des titres les plus douteux.

Ce soir-là il y avait seulement une dizaine de personnes chez madame de Berny : c'était petite soirée. On prenait du thé et des beurrées autour d'une table oblongue recouverte d'une nappe de damas anglais.

Madame de Berny avait à sa droite madame de Rosemonde Lavergne, belle brune, maîtresse en titre depuis trois ans du prince Rufiakin, vieux russe que tout Paris a connu pour sa richesse, sa laideur et ses originalités ; à sa gauche mademoiselle Fausta, assez jolie actrice, qui, à l'exemple de madame de Berny, ne comprenait l'amour que comme un métier, et, à peine âgée de vingt-deux ans, avait déjà su se mettre de côté, grâce à cette honorable manière de voir, une centaine de mille francs.

Les hommes qui se trouvaient là étaient Edgard de Beauvilliers, Raymond de la Gaule, son inséparable compagnon, et le général de la Ferme, — personnages de notre connaissance ; — puis messieurs de Robecourt, de Solicof, de Ravignac, de Limbert et la Baraterie : en quelques lignes nous esquisserons le portrait de chacun de ces individus.

De Robecourt avait vingt-huit ans, la barbe et les cheveux en brosse, la main fine et l'air bête et impertinent tout à la fois ; — il y a beaucoup de ces airs-là. — Fils d'un hobereau de province, sans fortune, Zéphirin de Robecourt occupait une place de 1,500 francs au Trésor, mais il cachait soigneusement *au monde* cette particularité de son existence : le pauvre garçon rougissait d'être obligé de travailler pour vivre. De dix heures du matin à quatre heures, il s'enfouissait donc dans son bureau sous ses bouts de manche et sa casquette... à cinq heures, papillon sortant quotidiennement de sa chrysalide, il étalait sur le boulevard des Italiens une irréprochable tenue de lion. Ses appointements et le peu qu'il arrachait à la faiblesse d'une mère passait dans sa toilette : il dînait souvent d'un morceau de fromage, il demeurait en garni, mais, du moins, il hantait les gentilshommes *confrères*, se gantait fraîchement et possédait des cartes de visite armoriées.

M. de Solicof était — disait-on — un réfugié polonais. Il avait trente-huit ans, d'énormes moustaches, une redingote ornée d'un ruban inconnu ; il sortait — assurait-on — de souche illustre : il ne parlait jamais de la Pologne qu'en pleurant et des Russes qu'en serrant les poings.

M. de Ravignac était jeune et très-joli garçon ; il se plaisait beaucoup aux boudoirs des actrices des petits théâtres et passait pour des plus généreux et des plus galants parmi ces dames.

M. de Limbert avait trente ans, quatre pieds dix pouces environ, le visage pâle et l'air pensif : c'était un gentilhomme littérateur : il écrivait *pour s'amuser*, disait-il, dans le *Corsaire-Satan*, le *Charivari*, *la Silhouette*. Les lorettes qui désiraient *se pousser* au théâtre n'avaient rien à refuser à M. de Limbert.

M. de la Baraterie était un riche colon de la Martinique qui s'occupait de manger sa fortune à Paris. Il était de haute taille, un peu myope, avait le ton hautain et regrettait qu'on ne pût se faire servir en France par des esclaves.

Au moment où nous pénétrons chez madame de Berny, c'est-à-dire à dix heures du soir ou environ, la conversation était très-animée ; on s'entretenait de l'amour, ce texte inépuisable de toutes les conversations. Madame de Berny professait ; Rosemonde écoutait distraitement, Fausta attentivement. Ces messieurs applaudissaient, à l'exception d'Edgard de Beauvilliers qui, de même que Rosemonde, semblait préoccupé, et, comme elle, regardait à chaque minute à la pendule.

— Oui, vraiment, disait Caroline, je ne conçois pas comment une femme qui se respecte peut prendre pour amant un artiste... je parle d'un de ces pauvres gueux de vaudevillistes ou de romanciers, de peintres ou de musiciens, qui n'ont que de leurs doigts et de leur tête pour vivre... — ceci n'est ni pour vous, monsieur de Limbert, — nous savons que vous faites du journalisme comme distraction, ni à l'adresse de nos grands hommes qui vendent leurs œuvres au poids de l'or. — Je vous demande un peu à quoi cela vous sert de passer trois, quatre années... souvent davantage, avec des êtres de cette espèce !... on y perd ses beaux jours... on devient laide... on ne trouve plus personne qui veuille de vous... et votre amant vous quitte un matin en vous disant : « je serai toujours ton ami ! compte sur moi ! » Jolie amitié qui n'a pas une dizaine de louis à votre service...

— Quant à moi, fit mademoiselle Fausta, en se penchant en arrière sur son fauteuil, les plus jolis garçons du monde, lorsqu'ils n'ont que leur cœur à m'offrir, ne me font pas le moindre effet !

— Ce n'est pourtant pas, quoi qu'on en dise, parce qu'on est riche qu'on a de l'esprit et de l'amabilité !.. dit de Limbert, qui, en sa qualité d'à peu près homme de lettres, se posait parfois en libéral dans le salon de la Lionne.

— Laissez donc, de Limbert, reprit Fausta, celui qui m'apporte une parure ou un cachemire a toutes les qualités à mes yeux.

Moi, j'estime la franchise de mademoiselle, s'écria de Robecourt qui, n'ayant jamais le sou dans sa poche, affectionnait de maltraiter les gueux..... et celui qui lui a donné ce superbe bracelet étincelant à son bras, devait être un gaillard plein de moyens.

— Ce bracelet !... est-ce que vous le trouvez passable ? fit Fausta en le détachant négligemment.

Le bracelet passa de main en main : chacun de ces messieurs l'examina avec soin ; un des principaux mérites de nos gentilshommes d'aujourd'hui est de se connaître en bijoux mieux que pas un joaillier.

— Mais certainement, dit de Ravignac... il est bien, ce bracelet... Cela a dû coûter de deux mille à deux mille deux...

— Oh ! pas tant ! répliqua de la Baraterie.

— Je vais vous dire cela au juste, dit Raymond de la Gaule.

Et il se prit à faire jouer et à examiner le bijou comme s'il eût voulu le démonter.

— Ça a coûté deux mille francs, et pas un sou de plus ! fit-il.

— Eh bien ! c'est un cadeau convenable ! dit de Ravignac; on peut accepter...

— Un trait d'esprit aussi gracieux, interrompit de Limbert en souriant.

— Ah ! qu'il est méchant ce soir, ce de Limbert ! s'écria Fausta en minaudant, on ne peut rien dire devant lui sans qu'il le tourne à mal !

— Ma chère amie, c'est que je ne suis ni de votre avis ni de celui de notre aimable Caroline, reprit de Limbert. Je pense que l'amour qui a froid ou faim est un piteux amour, mais je crois aussi qu'il est des instants où une femme, qui ne manque d'ailleurs de rien, peut, sans commettre une faute, se donner à un homme qui lui plaît sans s'enquérir d'abord de ce qu'il possède en immeubles et en capitaux !

— Mais taisez-vous donc, misérable ! s'écria le général de la Ferme en tortillant sa moustache blanche, vous allez donner à ces dames des idées affreuses !

— Elles vont quitter leur appartement et leurs femmes de chambre pour prendre une mansarde et une femme de ménage, ajouta de Ravignac.

— Pas si bêtes ! fit Caroline...... nous avons et nous garderons... Mais tu ne dis rien, toi, Rosemonde... est-ce que tu nous désapprouves, chère petite ?

— Non ! non...... je suis de votre avis, répliqua vivement Rosemonde.

— Vous me permettrez, d'abord, de vous demander de quel avis vous êtes, belle dame ? dit de Robecourt, d'un ton qu'il essaya de rendre malicieux ; car, autant que j'ai pu le remarquer, vous n'êtes guère à la conversation, ainsi que ce cher Edgard, qui semble, de son côté, tout pensif et tout triste !

— Moi ! triste ! et pourquoi ? et Edgard en s'arrachant, à son tour, brusquement, a ses rêveries... serait-ce parce que je vous ai vu entrer hier dîner à une taverne à deux francs ?

De Robecourt rougit : sa sotte remarque était justement punie.

Ah ! ah ! repartit-il avec un rire forcé, c'est charmant ! vous avez cru me voir, mon bon ! est-ce que je mange dans des endroits de la sorte...

— Et où mangez-vous donc alors, dit le général, je ne vous rencontre jamais ni au café Anglais, ni chez Véfour, ni chez Véry !

— Parbleu, c'est que vous y venez les jours où je n'y suis pas, vous aimez le changement, général... je suis comme vous... voilà tout ce que cela prouve... mais quant à mettre jamais le pied dans un de ces bouges dont M. Edgard parlait tout-à-l'heure...

— Caroline, est-ce que M. Stéphen de Bergue ne doit pas venir ici ce soir ? interrompit Edgard.

A cette question inopinée tous les regards se portèrent sur celui qui l'avait émise; Rosemonde, seule, détourna la tête.

— A quel propos me demandez-vous cela ? repartit la Lionne en souriant... on dirait que vous tombez des nues, mon cher Edgard... Stéphen vient souvent à mes soirées... c'est un garçon charmant, plein d'esprit, de gaîté... mais je ne croyais pas que sa présence vous intéressât si fort... au contraire !

Caroline prononça ces mots : au contraire ! avec un accent ironique.

Edgard comprit sa faute, surtout au coup-d'œil que lui lança Raymond : il allait essayer de justifier l'étrangeté de sa sortie, lorsque le domestique de madame de Berny ouvrit la porte du salon et annonça M. Stéphen de Bergue.

VI. — SUITE DU PRÉCÉDENT.

— Tenez, le voilà !... puisque vous êtes si désireux de le voir, cria Caroline à Edgard, au moment où Stéphen parut.

— Qui donc est désireux de me voir, madame ? fit Stéphen en s'inclinant au milieu du salon.

— Mais c'est M. de Beauvilliers, repartit de Robecourt qui espérait instinctivement quelque résultat fâcheux de cet incident.

— M. Edgard de Beauvilliers m'a fait l'honneur de s'informer de moi ? dit Stéphen en saluant, le sourire aux lèvres, le jeune homme.

— J'aurais un mot à vous dire... de la part d'un de mes amis, répliqua Edgard en rendant, avec la même grâce, son salut à Stéphen. Mais cela est sans importance, et nous causerons à notre aise, tout-à-l'heure, si vous voulez bien m'accompagner un peu ?...

— Je suis à votre disposition quand il vous plaira, monsieur, fit Stéphen.

Et il s'approcha de la cheminée, toujours souriant, et alors — seulement alors — il jeta un coup-d'œil furtif sur Rosemonde, et une expression rapide de joie remplaça la gaîté de commande qui animait ses traits.

A ce moment Rosemonde contemplait très-attentivement la broderie de son mouchoir.

La conversation, une minute allanguie par l'arrivée de Stéphen, reprit plus vive qu'auparavant. On causa du dernier ballet de l'Opéra : chacun donna son avis sur la nouvelle danseuse qui y avait débuté.

A onze heures, Rosemonde se leva et prit congé, malgré les instances de Caroline : sa voiture devait l'attendre et elle se sentait fatiguée, disait-elle.

Stéphen, très-occupé alors de causer de l'avenir de la Pologne avec M. Solicof, qui commençait déjà à avoir des larmes dans la voix, ne parut pas s'apercevoir du départ de la jolie maîtresse de M. de Rufiakin.

Seulement il cessa subitement d'écouter le noble réfugié pour se lever et prendre une tasse de thé, qu'il porta à ses lèvres d'une main tremblante.

Puis il alla s'assoir au piano et se mit à jouer une valse de Strauss.

Quelqu'un n'avait perdu aucun des mouvement des regards de Stéphen depuis l'arrivée de ce dernier : ce quelqu'un, c'était Raymond de la Gaule.

— Chantez-nous donc quelque chose Stéphen ? fit la lionne.

— Pas aujourd'hui, chère amie, répondit-il, je suis affreusement enrhumé... j'ai un mal de tête fou... tenez ! je vais même vous demander la permission de me retirer... M. Edgard a un mot à me dire, je me le rappelle... cela va peut-être me retenir quelques instants... et je souffre comme un malheureux !

— Votre migraine vous a pris comme un coup de foudre, monsieur ? fit Raymond en regardant Stéphen en face.

Stéphen ne répondit rien : Edgard s'était déjà levé; Raymond en fit autant.

Les trois hommes donnèrent quelques poignées de main de côtés et d autres, puis ils saluèrent Caroline et Fausta, et ils sortirent ensemble.

Ils descendirent, en silence, l'escalier, traversèrent de même le vestibule et arrivèrent sur le trottoir de la rue, vis-à-vis de la porte cochère.

Là, ils s'arrêtèrent tous trois, et Stéphen, prenant brusquement la parole, dit à Edgard, en touchant du doigt l'épaule de Raymond :

— Est-ce que monsieur connaît vos affaires, monsieur Edgard ?

— Monsieur est mon intime et je n'ai rien de caché pour lui ! répartit le vicomte... mais permettez...

— Tant pis pour vous ! monsieur, interrompit Stéphen.

Et, sans s'arrêter au soubresaut de celui dont sa main effleurait les vêtements il poursuivit :

— Au reste, que monsieur sache tout ou ne sache rien, j'en suis fâché, mais je ne veux point m'expliquer devant lui !

— Monsieur ! s'écria Edgard, il faut pourtant...

— Il faut que vous fassiez ce qui me plaît, monsieur, reprit Stéphen toujours calme. Vous avez désiré un moment d'entretien... je vous répète que je ne veux pas avoir M. Raymond en tiers de notre conversation. Enfin, je suis désolé de vous dire encore que, M. Raymond s'éloignât-il, il me serait impossible maintenant de causer avec vous... comme il convient... un devoir impérieux me réclame... je vous prierai donc de m'attendre demain, chez vous, sur les midi... je vous jure de ne pas manquer à ce rendez-vous !

Edgard, dont l'ombre de la nuit empêchait de voir la pâleur, tandis que Stéphen s'exprimait, fit un mouvement comme pour le retenir au moment où ce dernier, après avoir achevé sa promesse, se retournait pour s'éloigner.

Mais il n'osa mettre sa pensée à exécution et Stéphen disparut.

Un cri de fureur sortit alors de la poitrine d'Edgard; il saisit le bras de Raymond et prenant avec lui le chemin que venait de parcourir Stéphen il murmura d'une voix étranglée :

— Oh ! nous sommes donc lâches ! Raymond ! nous n'avons donc point de sang dans les veines ! nous étions deux et nous l'avons laissé partir sans le tuer ou lui arracher cet infâme papier.

— Ce n'est point être lâche que de montrer de la prudence, répartit Raymond. Voulais-tu faire du bruit, du scandale dans la rue? nous étions deux, il est vrai, mais crois-tu qu'il se serait laissé arracher ce papier, comme tu dis, sans se débattre! Allons donc; est-ce qu'on se conduit ainsi!

— Mais pourquoi veut-il venir chez moi... et pourquoi défend-il que tu t'y trouves quand il viendra?

— Parce que son seul désir, dans cette visite, est de te demander ton amitié contre la restitution de... ce que tu sais bien... et qu'il a peur que je ne te gêne dans ton élan... si tu es susceptible d'éprouver le moindre élan.

Edgard s'arrêta, frappé des paroles de Raymond :

— Tu crois que c'est là son intention? fit-il.

— Parbleu! ne supposes-tu pas qu'il va t'appeler devant les tribunaux, toi... le fils de son père... toi... que malgré tes dédains, il s'est obstiné, jusqu'à présent, à poursuivre de ses soins et de ses politesses! Edgard, ou je suis un grand sot, ou ton cher frère veut te donner une leçon et se poser en bienfaiteur à ton égard.

Si tu es sage, c'est donc à toi d'accepter d'abord la leçon et le bienfait... et ensuite...

— Et ensuite de le punir de m'avoir obligé de trembler devant lui... n'est-ce pas?

— Dam!... ceci te regarde! Qu'en penses-tu? aimeras-tu ce cher Stéphen, quand il t'aura dit : je vous sauve du bagne... pour la peine, désormais, tâchez d'être gentil...

— Tais-toi! tais-toi... je le haïrai plus que jamais... je chercherai à lui faire souffrir tous les tourments qu'il m'a causés...

— A la bonne heure! et moi qui t'aime véritablement et qui déteste autant que toi le beau sire, je t'aiderai de toutes mes forces dans ce projet...

— Mais que pouvons-nous contre lui?

Raymond partit d'un grand éclat de rire.

— A demain! répliqua-t-il en tendant la main à son ami, rattrape d'abord la lettre de change... nous verrons après. Bonne nuit... Désirée m'attend et j'ai faim!

VII. — DE DIFFÉRENTES MANIÈRES D'AIMER CHEZ LES LORETTES.

Minuit venait de sonner; c'était dans une élégante chambre à coucher : une femme d'une beauté rare se déshabillait lentement en face d'une armoire en palissandre de *Krieger*, près d'un lit aux rideaux de guipure sur damas de soie jaune.

Un jeune homme entra, d'un pas discret, par une petite porte située au pied du lit et s'arrêta au milieu de la chambre en prononçant ces mots d'une voix tendre :

— Bonsoir, Rosemonde; est-ce que je vous ai fait attendre?

Rosemonde se retourna, considéra négligemment celui qui lui parlait et répondit d'un ton sec :

— Non! j'allais me coucher... je suis souffrante ce soir, et si ce n'avait été pour vous être agréable...

— Vous ne m'auriez pas permis de venir, interrompit Stéphen en s'avançant avec vivacité vers la jeune femme, méchante!...

Et il la prit délicatement dans ses bras et effleura de ses lèvres un front pur et uni comme le marbre.

— Mais n'est-ce pas surtout parce que tu souffres que je dois accourir près de toi! Qui donc, mieux que ton Stéphen, peut te plaindre et te distraire... voyons... dis... où souffres-tu?

— Je m'ennuie! fit Rosemonde, avec un prosaïque bâillement; ces soirées de Caroline deviennent d'une monotonie!... toujours les mêmes figures! les mêmes sujets d'entretien!...

Au fait, pourquoi êtes-vous arrivé si tard, ce soir, chez elle? j'avais bien envie de ne pas vous donner le signal convenu, pour vous punir!

J'ai été retenu près d'un ami...

— D'un ami!..... est-ce que vos amis passent avant moi, maintenant!..... près d'une femme, plutôt?...

Un faible éclair jaillit de la prunelle de Rosemonde.

— D'une femme! reprit Stéphen, est-ce qu'on peut en trouver une jolie quand on vous possède, Rosemonde?

— Vous dites cela! mais vous êtes si drôles, vous autres hommes! le plus laid jupon crotté vous fait souvent oublier celle qui se sacrifie pour vous!

— Depuis trois ans que tu es à moi, t'ai-je donné lieu de m'adresser le moindre reproche?

— Trois ans! déjà! c'est bien long!

Et la lorette se dégagea de l'étreinte de Stéphen, s'approcha du lit et y monta légèrement.

Stéphen la suivit des yeux, et son visage déjà très-pâle d'ordinaire, devint plus pâle encore.

Quelques minutes s'écoulèrent ainsi... Stéphen était toujours immobile au milieu de la chambre : Rosemonde avait fermé les yeux et semblait sommeiller.

Tout d'un coup elle tourna la tête et regarda son amant :

— Eh bien! qu'est-ce que vous faites-là? lui dit-elle, du même accent glacial, est-ce que vous ne vous couchez pas? Je vous ai prévenu que je suis fatiguée.... je veux dormir...

Stéphen s'approcha du lit, s'agenouilla sur un tabouret de velours, prit la main de Rosemonde et murmura :

— Que t'ai-je fait, ange de ma vie, pour que tu m'accueilles ainsi! Voilà trois jours que je n'ai eu le bonheur de te parler et on dirait que ma présence t'est insupportable! Rosemonde, n'as-tu donc plus d'amour pour moi... ou bien quelque chagrin, que tu n'oses me confier, te pèse-t-il sur le cœur?

La lorette considéra un instant cette physionomie resplendissante de tendresse et de dévoûment et elle répliqua d'un ton plus doux :

— Mais non! je n'ai rien, je te jure!... presque rien..... tantôt je me suis un peu disputée avec le prince... il me refuse un bracelet dont j'ai envie... semblable à celui qu'on a donné à Fausta... et cela m'a tout agacée...

— Tu auras demain ce bracelet, je te le promets.

Rosemonde sourit d'un sourire de chatte.

— Non! non! poursuivit-elle en passant ses doigts rosés dans les cheveux noirs de Stéphen... je ne dis pas cela pour que tu me l'achètes... c'est trop cher... ce serait une folie!

— J'ai de l'argent, que m'importe! une folie qui te rendra joyeuse..... c'est de la raison pour moi!

— Que tu es bon! Ah! voilà ma migraine qui me reprend... Allons! couche-toi... nous causerons demain matin...

— Pourquoi pas tout de suite!

En une seconde Stéphen fut déshabillé et aux côtés de Rosemonde.

Elle avait refermé la paupière..... il la contempla avec une indéfinissable expression d'amour, de regret, de désir et de colère tout à la fois..... le désir l'emporta...

Une sorte de frémissement parcourut son être, et sa bouche parcourut, légère et voluptueuse, des charmes qu'on lui abandonnait...

Oh! que cette femme était belle! mais qu'il fallait de passion pour chercher ainsi à la faire passer de l'état de statue à celui de créature animée....

Sans doute Stéphen était habitué aux façons d'agir de Rosemonde, car cette apparente froideur ne le découragea pas.

Un soupir s'exhala du sein de sa maîtresse.

Stéphen aspira délicieusement ce soupir embaumé.

Ah! vous avez fumé ce soir, j'en suis sûre, fit Rosemonde... vous savez bien pourtant que j'exècre cette odeur! Laissez-moi... je vous répète que je veux dormir.

Et l'impitoyable fille d'Ève se pencha hors du lit vers la lumière qu'elle éteignit, et tourna le dos à Stéphen.

Quelques secondes après, elle dormait paisiblement.

Stéphen ne dormait pas, lui... des larmes... des larmes terribles... des larmes qui brûlent... des larmes de rage, glissaient le long de ses joues et mouillaient son oreiller.

— Mon Dieu! mon Dieu! murmurait-il, pourquoi donc me forcez-vous à aimer cette femme!

. . . .

Minuit venait de sonner; Delphine était à la fenêtre de sa chambre à coucher; malgré le froid assez vif, elle se tenait là, regardant dans la rue, depuis près d'une demi-heure.

Tout-à-coup elle poussa une exclamation de joie : un homme venait de s'arrêter sur le trottoir et sonnait à la porte de la maison.

Delphine referma précipitamment sa fenêtre, s'élança vers la cheminée, prit une bougie et courut à l'escalier.

Bientôt Edmond fut auprès d'elle.

— Te voilà! te voilà! s'écria la lorette, en saisissant son amant à bras-le-corps avant qu'il eût pu prononcer une parole; oh! que je suis contente!

Et elle l'entraîna chez elle, le poussa dans sa chambre à coucher, puis sur un fauteuil placé en face du foyer, et elle s'assit, à ses pieds, sur un tapis.

— Tu as reçu ma lettre et tu es venu... oh! que je te remercie! continua Delphine en couvrant de baisers les mains d'Edmond; songe donc qu'il y a ce soir cinq jours que je ne t'ai vu!

— Mais tu m'as écrit que tu étais malade, fit Edmond, souriant aux caresses de la jeune femme.

— Oui, oui... j'étais malade du désir de t'embrasser!

maintenant je me porte bien ! Est-ce que cela te fâche que je t'aie un peu menti !

Edmond sourit encore, mais, cette fois, il y avait de la tristesse dans ce sourire.

— Non, répondit-il, cela ne me fâche pas! mais tu te rappelles ce que je t'ai dit... il faut t'habituer à vivre... plus séparée de moi... cela est nécessaire à notre bonheur à tous deux..... mes occupations m'empêchent de te consacrer autant de temps que je le voudrais...

— Tes occupations! est-ce que tu travailles la nuit, à présent?

— Sans doute! Quand j'ai perdu une soirée, il m'arrive souvent de veiller assez tard...

— Tu as donc perdu ta soirée, aujourd'hui?

Edmond rougit imperceptiblement sous le regard de sa maîtresse.

— Je ne dis pas cela pour ce soir, reprit-il, mais...

— Mais?

— Mais je trouve très-mal de ta part de m'écrire que tu es malade... que je t'obligerai d'accourir bien vite... lorsqu'aucun motif sérieux, au contraire, ne m'appelle près de toi...

— Enfin... tu t'ennuies ici et tu regrettes de t'y trouver ?

— Tu ne me comprends pas, Delphine; ce que je désire, ce que j'exige... c'est d'être libre... plus que je ne l'ai été depuis trois ans... cela n'altèrera nullement mon amitié pour toi, quoique je ne te voie plus chaque jour; mais j'entends... je veux... — je te le répète — n'être plus assujéti à des caprices... à recevoir, en rentrant chez moi, des lettres qui m'effraient!..... Nous ne sommes point des amoureux d'un mois qui ne peuvent se passer l'un de l'autre... D'ailleurs, encore une fois, je dois songer sérieusement à l'avenir... j'ai plusieurs affaires en train... il me faut toute ma tranquillité d'esprit... et ce n'est pas au milieu de semblables agitations qu'il m'est possible de travailler comme il convient.

Tandis qu'Edmond parlait, Delphine s'était lentement relevée : la pauvre fille souffrait toutes les tortures de la jalousie et de l'amour méconnu... Cependant aucune plainte ne s'échappa de son cœur qu'on brisait.

Elle aurait pu répondre à son amant: « tu ne m'aimes plus et tu en aimes une autre, tel est le véritable sujet de ta froideur... »

Elle ne répondit rien : son visage même, n'eût été une légère contraction aux coins de la bouche, demeura impassible.

— Il n'est pas encore tard, dit-elle à Edmond, en lui montrant du doigt la pendule, tu peux rentrer chez toi... Adieu! je te demande pardon de t'avoir dérangé.

Et en s'exprimant ainsi elle détourna la tête...

Edmond ne sut pas résister à cette muette douleur : des reproches l'eussent désagréablement affecté... il se sentit ému des accents altérés de cette touchante résignation.

Il se leva à son tour, ôta des mains de Delphine le flambeau qu'elle avait pris pour reconduire son amant, et attira la pauvre fille à lui :

Un éclat de rire effrayant, tant il renfermait de joie et de douleur, fut la réponse de Delphine à cette action d'Edmond.

Il imprima ses lèvres sur celles de la lorette et but une larme en même temps que son baiser.

Puis, en silence tous deux — elle craignait, d'un mot, de faire évanouir son bonheur — il se sentait faible et il s'accusait de sa faiblesse — ils se déshabillèrent.

Elle se jeta dans ses bras, l'étreignit avec une force incroyable, et riant et pleurant à la fois, elle lui donna son âme...

Quelques instants après, Edmond reposait, plongé dans un calme passager, sur le sein encore palpitant de sa maîtresse.

Elle le regardait dormir, elle.

. . . .

Minuit venait de sonner.

Raymond de la Gaule entrait dans un petit appartement au cinquième étage d'une maison de la rue d'Enghien.

La personne qui avait ouvert à Raymond était une femme d'une cinquantaine d'années, d'un embonpoint excessif et d'une figure laide et rechignée.

— Bonsoir, mère Roublard, fit Raymond, sans ôter son chapeau en passant devant la vieille femme qui refermait la porte sur lui, Désirée est couchée, hein ?

Parbleu! ne croyez-vous pas qu'elle va vous attendre jusqu'à *ménuit* quand vous lui avez promis de venir la trouver à huit heures... elle vous a joliment envoyé au diable et moi aussi!... allez!... beau fichu cadet que vous faites avec vos rendez-vous!... Et elle a refusé la partie de spectacle que *monsieur* lui offrait!... encore!...

— Bah! ça l'a obligée de se coucher de bonne heure! une fois par hasard, il n'y a pas de mal!

Et, sans s'arrêter plus longtemps à écouter la vieille qui continuait de maugréer, Raymond tourna le bouton d'une porte donnant sur le couloir où il se trouvait, et entra dans une chambre à coucher.

Cette chambre était meublée avec assez d'élégance, mais tout y respirait un désordre qui faisait peine à voir. Chacune des glaces, de la toilette, de l'armoire ou de la cheminée était cassée ou tout au moins étoilée; un tête-à-tête en velours rouge, placé près de la fenêtre, montrait une large tache d'huile sous les châles, les robes et les fichus dont il était chargé; la pendule n'avait qu'une aiguille — la petite, par bonheur pour les habitants du logis — et les coupes de bronze dont cette pendule était flanquée, semblaient blanches de poussière; le marbre de la table de nuit était écorné; enfin les rideaux du lit — des rideaux en mousseline brodée blanche — étaient devenus d'un jaune rougeâtre du côté du chevet, grâce à la chaleur des bougies dont on n'avait pas soin, sans doute, de les éloigner quand on se mettait au lit.

Au bruit des pas de Raymond — et nous devons dire que Raymond ne s'était point gêné pour frapper, en entrant, le parquet de ses talons — une femme qui dormait étendue dans le lit, se réveilla en sursaut et se dressa sur son séant: Raymond, tout en se débarrassant de son chapeau et de son paletot, s'aperçut du mouvement de celle dont il troublait ainsi, sans façon le repos, car il s'écria:

— Bonsoir! la biche! me voilà...

La *biche* se frotta les yeux comme pour rappeler ses idées, puis elle répondit avec un petit ricanement de colère:

— Ah! vous voilà! Eh bien! dites donc! si vous retourniez d'où vous venez, qu'en dites-vous? Est-ce que vous croyez que ça m'amuse de rester seule ici à croquer le marmot pendant que vous vous divertissez, sans doute, avec des farceuses de votre connaissance! non! merci! j'en ai assez de cette vie-là!... je ne veux pas d'un amant qui ne vient à moi que quand il n'a rien de mieux à faire...

— C'est ça, ma fille, soigne-le un peu, dit une voix à travers la porte de la chambre.

— Mêle-toi de ce qui te regarde, maman... et couche-toi! *s'il vous plaît!* repartit mademoiselle Désirée.

Vous devriez rougir, continua-t-elle en s'adressant à Raymond, moi qui étais si contente de passer une soirée avec vous... moi qui ai dit à monsieur, qui voulait m'emmener à la Porte-Saint-Martin, que j'avais ma névralgie!... Vous me ferez perdre cet homme-là, et je serai bien avancée... je n'aurai plus le sou, et tout cela pour un amant qui ne s'occupe pas de moi...

Mais répondez donc... que faites-vous là à me regarder!

— Je fais... que tes criailleries m'embêtent, et que j'ai ta mère dans le nez avec ta manie de te donner des conseils, et de me traiter en petit garçon! Je ne suis pas venu à huit heures parce que je n'ai pas pu... je ne suis pas allé avec des femmes parce que, quand j'aime une femme, je ne songe pas à d'autres...

Et maintenant si tu veux que je m'en aille, tu n'as qu'à le dire une seconde fois... ça ne sera pas long! je ne reste chez personne de force, surtout lorsque j'ai ma conscience pour moi...

Désirée, comme toutes les femmes qui aiment, avait la plus grande confiance en son amant; comme toutes les lorettes, elle ajoutait surtout foi aux serments; ces mots de Raymond: « J'ai ma conscience pour moi, » et la crainte de le voir s'éloigner, dissipèrent donc, comme un nuage, le courroux qu'elle avait amassé depuis quatre heures.

— Eh bien! dis-moi où tu as été, et je te pardonne! fit-elle d'une voix radoucie.

— Je te le dirai plus tard... quand ta mère ne sera plus là à écouter aux portes...

— Maman! vas donc te coucher! cria la lorette.

— Et quand j'aurai mangé un morceau... s'il y a quelque chose à manger ici... car je crève de faim ! j'ai dîné de très-bonne heure.

D'un bond, Désirée se jeta à bas du lit: c'était une jolie fille que Désirée, grande, faite au tour, d'un visage fin et régulier, d'une prestance voluptueuse...

Elle courut hors de la chambre, gourmanda en passant sa mère qui se mettait seulement alors au lit, dans une pièce située près de la cuisine; puis elle rejoignit Raymond, apportant les restes très-présentables d'une volaille, une bouteille de vin de Bordeaux, du pain et du fromage.

Raymond s'assit devant le couvert qu'on lui improvisait sur le marbre de la table de nuit. Désirée avait pris froid à se promener en chemise dans l'appartement; il ne s'aperçut même pas qu'elle grelottait en se recouchant: il mangea... il mangea beaucoup... il but... la bouteille entière... puis, son repas achevé — notez que la lorette n'en avait pas le moins du monde altéré la quiétude, s'étant contentée de dire à son amant, de temps à autre: — Est-ce bon? mange doucement! — Raymond prit sur la cheminée un vase de porcelaine de Chine, tira de ce vase du tabac et du papier, et se mit à se confectionner une cigarette.

Alors, pourtant, revenant à sa première idée, Désirée, qui crut l'instant favorable, hasarda une question.

— Tu as dîné de bonne heure? fit-elle... où donc?... et avec qui?

Raymond se mit à rire; il s'attendait à cette réminiscence.

Il se leva, s'assit sur le lit, prit la main de la lorette qui le regardait avec une sorte d'inquiétude mêlée de joie et d'amour, et lui dit:

— J'ai dîné avec Edgard de Beauvilliers, mon ami intime... — tu sais... celui dont je te parle souvent; — au café de Paris... de là nous sommes allés dans une soirée d'hommes... rue de la Ferme... On a joué... moi je m'en suis privé, vu que je n'ai pas le sou... et voilà!...

— Et voilà pourquoi tu m'as oubliée après m'avoir promis de sortir avec moi? murmura la lorette d'une voix doucement grondeuse.

— Attends donc! si je t'ai sacrifiée à Edgard... c'est qu'Edgard avait besoin de moi! Il déteste certain petit monsieur que je ne puis pas sentir non plus... il voulait rencontrer cet individu... j'ai donc été obligé de l'accompagner au restaurant et à la soirée... là nous lui avons parlé, nous le reverrons demain... et nous serons tous contents!

— Mon Dieu! s'écria Désirée d'un ton d'effroi, vous vous êtes querellés... vous allez vous battre, peut-être... oh! je ne veux pas que tu te battes, entends-tu, Raymond!

Raymond se remit à rire; il jeta au loin le bout de sa cigarette et répondit en se déshabillant:

— Sois tranquille! nous ne nous battrons pas! d'abord on ne se bat plus à présent! c'est défendu... non... nous nous vengerons du petit monsieur d'une façon plus drôle... Si tu es gentille, je te conterai peut-être cela plus tard... Fais-moi de la place... que je me couche... j'ai froid... c'est ma digestion... ah!... dis donc à ta mère de mieux me vernir mes bottes, le matin... elles brillent comme des souliers de porteur d'eau...

Et M. *chose*, est-ce que tu n'étais pas bien avec lui ce soir?

— Si... il était seulement vexé de ce que je refusais de sortir...

— Il se vexe facilement... tu as les yeux fatigués... Qu'est-ce que tu as fait...

— J'ai pleuré parce que tu n'arrivais pas...

— Grosse bête!... embrasse-moi!

— Mais tu me diras ce que vous ferez au petit monsieur!

— Puisque je te l'ai promis... m'aimes-tu, la biche?

— Oh! si je t'aime!

VIII. — CHEZ LE COMTE DE BEAUVILLIERS.

M. le comte de Beauvilliers était à sa toilette:

M. le comte se mettait du carmin aux lèvres et de l'eau des Princes aux cheveux, aux favoris et au sourcils.

Il était dix heures, M. le comte venait de se lever; et tous les matins au sortir du lit il consacrait ainsi une heure à certains soins mystérieux qui devaient le conserver jeune et beau à perpétuité.

L'heure était presque achevée et M. le comte en état de se présenter partout, lorsque un individu grand, maigre, au dos voûté et aux cheveux rouges comme la veste et la culotte qu'il portait, entra dans le boudoir.

Ce personnage était Bob, le valet de chambre du comte. Bob — ainsi que son nom l'indique — était Anglais; il servait le comte depuis trente ans et Dieu sait combien d'aventures galantes il avait menées à bonne fin, au profit de son maître, durant ces trente années! Toujours prêt à obéir à la première injonction, ne connaissant ni crainte ni obstacles, parce que l'or ne lui manquait pas quand il s'agissait de contenter un désir du comte, Bob, avec son flegme d'outre-mer, son regard oblique et sa démarche d'automate, était un gaillard plus rusé et plus habile que le plus madré Frontin français. Le comte appréciait à leur valeur les qualités de son domestique et l'en récompensait par une estime presque amicale: de son côté, Bob tenait beaucoup à son maître ou plutôt à la maison où il avait passé les deux tiers de sa vie et où il espérait mourir bien nourri, bien couché et largement rétribué jusqu'à la fin.

Au moment où son valet était entré, le comte, tout en continuant de se peindre une veine faciale qui s'obstinait à ne pas devenir bleue, s'était retourné et avait dit:

— Eh bien! Bob, quelles nouvelles?

Mais Bob, sans répondre à cette question, s'approcha et glissa ces mots à l'oreille de son maître:

— Le petit est là!

Le comte fit un saut en arrière comme s'il eût entendu le sifflement d'une vipère.

— Dis-lui que je suis sorti! répliqua-t-il d'une voix étranglée, je ne veux pas le voir... je ne le veux pas! —

Bob secoua la tête.

— Pourquoi lui dire cela? reprit-il, il sait que vous ne sortez jamais de si bonne heure... il m'a même prévenu que si vous refusiez de le recevoir il irait trouver monsieur votre frère...

— Trouver mon frère... l'imprudent... oui... c'est son système pour me forcer à lui offrir ma bourse... mais cela me lasse, au bout du compte, d'être le caissier de ce monsieur... le gueux! il m'avait dit qu'il se présenterait sur les deux heures ou dans la soirée, et, certes, alors, il ne m'eût pas trouvé!...

— Que décidez-vous? il me semble qu'il y a longtemps qu'il n'est venu?

— Longtemps! Quatre mois! et je lui ai donné quinze cents francs ce jour-là... Non! non! renvoie-le... chasse-le... je le veux!...

Bob fit volte-face pour aller exécuter les ordres de son maître; mais, au même instant, la porte du boudoir s'ouvrit donnant passage à deux personnes à l'aspect desquelles le comte laissa échapper une exclamation de colère.

Ces deux personnes dont la vue excitait ainsi le mécontentement du comte étaient son frère, le marquis de Beauvilliers, et Stéphen de Bergue.

Le marquis de Beauvilliers avait quatre ans de moins que le comte; il ressemblait beaucoup à ce dernier quant à sa taille et aux traits du visage, mais il existait une différence extrême, tout à son avantage, entre sa physionomie, sa démarche et celles de son aîné. Autant la figure fardée, les manières affectées du comte respiraient le ridicule, autant le regard calme et noble, la démarche aisée, les cheveux blancs du marquis commandaient le respect. Le ruban d'officier de la Légion-d'honneur ornait sa boutonnière et l'on ne doutait pas, en le regardant, que cette croix ne fût la récompense de son talent ou de son courage... tandis que l'on souriait de pitié à la vue du comte promenant la même décoration sous son chapeau du côté et sa moustache enduite de cosmétique.

Bob avait disparu laissant les deux frères et Stéphen en présence.

Le comte considérait d'un air presque irrité le marquis et Stéphen.

Mais ni le marquis, ni Stéphen ne parurent s'émouvoir de cet accueil rien moins qu'engageant. Le premier fit signe au second de s'asseoir, puis il prit place, à son tour, sur un divan et entama ainsi la conversation:

— Mon frère, j'ai rencontré, comme je me rendais près de vous, Stéphen dans votre antichambre; il m'a dit qu'il avait à vous parler, mais qu'il craignait que vous ne voulussiez pas le recevoir... et pour lui éviter l'ennui de revenir j'ai pris sur moi de l'engager à me suivre...

— Et vous avez mal fait, Christian, repartit le comte d'un ton rogue, je n'ignore pas quel est, en général, le motif des visites de monsieur, et, moins que jamais, aujourd'hui, je me sens disposé à le contenter.

— Daignez m'écouter d'abord, monsieur, dit Stéphen, en s'inclinant, et je suis persuadé qu'ensuite vous ne refuserez pas de satisfaire à ma demande.

— Votre demande! votre demande! répliqua le comte avec une colère croissante, c'est de l'argent que vous voulez, n'est-ce pas? Eh bien... je refuse, au contraire, de vous en donner... Je vous sers quatre mille francs par an... cela me paraît très-raisonnable... et, néanmoins, vous m'extorquez encore, à chaque instant, des vingt-cinq, des cinquante louis, sous prétexte que vous ne pouvez vivre avec votre pension!..... Eh! monsieur, quand on n'a pas de famille on prend un état... Au lieu de jouer au gentilhomme, cherchez-vous une place... au lieu de suivre les modes et de dîner au café Anglais, habillez-vous comme tout le monde et mangez à trente-deux sous... et vous vous trouverez plus riche avec vos quatre mille francs que je ne le suis... avec le peu que je possède...

Stéphen sourit dédaigneusement à ces conseils brutaux; cependant une légère rougeur colora son visage... peut-être sentait-il que le comte n'avait pas tout-à-fait tort.

Mais le marquis vint, heureusement, à son secours.

— Mon frère, fit-il, quand on a commis une faute il est de son devoir d'en accepter les conséquences. En recourant trop souvent à votre obligeance, Stéphen abuse un peu, il est vrai, mais ce n'est pas une raison pour vous de le repousser avec dureté. Vous lui reprochez de ne savoir pas utilement employer son existence... Que ne vous occupiez-vous, vous-même, de lui chercher une position? il n'en serait plus, à cette heure, à avoir besoin de vous.

— Parbleu! voilà qui est adorable! s'écria le comte en ricanant, n'ai-je pas mon fils, monsieur mon frère, à l'avenir duquel je dois songer avant tout! Ne trouveriez-vous pas convenable, par hasard, que je traitasse M. Sthépen à l'égal d'Edgard?

A l'égal! non, monsieur, mais avec bonté, du moins, puisque Stéphen peut revendiquer, de vous à lui, le titre que porte Edgard.

—Eh! mon Dieu! s'il fallait nourrir tous les enfants qu'on a faits dans la vie, de côtés et d'autres, ce serait à vous dégoûter des maîtresses! j'ai donné quarante mille francs à votre mère, en la quittant, monsieur Stéphen, vous avez aussi, grâce à moi, de quoi vivre honorablement... je ne puis davantage... c'est à vous de vous contenter...

— J'irai donc en prison faute de deux mille cinq cents francs, repartit Stéphen qui se leva avec un calme sous lequel bouillonnaient la honte et la colère; seulement je vous préviens, monsieur, que j'apprendrai à mes compagnons d'infortune, à Clichy, que mon père, M. le comte de Beauvilliers, riche à cent mille livres de rentes, a refusé de me venir en aide pour la dernière fois que je le lui demandais.

—La dernière fois! c'est ce que vous dites toujours! fit le vieux lion, ébranlé par la menace de Stéphen; et dans quelques mois, vous implorerez encore ma charité...

— La charité! oh! monsieur!

Et les mains de Stéphen se crispèrent, et ses yeux lancèrent des flammes.

— Vous avez raison! continua-t-il, vous me faites payer trop cher vos bienfaits... Cependant... aujourd'hui... je méritais plus de générosité de votre part!

— Vous méritez! et à quel propos, s'il vous plaît?

Stéphen se tut; il prit son chapeau et fit quelques pas vers la porte.

Mais le marquis ne lui laissa pas le temps de sortir; il se leva à son tour, courut à Stéphen, et, lui mettant un portefeuille dans la main:

— Tenez, mon ami, lui dit-il... voici ce que vous demandez... je portais cette somme à mon agent de change... prenez-la... je n'aurai que la peine de remonter chez moi, et je m'arrangerai ensuite avec mon frère. Le principal est que le nom des Beauvilliers ne soit pas entaché d'égoïsme et de bassesse... Au revoir!... tâchez d'être raisonnable.. mais quand vous aurez besoin de recourir à votre père... c'est à moi, d'abord, que vous vous adresserez.

Stéphen tenait le portefeuille dans sa main... on eût dit qu'il hésitait à accepter..... un moment, même, il tendit en avant ce qu'on lui donnait, comme pour dire:

« Je n'en veux pas! »

Mais il se ravisa aussitôt; il salua le marquis en lui jetant un regard de reconnaissance et sortit.

Il traversait l'antichambre, plongé dans ses réflexions, lorsqu'il se sentit toucher le bras.

Il leva les yeux: un domestique était à ses côtés...

Ah! ah! s'écria Stéphen, avec un sourire amer, vous venez m'avertir que votre maître veut me parler, n'est-ce pas?

—Oui, monsieur... monsieur a su que vous étiez chez monsieur le comte, et il m'a ordonné de me tenir ici pour vous conduire à son appartement.

— Je vous suis, dit Stéphen.

Et il ajouta mentalement, en montant l'escalier derrière le domestique:

— Toi, je vais te faire payer les humiliations dont ton père m'a accablé!

IX. — NOBLESSE N'OBLIGE PAS TOUJOURS.

Quelques secondes après, Stéphen entrait chez Edgard de Beauvilliers.

Edgard attendait Stéphen dans un petit salon, du goût le plus exquis.

A l'arrivée de Stéphen, il salua gravement, avança un fauteuil près de la cheminée et fit signe au valet de sortir.

Stéphen plaça son chapeau et sa canne sur une table de jeu et prit la place qu'on lui désignait.

Comme il s'avançait, les rideaux de soie qui recouvraient une porte vis-à-vis de la cheminée s'agitèrent faiblement: Stéphen ne remarqua pas cet incident.

Edgard était très-pâle, et qui eût posé, à ce moment, la main sur la poitrine du vicomte y eût senti son cœur palpiter avec violence.

Cependant il s'adressa ainsi, d'une voix assez ferme, à Stéphen:

— Monsieur, vous avez refusé hier au soir de m'expliquer la cause de l'inconcevable action dont vous vous êtes rendu coupable à mon égard... vous avez refusé... parce que vous étiez trop pressé, assurlez-vous, et qu'il se trouvait avec moi un homme qui vous déplaît... Aujourd'hui... que le temps ne vous est plus aussi cher, et que monsieur Raymond de la Gaule n'est plus là, vous allez, je l'espère, satisfaire à mon impatience bien naturelle, vous l'avouerez?...

— Je suis ici pour cela, monsieur, repartit Stéphen, et j'ai sur moi l'objet de notre conférence...

— J'y compte bien! fit Edgard d'un ton étrange.

— Vous saurez donc...

— Pardon! interrompit Edgard, avant de vous laisser entamer ce chapitre, permettez-moi de vous donner, moi-même, quelques explications quant au... papier... dont la présence entre vos mains a lieu de me surprendre et de me déplaire au plus haut point.

Je connais monsieur Bourdot depuis à peu près trois ans; j'ai eu recours à lui, très-souvent, dans des moments de gêne... j'ai payé ses services... c'est très-bien... mais j'ai eu le tort de croire qu'il existait au fond de l'âme de cet homme autre chose que de la cupidité: sinon un peu d'amitié pour moi, du moins quelque reconnaissance de ce que je le traitais autrement qu'un vil usurier qu'on méprise tout en s'adressant à lui. Cette faiblesse de ma part m'a exposé à commettre une faute... je ne le nie pas... mais une faute que je voulais réparer... — vous n'en doutez point, je pense, — sitôt qu'il m'eût été possible de le faire.

Monsieur Bourdot, trouvant plus d'avantage à mettre mon nom en péril qu'à rire avec moi d'une folie... que je me reproche, encore une fois, et dont je lui eusse payé largement le secret, vous a confié ce secret et livré, selon votre désir, cette misérable lettre de change...

Je sais tout cela de monsieur Bourdot... je suis allé à sa caverne hier au soir, et j'ai eu le courage, lorsqu'il m'a tout conté, de prendre sa mauvaise action comme une plaisanterie, et de feindre de croire que vous-même n'aviez agi, en cette occasion, que pour vous amuser à mes dépens...

Je me suis conduit de la sorte, monsieur, vous le comprenez, parce que je me sentais coupable et menacé de quelque horrible châtiment... et qu'il eût été dangereux pour moi d'irriter un homme qui peut, d'un mot, m'imprimer au front une tache ineffaçable.

Monsieur Bourdot m'a juré que le secret de la lettre de change n'était sorti de sa bouche que parce qu'il a la certitude que vous n'en abuserez pas...

Je veux bien ajouter foi à l'estime que professent à votre égard monsieur Bourdot et sa famille, mais j'avoue que je ne divine pas dans quel but vous avez payé les deux mille francs que je devais à cet usurier...

— Deux mille cinq cents francs, je vous prie... deux mille francs de capital... cinq cents francs d'intérêts...

— C'est très-juste!... monsieur Bourdot m'a instruit aussi du taux auquel il avait cédé son dessaisissement de l'effet... ceci rend même votre action plus extraordinaire...

Je proclame donc que j'en suis encore à deviner le motif qui vous a poussé à vous immiscer dans cette malheureuse affaire... vous allez me l'apprendre... je vous attends... mais, auparavant, je tenais à vous expliquer...

— Ce que je savais d'avance, monsieur, c'est-à-dire que vous n'êtes pas un faussaire vulgaire qui commet son crime et disparaît après en avoir retiré le fruit... mais un fou... — excusez-moi... vous vous êtes intitulé ainsi tout-à-l'heure... — qui joue avec son honneur... comme si son honneur n'appartenait qu'à lui...

— Est-ce donc pour en arriver à vous poser de la sorte, en censeur, que vous vous êtes ainsi placé entre monsieur Bourdot et moi? fit Edgard d'un ton orgueilleux; si telle a été votre intention, je vous avertis que, moins que tout autre, je suis disposé à recevoir de vous des conseils?

— Vous oubliez que je possède le moyen de vous rendre plus traitable! Pensez-vous que si je glissais un mot de cette affaire à monsieur le comte de Beauvilliers, le cas lui semblerait aussi plaisant qu'à vous?

Edgard se leva brusquement.

— Monsieur, dit-il, je n'ignore pas que des liens... dont je déplore l'existence... — je suis franc, vous le voyez, — donnent la faculté de pénétrer, quand il vous plaît, jusqu'à mon père et la facilité d'attirer sur moi, par une dénonciation, l'effet d'un juste ressentiment...

Vous ne le présumez pas? repartit Stéphen, impassible; votre père et votre oncle seraient déjà ici...

— Alors, est-ce encore à d'insensés désirs de former avec moi une liaison d'amitié que je dois, aujourd'hui, de vous avoir pour juge? Tant pis pour vous, monsieur, si vous avez espéré arracher par l'intimidation ce que vous n'avez pu gagner par d'hypocrites obsessions... vous n'obtiendrez pas plus d'une façon que de l'autre!.. Depuis le moment où une malencontreuse indiscrétion m'a fait connaître que vous sortez du même sang que moi, l'antipathie que je ressentais instinctivement pour vous s'est accrue, au contraire, du dégoût et de la haine... Je serais sur l'échafaud, monsieur, que je vous répéterais, pussiez-vous me sauver de la mort, que j'exècre... que je méprise ces bâtards qui vous volent, en mendiant, une partie de votre fortune et se parent dans l'ombre d'une qualité usurpée.

— Quand monsieur votre oncle vous a appris, il y a cinq ans, qui j'étais, en vous invitant à me traiter favorablement, il ne pensait pas, pourtant, lui, que l'affection et les services d'un... bâtard... pussent vous être nuisibles!

— Eh! monsieur, encore une fois, mon oncle a eu tort de penser ainsi... ou il aurait dû, alors, éteindre au fond de mon cœur l'aversion naturelle que votre aspect me fait éprouver.

— Vous auriez préféré, peut-être, que, vous abandonnant aux effets de cette aveugle haine, il vous laissât m'insulter, comme vous aviez déjà commencé de le faire, et m'autorisât, de la sorte, à vous détester à mon tour?

Edgard se tut... il se promena un instant, pensif, dans le salon, puis, revenant tout d'un coup devant Stéphen.

— Au fait! monsieur, reprit-il, pourquoi avez-vous pris cette lettre de change chez M. Bourdot... est-ce pour me la remettre au prix d'une leçon? je n'accepte pas la leçon et je veux la lettre... voici vos deux mille cinq cents francs... vous êtes remboursé... adieu!

— Ce n'est pas à l'aide d'un tel langage que vous me disposerez à vous contenter, fit Stéphen se levant aussi fier qu'Edgard; je voulais, il est vrai, vous offrir des conseils... des conseils d'ami... de frère... vous refusez... adieu donc!... vous ignorez ce que l'action que j'ai commise, toute dans votre intérêt, m'a valu déjà d'ennuis et d'humiliations! Gardez votre argent..... votre père m'a payé sans se douter que ce qu'il me donnait n'était qu'une restitution... moi, je garde votre faux... Quand vous me témoignerez, outre mesure, vos mépris, monsieur de Beauvilliers, je regarderai ce papier, moi le bâtard... et je me consolerai en pensant que je possède le moyen de vous faire trembler et tomber à mes genoux!

— A genoux! moi! à tes genoux! balbutia Edgard hors de lui, et tu ose me menacer ici!... et tu crois que je supporterai cet affront... que je te laisserai sortir!...Ah! ah!... il me faut ce papier, entends-tu? et je l'aurai!... dussé-je te tuer pour y parvenir... à moi, Raymond?

A ce cri la draperie qui s'était agitée à l'arrivée de Stéphen se souleva brusquement: Raymond parut... il tenait à la main une paire de pistolets... Edgard courut à lui et lui arracha une des armes.

Stéphen demeura immobile et un léger sourire effleura ses lèvres lorsqu'il sentit le canon des pistolets se poser sur sa poitrine.

Edgard et Raymond le dévoraient du regard... mais l'arme meurtrière vacillait dans leurs mains... Comédiens peu exercés ils avaient peur en jouant leur rôle.

— Eh bien! messieurs, fit Stéphen d'un ton railleur, qu'attendez-vous pour me tuer? je ne cherche ni à fuir ni à me défendre, vous le voyez...

Edgard frappa du pied avec rage et jeta son pistolet loin de lui

Raymond abaissa son arme et se recula dans l'embrasure d'une fenêtre.

— Edgard, reprit alors Stéphen, le bâtard a du cœur... prouvez-lui que le vôtre sait battre aussi à de généreuses inspirations...je n'ambitionne qu'une récompense en échange du fatal papier... et j'oublie et vos dédains et ce que j'ai souffert tout-à-l'heure à cause de vous; donnez-moi votre main... promettez-moi, non pas de devenir mon ami, mais d'essayer de ne plus me haïr... et je vous remet la lettre de change...

Edgard chancela... un frisson parcourut tout son être... si simple que fut ce qu'on lui proposait on eut dit qu'il lui en coûtait horriblement d'y accéder.

Enfin sa main s'étendit vers Stéphen:

— Puisque vous le désirez si fort, fit-il d'une voix émue, qu'il en soit donc selon vos vœux... je tâcherai, désormais, de vous aimer... je me souviendrai... de ce que vous faites aujourd'hui pour moi... j'irai plus loin, si cela vous plaît... je dirai partout que vous êtes mon frère!

— Non! non! s'écria vivement Stéphen en saisissant la main qu'on lui offrait... je n'en demande pas tant! Edgard... que m'importe le monde!... qu'il ne connaisse que vous comme fils du comte de Beauvilliers... cela est juste...

Ce dont je serai heureux et fier, c'est que votre regard ne se détourne pas du mien quand nous nous rencontrerons... ce que je veux, c'est que vous ne pensiez pas qu'en prenant ce papier chez cet usurier, j'aie vu dans sa possession le moyen de vous nuire... d'abuser de votre secret...

Oh! franchement, quand je suis arrivé à vous, encore tout frémissant... de quelques mauvaises paroles de votre père... je rêvais au moyen de me venger et de ces paroles et de vous-même!... depuis si longtemps, vous vous êtes montré si impitoyable à mon égard!

J'avais tort, n'est-ce pas de me laisser entraîner à ces affreuses pensées. Oui... j'avais tort... je le reconnais... je vous supplie de me le pardonner, Edgard, avec autant de sincérité que j'en mets, à ce moment, à protester de mon dévoûment pour vous...

Ce papier, tenez, le voici... brûlez-le... anéantissez-le... et que désormais...

Stéphen n'acheva pas; il avait à peine tiré la lettre de change de sa poche, qu'Edgard, par un mouvement plutôt de rage que de reconnaissance, s'en était emparé et l'avait jetée, en poussant un cri, dans le foyer.

Une longue flamme, puis quelques cendres que le vent emporta et tout fut dit de cette preuve d'une *folie* de M. Edgard de Beauvilliers...

Le noble gentilhomme, accroupi devant la cheminée, se releva alors: la terreur, empreinte un instant auparavant sur son visage s'était dissipée... l'ironie, l'impertinence y avaient repris leur place habituelle:

— Monsieur Stéphen... plus ou moins de Bergue, fit-il en ricanant, je n'ai plus besoin de vous... vous pouvez vous retirer... Je vous remercie de m'avoir restitué ce papier, voilà tout ce que je vous accorde!... Quant à l'acte de réconciliation que vous avez exigé de moi, prenez-le pour un rêve... pour une scène de vaudeville sentimental... il n'a pas plus de valeur à mes yeux... Vous m'avez obligé à vous craindre, puis à reconnaître votre générosité... ce sont là deux grandes raisons pour moi de vous détester plus que jamais... et je compte vous le prouver bientôt... Au revoir!... Allez, si cela vous amuse, conter cette aventure partout, je vous brave, on ne vous croira pas!

Raymond, reconduis monsieur mon frère, je te prie.

Cela dit, Edgard pirouetta sur lui-même et alluma un cigare.

Raymond semblait frappé d'admiration pour l'audace sublime de son ami, mais, fort peu disposé à l'imiter, il ne bougeait pas de sa place près de la fenêtre.

Quant à Stéphen, il était pétrifié; son regard, rivé à la prunelle d'Edgard, distillait le mépris, la douleur, la surprise et l'indignation.

Quelques secondes s'écoulèrent dans ce silence de plomb.

Raymond n'osait lever les yeux sur Stéphen.

Et le rire d'Edgard n'était déjà plus aussi ironique; il résonnait encore, mais faux, strident, contraint.

— Infâme! exclama enfin Stéphen, en faisant quelques pas en arrière, infâme!... tu me braves, et tu devrais ramper à mes pieds!.. tu me mens traîtreusement, et tu devrais couvrir cette main que tu repousses, de tes larmes.

La guerre donc, puisque tu m'y forces!... tu t'es joué de ma loyauté, malheur à toi!

X. — MADAME ÉLISA.

La table d'hôte de madame Élisa, sise à Batignolles, rue des Dames, n° 5, était le rendez-vous, en 184..., d'une foule de Madeleines, non repenties, des quartiers Saint-Lazare et Bréda, et de pas mal de gentilshommes, auxquels Plutus ne permettait pas de se nourrir aussi bien qu'ils s'habillaient.

Quelques artistes, quelques employés, achevaient de former la clientèle de madame Élisa ; cependant ces derniers, — je parle des employés, — ne faisaient que de rares apparitions à la table de la rue des Dames : la société excentrique des lorettes et des demi-lions convenait peu à cette caste paisible et silencieuse s'il en est; mais madame Élisa se souciait médiocrement des *gratte-papier*,—c'est ainsi qu'elle nommait ces messieurs, — et elle les sacrifiait sans regret à ses autres convives, tous plus nobles et plus galants les uns que les autres.

La table de madame Élisa s'ouvrait, semaine et dimanche, à cinq heures et deme; le prix du dîner était de deux francs; le menu se composait de deux plats de viande, un plat de légumes, un dessert et une bouteille de vin; le service était exécuté par deux grosses filles assez avenantes ; un ancien officier d'artillerie, haut comme un mât et large comme un muids, découpait et adressait les portions; madame Élisa rémunérait, disait-on, d'une tendre monnaie les complaisance du gigantesque officier, mais ceci n'était qu'un cancan auquel nous n'ajouterons pas foi, vu le caractère, à nous connu, de la susdite maîtresse de table d'hôte.

Madame Elisa en était à l'automne de la vie, ce qui signifie qu'elle effleurait ses quarante-six ans : Elle avait été très-jolie, très-galante et très-courue... elle n'était plus rien de tout cela : la passion de l'argent avait chassé de son âme le goût des amours ; un public de rencontre tenait la place de l'élégante société qu'elle recevait jadis; enfin, l'éventail de Duvelleroy avait fui de sa main devant l'atroce tabatière : une seule personne connaissait les antécédents de madame Élisa et le nom sous lequel elle avait brillé quinze ans auparavant : cette personne était Charlotte, sa femme de charge. Depuis un quart de siècle, Charlotte vivait dans l'intimité de madame Élisa : de femme de chambre elle s'était transformée en intendante..... de simple domestique, en amie... et nous devons dire, à sa louange, qu'elle n'usurpait point ce titre. La fortune de sa maîtresse l'intéressait autant que si elle eût été sienne; elle entourait madame Élisa des égards les plus tendres, des soins les plus minutieux : c'était elle qui surveillait les détails de la table d'hôte, qui recevait les fournisseurs, qui tenait les comptes. Madame Elisa s'absentait, chaque jour, de midi à quatre heures; de quatre à cinq elle s'occupait de sa toilette ; de cinq à cinq et demie elle donnait un coup-d'œil à la cuisine; Charlotte, on le voit, n'avait pas beaucoup de temps à elle, et sa maîtresse agissait sans façon à son égard ; mais Charlotte n'ignorait pas que, si sa maîtresse lui laissait ainsi tout le fardeau de son établissement culinaire, cela provenait de ce que des affaires plus sérieuses la réclamaient ailleurs, et Charlotte acceptait sa part de travail, certaine qu'elle se trouvait que cette part n'était ni la plus difficile ni la plus fatigante.

Où allait donc ainsi madame Élisa, quotidiennement, de midi à quatre heures? C'est ce que nous vous apprendrons bientôt.

Entrons à la table d'hôte de la rue des Dames. On venait de servir le potage : madame Élisa tenait la place d'honneur, en face de M. Dupérier, — l'écuyer tranchant, — six jeunes femmes et autant d'hommes, presque tous jeunes aussi, plongeaient silencieusement leur cuillère dans leur assiette pleine — on est, en général, silencieux au commencement du dîner — quand deux nouveaux venus apparurent à l'entrée de la salle.

A leur vue, — c'étaient deux messieurs de très-bon air, ma foi! — madame Élisa s'inclina : plusieurs places étaient vides, ces messieurs arrivaient donc fort opportunément... Au même instant deux voix féminines s'écrièrent, à la fois :

— Tiens ! M. Edgard!

— Tiens! M. Raymond !

Puis une main d'homme s'étendit vers ceux qu'on interpellait ainsi, tandis qu'au contraire un autre des dîneurs s'essuyait le visage, avec sa serviette, comme s'il se fût jeté du bouillon dans les cheveux.

— Bonjour, Gigolette, bonjour, Clara... Monsieur de Solicof, je suis votre serviteur; monsieur de Robecourt, je vous baise les mains..... madame Élisa, je vous présente mes respects.

Fit Raymond de la Gaule en prenant place à table, ainsi qu'Edgard, l'un près de mademoiselle Clara, l'autre près de mademoiselle Gigolette.

Et, tandis qu'Edgard criait à de Robecourt, qui s'était enfin décidé à montrer sa figure :

— Eh ! cher ami, nous avons donc encore, aujourd'hui, délaissé le café Anglais?

Madame Élisa, considérant Raymond, disait de son côté :

— Tiens ! moi qui ne vous remettais pas, monsieur de la Gaule ! Comment cela va-t-il? Il y a si longtemps que vous n'êtes venu dîner ! C'est gentil de vous souvenir de nous !

— Et d'autant plus gentil, repartit Raymond, que ce n'est pas uniquement pour dîner que j'ai songé à vous... mais pour vous entretenir d'une affaire importante....

— Vraiment? fit madame Elisa en ouvrant de grands yeux.

— Vraiment! Mais nous causerons de cela plus tard. Pour le moment, soyons tout à la table! Nous avons faim, mon ami et moi, et nous allons vous le prouver... n'est-il pas vrai, Edgard?

— Certes! et nous avons soif aussi, et, si ces dames et ces messieurs nous y autorisent, nous leur offrirons un ou deux verres de Madère que madame Elisa nous fera servir tout de suite?

Un murmure d'approbation accueillit cette ouverture : les convives de madame Elisa étaient, nous l'avons dit, des jeunes gens sans façon qui ne s'effarouchaient pas d'une politesse ; les dames, surtout, au mot : madère, laissèrent échapper un hourrah ! de joie : — qui dit madère au début d'un repas, dit champagne au dénouement; — De Robecourt, faisant contre mauvaise fortune bon cœur, cessa de se tortiller sur sa chaise à l'instar de Saint-Laurent sur son gril; le gros officier redressa sa moustache, et Charlotte, qui se promenait dans la salle, surveillant le service, s'empressa, sur un coup d'œil de sa maîtresse, de se rendre à la cave.

Le madère arriva : Charlotte avait deviné, en Edgard, un grand Seigneur, et elle s'était habilement comportée; six bouteilles du vin doré commencèrent d'égayer les seize convives : Gigolette et Clara, surtout, devinrent, bientôt, d'une joie folle; ces demoiselles — lorettes de troisième classe, la providence des oisifs qui aiment à rencontrer, sous leurs pas, des beautés faciles, — rappelèrent à Edgard et à Raymond les heures délicieuses qu'ils avaient passées ensemble. Les pauvres filles, près de leurs anciens amants — amants d'un jour, il est vrai, mais des nobles manières desquels on gardait le souvenir — espérèrent quelques douce réminiscence... Et Edgard et Raymond les laissèrent se bercer de ces chimères, tout en plaisantant, à tour de rôle, de Robecourt, qui ne s'en défendait plus, sur la simplicité de ses goûts, et en versant à Solicof, qui semblait très-désireux de justifier le proverbe : « Boire comme un Polonais. »

Ainsi que l'avait prévu Gigolette, Clara et les quatre autres dames, après le rôti Edgard demanda du champagne... Les six bouteilles vides de madère furent remplacées par six bouteilles pleines au goulot argenté.

Au dessert tout le monde était gris : tout le monde, hors Edgard, Raymond et madame Élisa. Edgard et son ami avaient besoin de conserver intacte leur raison : madame Elisa ne buvait, depuis dix ans, que de l'eau.

— Mes bons amis, fit Raymond, comme un de ces messieurs offrait de chanter un couplet grivois, nous avons un mot à glisser à notre aimable hôtesse... permettez-nous de nous absenter quelques minutes... nous vous jurons notre foi de gentilshommes de revenir pour le punch!

Ces paroles furent accueillies par une explosion de désespoir : chacun tremblait à l'idée de perdre les généreux amphytrions... Gigolette et Clara versèrent des larmes de champagne...

Enfin Edgard et Raymond purent s'arracher à ces touchantes marques de tendresse.

Madame Elisa marchait devant eux : ils la suivirent dans une pièce éloignée qui lui servait de salon de réception : là, ils s'assirent tous trois : madame Elisa était quelque peu intriguée de ces allures mystérieuses... néanmoins, elle avait eu à faire à tant de mystères en sa vie, qu'elle attendit patiemment que ces messieurs daignassent l'instruire de ce qu'elle pouvait pour eux.

Raymond débuta ainsi :

— Ma bonne madame Elisa, fit-il, en prenant affectueusement une de mains de l'ex-jolie femme, nous avons, mon ami Edgard de Beauvilliers et moi, une mission importante à vous confier...

— Ah! monsieur est le fils du comte de Beauvilliers? interrompit madame Elisa, dont les yeux s'arrêtèrent, avec curiosité, sur le jeune homme qu'on lui présentait...

— Je suis le fils du comte de Beauvilliers, madame, reprit Edgard ; aurais-je l'avantage d'être connu de vous?...

— Non pas personnellement... repartit madame Elisa... mais j'ai quelquefois entendu parler de vous, monsieur... et... j'ai eu occasion, jadis, de me rencontrer avec monsieur votre père...

— Vous avez dû vous rencontrer avec beaucoup de monde, chère amie, nous le croyons sans peine, — dit Raymond d'un ton mi-sérieux, mi-impertinent, — belle comme vous l'avez été, sans nul doute!... mais nous n'en sommes point là-dessus... le passé nous importe peu... le présent seul nous intéresse... cependant, si, il y a quelque douzaine d'années, vous avez daigné vous montrer... gracieuse envers le père, cela vous décidera, j'espère, d'autant plus, aujourd'hui, à user de bonté à l'égard du fils... quoique le service, qu'il a à réclamer de vous, ne soit pas de la nature de ceux que vous avez vu rendre, autrefois, à monsieur le comte.

Madame Elisa essaya de rougir...

Raymond et Edgard essayèrent de paraître convaincus qu'elle avait rougi.

— Ce que nous désirerions de vous, madame, poursuivit Raymond, le voici : nous savons, ou plutôt je sais, car mon ami est, moins que moi, au courant d'une infinité de petites choses, plus ou moins bizarres, qui se passent à Paris, que vous joignez à votre profession de maîtresse de table d'hôtel le métier, non moins lucratif, mais beaucoup plus éventuel, de revendeuse à la toilette...

Ce fut au tour de Raymond d'être le point de mire du regard de madame Elisa.

— Ah ! vous savez que je suis... revendeuse à la toilette, monsieur Raymond? fit-elle... Mon Dieu!... je ne nie pas... que je cherche à employer, le plus utilement possible, le peu de temps que me laissent les soins de ma maison... je m'étonne, seulement, que vous soyez si bien au courant de mes affaires... nous n'avons, autant qu'il m'en souvient, jamais eu de rapports ensemble?

— Non... non, sans doute... mais... s'il faut vous l'avouer, j'ai fréquenté plusieurs dames... dont le hasard vous avait rapprochée... et c'est, grâce à elles, que j'ai appris que, non-seulement vous vendiez, à des prix très-modérés, les étoffes les plus jolies... mais, encore, que vous étiez toujours prête à mettre au profit des... amoureux... qui ne savaient comment se faire bien venir de leur belle... les ressources de votre esprit et de votre expérience...

— Je ne vous comprends pas, monsieur, répartit madame Elisa, d'un ton précieux; je suis marchande et...

— C'est-à-dire, madame, interrompit Edgard, en tirant sa bourse, et de sa bourse, dix louis, que M. Raymond ne sait pas s'expliquer! Quoique moins roué que lui, quant à certaines intrigues, je suis persuadé, pourtant, que, plus vite que lui, je saurai toucher le joint de votre intelligence :

Voici deux cents francs, que je me permets de vous offrir à titre d'encouragement; voudriez-vous bien vous rendre demain ou après demain, au plus tard, chez une dame dont je vous donnerai et le nom et l'adresse : il faut que cette dame soit à moi avant huit jours... huit jours c'est beaucoup, je vous en préviens... je suis riche... je ne reculerai devant aucun sacrifice pour arriver à mon but : vous ferez donc bien vite connaissance avec la dame en question... vous vous attaquerez à sa coquetterie... à ses goûts... à ses désirs... la partie sera, peut-être, difficile, vu que la dame possède à peu près, je pense, tout ce qu'elle peut envier... mais si vous réussissez, vous n'en aurez que plus de mérite... et la récompense sera digne du succès...

Tandis qu'Edgard s'exprimait, les yeux de madame Elisa s'animaient d'un feu étrange : lorsqu'il eut achevé elle tendit la main pour recevoir les dix louis et s'écria :

— A la bonne heure, monsieur, voilà, en effet, qui s'appelle parler, et, dès ce moment, je suis votre très-humble servante : le nom de votre dame, s'il vous plaît, son adresse? sa position dans le monde? Dépêchons, car j'entends qu'on crie après vous dans la salle à manger... Pourquoi, aussi, leur avoir promis du punch!... Eh bien?

— Eh bien! elle se nomme Rosemonde, elle demeure rue de Provence 17, elle est entretenue par le prince Rufiakin.

Madame Elisa se leva en frappant joyeusement des mains :

— Et vous me disiez que l'affaire était difficile! murmura-t-elle, mais, mon cher monsieur Edgard, je croyais que vous alliez m'expédier vers quelque femme de banquier ou d'agent de change! une femme entretenue... eh! eh!... sachez, monsieur, que toute femme entretenue, quelque heureuse qu'elle soit, a toujours, dans un recoin du cœur ou de la tête, un ou deux petits désirs à l'aide desquels on la gagne, en les satisfaisant au bon moment.

— Rosemonde serait-elle déjà votre cliente, madame Elisa? fit Raymond; vous en parlez bien à votre aise il me semble ?

— Je ne la connais que de réputation... je la sais belle... je n'ignore point que son prince est généreux... mais je vous répète que tout cela ne m'effraie pas...

— Mais si... par hasard... elle avait indépendamment de son entreteneur, un amant?..

— Le contraire serait une exception : je compte donc sur un amant et je suis toujours calme!

— Femme étonnante! s'écria Raymond en se posant les bras croisés devant madame Elisa, on m'avait bien dit que vous ne saviez pas ce que c'était que de reculer!...

— Je sers bien quand on me paie bien, répartit madame Elisa avec une grimace ignoble.

— Vous agirez donc selon mes instructions? reprit Edgard.

— Je serai demain, chez votre Rosemonde, avant midi; ah ! quelques questions encore? Elle vous connaît?

— Beaucoup! mais jamais je ne lui adressai le moindre mot galant! Mon projet de *l'avoir* date de ce matin... Entre nous... c'est moins une affaire d'amour que de vengeance... Je hais son amant!

— Très-bien... l'amant et les suites, dont l'aventure est susceptible, ne me concernent pas!... Attendez! — je parle contre mes intérêts, mais n'importe! — Pourquoi, avant que je ne la voi, ne tenteriez vous pas, de votre côté, de la préparer à...

— Impossible! Je ne serais pas venu à vous si j'avais eu l'espoir de réussir sans vous! Non... je ne veux pas donner à rire à mon rival... vous devez être seule à agir... Mettez-y le plus d'adresse possible... Si vous êtes certaine du succès, — mais dans ce cas-là, seulement, — vous me nommez, et j'accours; si, au contraire, le sort nous est fatal, je reste dans la coulisse, et personne n'a le droit de se moquer de moi.

— Tranquillisez-vous! nous réussirons! Demain soir vous connaîtrez le résultat de ma première démarche... Vous habitez l'hôtel de M. votre père? rue du bac?

— Oui.

— Ce n'est pas là que je puis vous retrouver; je serai demain, à deux heures, devant le pavillon de l'horloge, aux Tuileries.

— C'est convenu!

Raymond et Edgard se lèvent et retournent à la salle, où les attendent Gigolette, Clara, de Robecourt et Solicof.

Madame Elisa suit les deux jeunes hommes, et elle murmure ces mots en marchant :

— C'est drôle ! je sers le fils à présent!

XI. — LE TROISIÈME PÈRE DE STÉPHEN.

Stéphen sortait de l'hôtel de Beauvilliers. Tout ému de la scène qui venait de se passer entre Edgard et lui, il descendait à grands pas la rue du Bac, lorsqu'il s'entendit appeler du fond d'une voiture qui s'arrêta au même instant, en se rapprochant du trottoir.

Stéphen laissa, d'abord, échapper un mouvement d'impatience... — Quand on est sous le coup d'un violent chagrin, on éprouve un secret plaisir à se livrer, seul, à ses pensées, à ses projets; — mais, à la vue de la personne qui lui faisait signe, le visage de notre jeune homme se rasséréna comme par enchantement : il s'élança vers la voiture, — un coupé de contexture plutôt confortable qu'élégante — dont la portière s'était ouverte...

— Où vas-tu? lui cria-t-on.

— Chez moi.

— Eh bien ! monte ! je te reconduirai. Joseph, rue Saint-Georges... vous savez...

Et Stéphen prit place dans le coupé près d'un homme de cinquante à cinquante-cinq ans, d'une taille élevée, d'une corpulence en rapport avec la taille, d'une physionomie assez ordinaire, mais franche et joyeuse.

Cet homme se nommait Rybeirolles; il possédait une fortune de quinze cent mille francs, et était à la tête d'une raffinerie de sucre exotique de la valeur, environ, du tiers de sa fortune.

La voiture se remit en marche. M. Rybeirolles frappa gaîment sur l'épaule de Stéphen, en lui disant :

— Je te trouve la mine bien fatiguée, ce matin!... c'est le résultat de quelque nuit orageuse, hein ! mauvais sujet?

— Vous vous trompez, cher père, répliqua Stéphen, avec un soupir, je n'ai jamais été si sage que depuis quelque temps... Si je suis abattu... c'est de colère et d'humiliation...

— De colère... d'humiliation!.. s'écria vivement celui qui, de même que le peintre Schneider et le comte de Beauvilliers, était traité du titre de *père*, par Stéphen; et qui donc a le droit de t'humilier ou de t'irriter, mon ami?

Stéphen se repentit d'avoir parlé trop vite; pouvait-il expliquer à Rybeirolles la cause de son chagrin.

Il essaya de sourire et répartit :

— Les termes que je viens d'employer sont, peut-être, un peu exagérés, mon père; mais vous n'ignorez pas... qu'un amant dédaigné ne connaît pas d'épithètes assez outrageantes pour flétrir la conduite d'une ingrate!

— Ah! ah! je ne m'abusais donc pas en attribuant ta tournure de conspirateur à quelque aventure amoureuse, fit Rybeirolles, tranquillisé. Allons donc! est-ce toi, mon Stéphen, qui te tourmentes pour de pareilles vétilles! Une maîtresse de perdue,.. dix de trouvées!

— Vous traitez l'amour d'une façon bien leste, mon père.

— Parbleu! à mon âge!.., avec mon expérience! Crois-tu que j'en sois encore à prendre les femmes au sérieux! je n'ai plus que deux affections sur terre... et c'est sur toi et sur ma fortune qu'elles sont concentrées... le reste m'est assez indifférent! Ah! pardon! j'oubliais que si j'ai renoncé à la galanterie, je suis resté fidèle à mon culte pour la table... un bon dîner, bien servi, bien ordonné, en compagnie de deux ou trois viveurs... voilà ce qui me ragaillardit... Ah! tu n'apprécies pas encore ces jouissances-là, toi!... mais le goût t'en viendra comme à un autre,. tu sauras un jour que la table est le seul plaisir dont on n'a pas à craindre de suites désagréables...

— Vous oubliez les indigestions...

— Niais! il n'y a que les gens qui ne savent pas manger qui s'indigèrent! Tiens, au lieu de te rendre chez toi, où sans doute encore t'attend quelque farceuse, laisse-moi t'emmener! je traite ce soir... il y a une dinde truffée arrivée, en ligne directe, du Périgord.

— Impossible! j'ai affaire sérieusement tantôt... et cela me retiendra peut-être toute la journée.

— Ton *sérieusement* m'amuse! alors accepte à déjeuner pour demain? les restes de la dinde ne seront pas à dédaigner.

— Vous êtes trop aimable, mais permettez-moi de commenter vos paroles de tout-à-l'heure... vous avez dit que deux affections, seules, se partageaient maintenant votre cœur, et je vous remercie de la place que vous m'y accordez auprès de votre fortune, mais n'existe-t-il pas encore en ce monde, — ne vous fâchez pas, je vous prie, — une personne à laquelle vous devez et tendresse et bonté?

M. Rybeirolles fronça le sourcil.

— Stéphen, répliqua-t-il en regardant le jeune homme en face, j'ai eu tort de te confier, il y a quelques années, la cause de la tristesse dont tu surprenais, parfois, les traces dans mes yeux.

— Ne vous repentez pas, mon père, car je savais déjà à quoi m'en tenir sur cette tristesse.... et votre confiance a été, pour moi, une preuve de plus de votre amitié.

— Eh bien! en admettant que, par suite du bavardage coupable de ta mère, tu fusses si bien renseigné sur mes affaires, ce n'était pas une raison pour te targuer de ta science et de ma bonne foi, et me blâmer dès-lors d'une résolution inébranlable...., et c'est plus que jamais, aujourd'hui, mal, de ta part, de revenir sur ce sujet.

— Mal! vous ne le pensez pas! Je suis sûr, au contraire, que vous m'approuvez de ne point oublier celui qui doit tant souffrir de votre abandon... de votre indifférence... celui dont le seul crime......

— Assez! interrompit sévèrement monsieur Rybeirolles, vous voici chez vous, Stéphen; à demain... si cela ne vous gêne pas.

Stéphen se tut... la portière de la voiture s'ouvrait... mais avant de descendre, il jeta à son père un regard de doux reproche.

— Dois-je vous quitter ainsi, fit-il.

Le nuage qui obscurcissait les traits de M. Rybeirolles se dissipa; il tendit la main à Stéphen en s'écriant :

— Est-ce qu'il est possible de te quitter fâché!... adieu, drôle, ah! dis-moi, as-tu besoin d'argent?

— Non! non! demain, peut-être, nous verrons!...

Et Stéphen sauta hors de la voiture qui fit volte-face et s'éloigna rapidement.

Stéphen avait, à peine, mis le pied sous le pérystile de sa maison, qu'il aperçut Edmond qui entrait après lui : il s'empressa de courir à sa rencontre.

— Vous venez me chercher, lui dit-il, ma foi, cela tombe bien, je rentre à la minute.

— Je vous ai vu descendre de voiture, fit Edmond.

— Ah! vraiment! j'étais avec un de mes bons vieux amis, M. Rybeirolles.

— Oui, j'ai reconnu M. Rybeirolles.... et... M. Rybeirolles est un de vos amis...... depuis longtemps? vous ne m'aviez jamais parlé de lui!...

— Comme vous me dites cela, Edmond, et comme vous êtes ému!... mais, sans doute... il y a de longues années que je suis lié avec M. Rybeirolles... il m'a connu... tout enfant... et si, jusqu'à présent, je ne vous ai point entretenu de lui, c'est que l'occasion ne s'en est pas trouvée... et que j'eusse été loin de penser, d'ailleurs, que ce sujet vous intéressait... mais, encore une fois, vous semblez mal? Edmond! voyons, qu'avez-vous? est-ce donc la vue de monsieur Rybeirolles qui cause en vous ce trouble extraordinaire?

Edmond, pâle et défait, se tenait immobile en face de Stéphen, sans répondre aux questions dont ce dernier l'accablait.

Enfin, il saisit le bras de son ami, et bulbutia ces mots d'une voix sourde :

— Venez, sortons... j'étouffe.... j'ai besoin d'air!... oh! Stéphen! si vous saviez! oui, c'est la vue de M. Ryberolles qui me rend tout tremblant, oh! et vous ne m'aviez pas dit que vous êtes son ami! que j'envie votre sort! vous allez chez lui, alors, quand il vous plaît!... vous pouvez l'entendre... tenir ses mains dans les vôtres, le contempler à votre aise!...

Et, tout en parlant de la sorte, Edmond entraînait Stéphen, et il y avait des larmes dans sa voix et du désespoir dans son regard.

Stéphen, étonné d'abord de ce désordre, s'était pris à réfléchir... et, à son tour, son front avait pâli sous une pensée étrange.

— Edmond, s'écria-t-il, tout d'un coup, en s'arrêtant et en forçant ainsi son compagnon à suspendre sa course, Edmond, vous m'avez dit hier que votre père vous avait exilé loin de lui dès votre enfance... qu'il ne vous connaissait pas, même de vue, et qu'il avait toujours refusé de vous recevoir... vous m'avez dit encore qu'un jour vous m'apprendriez vos chagrins et leurs causes... Edmond, le moment est arrivé, je crois, non pas de renouveler vos douleurs en les versant, une à une, dans mon sein, mais de me prouver que vous voyez réellement en moi... un ami, un frère!... Répondez donc sans crainte... me trompé-je en présumant que M. Rybeirolles vous est cher... à des titres sacrés?... qu'il a droit à votre respect, à votre affection?...

— Non, vous ne vous trompez pas! Stéphen, si j'ai pâli tout-à-l'heure à l'aspect imprévu de M. Rybeirolles, c'est qu'il y aura bientôt quatre ans que je ne me suis trouvé, par hasard, sans qu'il sût qui je suis, en face de *lui*, et que *lui*..., c'est mon père.

— Votre père!...

Un éclair passa devant Stéphen; il chancela, et, comme s'il eût senti qu'il allait tomber, il s'appuya machinalement d'une main contre la porte d'une boutique. Mais il se raffermit aussitôt, reprit le bras d'Edmond qui, tout entier à son émotion, n'avait pas remarqué l'effet produit sur son compagnon par ce mot : « Mon père! » et il lui dit avec un accent plein de douceur :

— Allons, tant mieux! je pourrai, je l'espère, vous être utile... mais, marchons!... votre intention est-elle toujours de nous rendre chez votre maîtresse?

— Plus que jamais!... Mon incertitude a cessé; je veux en finir, sans retour, avec elle; cette existence me brise, me torture!... Venez, Stéphen, venez, il faut que Delphine sache que je ne l'aime plus, qu'elle doit renoncer à moi!... Vous lui parlerez, vous, je n'aurais pas ce courage; je m'éloignerai, même, pendant cet entretien, permettez-le-moi. Ensuite, je vous apprendrai pourquoi, depuis que je suis né, mon père m'a repoussé, à la fois, de son cœur et de sa maison. Hélas! voilà bien des ennuis dont je vais vous importuner, Stéphen..... et vous allez me maudire de vous prendre ainsi vos instants?...

Stéphen serra la main d'Edmond.

— Ne vous excusez pas, fit-il, bientôt aussi vous saurez pourquoi je dois vous être dévoué.

XII. — LE GENTILHOMME ET L'ARTISTE.

André Schneider était dans son atelier; il donnait les dernières touches à une vue des environs de Fontainebleau.

A quelque distance du peintre, Paule, assise près d'une fenêtre, s'occupait d'un ouvrage de tapisserie.

Le père et la fille travaillaient en silence; ils pensaient tous deux à des gens aimés; Schneider pensait à Stéphen, Paule à Edmond : et le pinceau de l'artiste, l'aiguille de la jeune fille s'agitait gaiement sous leur doigts.

Au dehors, le temps était magnifique. Le soleil brillait dans un ciel de printemps, et ses rayons doraient les murs de l'atelier.

Un coup de sonnette retentit à la porte de l'appartement.

— C'est, peut-être, Stéphen! fit Schneider.

— Oui, mon père, répartit Paule.

Et elle ajouta tout bas :

— Ou Edmond?

Mais ce n'était ni Stéphen, ni Edmond. La domestique du peintre, — Catherine, une bonne grosse fille qu'il avait à son service depuis dix ans, — parut à l'entrée de l'atelier, et prononça ces mots d'un ton mystérieux :

— Monsieur, il y a là un monsieur qui désire vous entretenir, mais il ne veut entrer que si vous êtes seul avec mademoiselle.

— Ah! bah! répliqua Schneider, en riant; il faut absolument que nous soyons seuls... eh! bien! tu vois qu'il n'y a personne, ma bonne, introduit ce monsieur.

Un instant après, le comte de Beauvilliers se présentait dans l'atelier.

La tournure et la physionomie du comte avaient subi de notables changements depuis la veille. Ce n'était plus ce personnage à la démarche affectée et à la mise surabondamment élégante : c'était un homme à l'air simple et distingué, au maintien paisible, au regard sérieux. Le ruban rouge n'avait pas quitté sa boutonnière, mais, à ce moment, la vue de ce ruban à cette boutonnière, n'inspirait aucune réflexion railleuse.

Schneider s'avança au devant du comte. Paule se leva.

— Ne vous dérangez pas, je vous prie, monsieur, mademoiselle, fit de Beauvilliers avec un geste de grand seigneur; je viens pour vous parler d'affaires... j'aime passionnément les arts, et je serais heureux que cette profession de foi vous donnât assez de confiance en moi pour me traiter tout de suite sans façon...

— J'y suis tout disposé, monsieur, repartit cordialement le peintre tandis que sa fille offrait un siége au visiteur, et lorsque je saurai à qui j'ai l'honneur...

— Je me nomme le comte de Beauvilliers, monsieur; en même temps que je vous apprends qui je suis, je dois vous expliquer le motif qui m'a obligé à soumette ma visite à quelques formalités...

Vous possédez, au nombre de vos amis, monsieur Schneider, un jeune homme... nommé M. Stéphen de Bergue, je crois?

— En effet, monsieur, répliqua Schneider assez intrigué de cette question. M. Stéphen de Bergue est un de mes bons amis, un garçon charmant, plein de cœur et d'esprit.

— Je ne conteste aucune des qualités de M. de Bergue, reprit le comte, et la chaleur avec laquelle vous vous exprimez à son égard me cause, au contraire, le plus vif plaisir, car je sais M. Stéphen digne de toute l'amitié que vous semblez lui porter, et je serai très-disposé, pour ma part, à lui prouver l'estime que je fais de lui.

Mais il est des circonstances, monsieur, où l'on n'est pas libre d'agir selon sa volonté.

J'ai un fils... un jeune homme du même âge, à peu près, que M. Stéphen, mais aussi fou, aussi turbulent que ce dernier est calme et réservé. Est-ce à cette disparité de caractère qu'il faut attribuer ce que je vais vous apprendre?... Je l'ignore... Quoiqu'il en soit, je dois vous dire que M. Stéphen et mon fils, Edgard de Beauvilliers, à la suite de nombreuses rencontres dans le monde, se sont pris mutuellement en aversion singulière... cela a été poussé si loin, monsieur, qu'un jour j'ai eu à trembler pour la vie de mon fils ou celle de votre jeune ami...

— Comment! un duel!... Stéphen aurait voulu se battre!... s'écria Schneider, et quand cela, monsieur, il ne m'en a jamais rien dit?

— C'est que, grâce à mon intervention, l'affaire s'est arrangée. J'ai éloigné quelque temps mon fils de Paris : M. Stéphen a entendu raison... Au reste, cela s'est passé il y a déjà longtemps... six mois, je pense; mais quelque éloignée de nous que soit l'époque de cette malheureuse querelle, je ne vous cacherai pas, monsieur, que je serais vivement contrarié de me trouver, au moins par ma faute, en face de M. Stéphen. Mon fils a eu tous les torts, je ne le nie pas, et j'ai la franchise, aussi, de reconnaître que M. Stéphen est un digne et brave jeune homme!... Mais un père est un père, et vous concevez facilement... que la vue de celui... qui a failli vous ravir votre enfant... est de ces incidents qu'on est en droit de chercher à éviter autant que possible!

Ce long exorde, monsieur, était nécessaire, vous le reconnaîtrez sans peine. Libre à vous, d'ailleurs, si ma demande vous déplaît, de n'y point adhérer.

Je vous ai dit que j'aime les arts : je suis riche, j'ai entendu parler de vous avec la plus grande distinction, j'ai, moi-même, admiré plusieurs de vos ouvrages, et je désirerais vous commander, et voir exécuter sous mes yeux, quelques tableaux.

Serez-vous assez bon pour ne point me recevoir quand M. Stéphen sera ici, et pour me permettre de m'éloigner quand il se présentera? Pousserez-vous, enfin, l'obligeance, jusqu'à ne jamais parler de mes visites à votre ami?...

De cette façon, nous trouverons tous deux, je pense, moyens de concilier nos intérêts : vous, parce que je récompenserai comme il convient vos travaux, moi parce qu'il me sera permis d'entretenir avec vous des relations amicales sans craindre de me rencontrer inopinément en présence d'un tiers, dont la vue... vous en conviendrez... ne peut que m'être désagréable.

J'attends votre réponse, monsieur; quelle qu'elle soit, je m'y conformerai et n'en continuerai pas moins d'être le partisan le plus sincère de votre beau talent.

Tout autre que Schneider se fut défié de cet homme, qui tenait tant à demeurer ignoré de l'ami de la maison où il se présentait pour la première fois.

Mais Schneider, nous le savons, était doué d'une de ces âmes droites et loyales qui ne connaissent que de nom la duplicité et le mensonge.

Le comte de Beauvilliers avait si bien su d'ailleurs, ce jour-là, couvrir son visage d'un masque de bonhomie, que ni le peintre ni sa fille ne soupçonnèrent un piége ; et puis, Schneider avait besoin d'argent..... l'occasion se présentait à lui d'en gagner... pourquoi eût-il laissé échapper cette occasion en refusant au noble amateur un service assez simple en apparence ?

— Monsieur, dit-il au comte, quoique, je vous l'avoue, à cause de la véritable affection que je lui porte, j'ai toujours eu pour habitude de me confier à Stéphen, j'accèderai aujourd'hui, pour vous plaire, à votre désir. Stéphen ne saura rien de nos relations.

— Je vous rends grâces, monsieur, d'une condescendance qui ne vous compromettra en aucune manière, repartit le gentilhomme, d'autant plus que bientôt, peut-être, grâce aux soins de mes amis, l'inimitié qui règne entre mon fils et monsieur Stéphen aura cessé, et qu'il me sera, alors, permis de ne plus voir en ce dernier qu'un jeune homme dont on m'a fort vanté et l'esprit et le cœur.

Maintenant, si vous le voulez bien, puisque tout est arrangé pour le mieux, ne songeons plus qu'à nos affaires.

Que faites-vous là, je vous prie?

Le comte se leva, tira son lorgnon de son gilet et examina, d'un œil connaisseur, le tableau qu'achevait Schneider.

— C'est une vue des environs de Fontainebleau, il me semble?

— Vous ne vous trompez pas, monsieur.

— C'est joli! très-joli! il y a de l'air et du silence sous ces arbres... ces premiers plans sont vigoureusement touchés... ce ciel est transparent; oh! vous avez du mérite, monsieur, beaucoup de mérite! Et cette toile vous appartient?

— Aucun marchand n'est encore venu la voir, monsieur.

— Tant mieux, elle me convient, je la prends; le prix, dites-moi?

Schneider rougit visiblement : comme tout artiste consciencieux, il lui en coûtait de coter ses œuvres.

— Mais, répliqua-t-il... ce sera... mille francs... si vous voulez.

— Si je veux! eh! eh! je crois que votre volonté doit passer ici avant la mienne; mais je vous en sais gré, je ne puis souffrir marchander ; ce tableau est donc à moi dès à présent, je vais vous le payer tout de suite, vous me ferez un pendant aux mêmes conditions.

— Mais, monsieur, reprit Schneider, comme le comte ouvrait son portefeuille, il sera temps de me donner cet argent lors de la livraison du tableau.

— Du tout! du tout! voici vos mille francs, griffonnez-moi seulement un petit reçu, pour la forme, et je vais vous laisser continuer votre travail, car voilà longtemps déjà que je vous gêne, vous, et mademoiselle... mademoiselle votre fille, je pense?

— Oui, monsieur.

— Mademoiselle est charmante et je vous félicite, mon cher artiste.

Schneider sourit et se mit en devoir de rédiger le reçu.

Paule s'était inclinée au compliment du comte, puis elle avait baissé les yeux sous le regard dont il avait accompagné ses paroles : l'expression de ce regard était si ardente que la jeune fille, malgré sa candeur, s'en était sentie presque péniblement troublée.

Enfin Schneider présenta son reçu au comte et prit, d'une main timide, le billet de mille francs que celui-ci lui tendait avec sa carte.

Puis le comte salua et s'éloigna, reconduit par le peintre, auquel, en le quittant, il cria :

— A bientôt!

Dès qu'il se trouva seul dans l'escalier, le vieux gentilhomme se prit à rire entre ses dents. Schneider demeurait au troisième étage ; sur le palier de l'entresol, le comte fut abordé par Bob qui l'y attendait.

— J'ai réussi, Bob, fit-il à voix basse, *on ne lui dira rien.* Et toi ?

— Moi, j'ai donné dix louis au concierge et à sa femme... c'est beaucoup!... nous les aurions eus à moins.

— Après! après!

— Eh bien! quand vous serez là-haut, on ne laissera pas monter le *petit*..... le peintre et sa fille seront toujours sortis.

— Voilà ce qu'il fallait me dire d'abord : cela suffit pour le moment!... Et as-tu appris quelque chose ?

— On présume que M. Stéphen n'est qu'un ami, mais il y a dans la maison même, un jeune homme très-assidu, depuis deux mois, chez le peintre.

— Ah ! diable! probablement le jeune homme que j'ai vu auprès d'elle aux Variétés? Mais, viens, où est ma voiture ?

— Au coin de la rue.

— C'est bon ! suis-moi. Ah ! ce jeune homme serait..... et Stéphen le connaît?

— Intimement!

— De mal en pis! mais bah ! nous avons de l'or, que le hasard nous serve un peu et nous réussirons... Oh! si tu savais comme elle est jolie ! Bob !

XIII. — Les chagrins de Delphine.

Delphine, déjà fort intriguée de la promesse à elle faite, la veille, par Stéphen, aux Variétés, d'aller la voir le lendemain, présenté par Edmond, avait senti s'accroître sa surprise quand ce dernier, en la quittant le matin, lui avait annoncé sa visite pour la journée en compagnie d'un de ses amis. Dans quel but Edmond lui amènerait-il Stéphen ? Stéphen avait-il donc parlé de certaines relations!.. elle ne craignait point un tel procédé de sa part! d'ailleurs il ne savait que depuis quelques heures que Fœdora était devenue Delphine!... et puis Edmond, si récemment instruit, ne fût certes pas accouru passer la nuit avec elle! Stéphen serait-il chargé par Edmond de la disposer à une rupture formelle! mais un étranger — et Edmond devait croire Stéphen un étranger pour sa maîtresse,— pouvait-il ainsi, tout d'un coup, venir se poser comme intermédiaire dans une affaire aussi grave!...

Tourmentée, inquiète, Delphine se promenait dans son petit appartement du boulevard Bonne-Nouvelle, indifférente aux caresses de son chat, — un angora de la grosse espèce, — et aux appels criards de sa perruche.

Il n'était encore que midi; Edmond avait annoncé son retour pour une heure: il restait donc à la lorette soixante minutes d'inquiétude à passer.

Delphine s'était mise à sa toilette, — les femmes, quand elles attendent, tuent le temps à se coiffer ou à se parer, — lorsque sa bonne parut, tenant une lettre à la main. Cette bonne était une grosse paysanne qui n'avait ni les allures ni le savoir-faire d'une femme de chambre émérite, mais que Delphine aimait beaucoup à cause de sa fidélité et de sa discrétion.

— Madame, fit Suzanne, voilà une lettre de la part de Monsieur.

Monsieur, dans le langage des caméristes de lorettes, est le synonyme d'entreteneur. L'amant de cœur se nomme par son nom.

— Une lettre de Monsieur!.. Qui donc l'apporte ? je n'ai pas entendu sonner, Suzanne?..

— C'est que j'ai rencontré Pierre dans l'escalier, comme je descendais faire mon marché ; Pierre est là, il attend une réponse.

Delphine brisa le cachet du billet; il était ainsi conçu:

« Ma bonne chérie,

« Ma femme part dans une heure pour Versailles; elle ne « reviendra que demain soir. Je compte sur toi; je te con-« duirai dîner où tu voudras, au spectacle ensuite, et de là « nous passerons une bonne nuit dans notre petite maison. « Dis à Pierre l'heure à laquelle il faudra que je t'attende « et le lieu du rendez-vous.

« Mille baisers sur ta jolie bouche. »

Après avoir lu ces lignes, Delphine demeura une minute indécise; sa main se crispa convulsivement, une larme brilla dans ses yeux...

Enfin, elle courut s'asseoir à un petit bureau placé dans un coin de son salon; elle écrivit ces mots:

« A cinq heures, passage de l'Opéra. »

sur le verso de la lettre, la replia, y mit un cachet et la rendit à Suzanne.

Suzanne sortit.

Delphine, alors, se couvrit le visage de ses mains en murmurant:

— Mon Dieu! mon Dieu!... et je serai forcée de paraître gaie, heureuse, quand peut-être j'aurai la mort dans l'âme!...

A ce moment un coup de sonnette retentit.

Delphine se releva brusquement.

— C'est *lui!* fit-elle, pourvu qu'il n'ait pas vu Pierre!

Edmond entra, en effet, Stéphen l'accompagnait....

Edmond portait sur son visage l'empreinte d'une contrariété récente... Delphine devina que la rencontre appréhendée par elle avait eu lieu; cependant Stéphen la saluait... elle lui rendit gracieusement son salut, puis elle tendit la main à son amant.

Mais ce dernier ne prit pas la main de sa maîtresse.

— Delphine, dit-il, d'une voix étouffée, je vous présente M. Stéphen de Bergue... un ami, un protecteur dont je vous ai souvent entretenu. M. Stéphen a bien voulu se charger auprès de vous d'une mission délicate... mais nécessaire.... je pense que vous accorderez toute votre attention à ce qu'il vous dira... et que vous aurez du courage pour lui obéir.

— Du courage!.... obéir!.... balbutia Delphine, frappée d'un triste pressentiment, qu'ai-je donc de si terrible à apprendre, Edmond, que ce soit un autre que vous qui doive m'en instruire?

Edmond ne répondit rien.... il se dirigea vers la porte du salon.

— Quoi, tu t'éloignes! tu me quittes ainsi! mais que t'ai-je donc fait? s'écria Delphine en courant à son amant qu'elle enlaça, malgré lui, de ses bras; mais je ne veux pas que tu sortes, entends-tu? si tu ne m'aimes plus, si tu as envie de me quitter... tout-à-fait... dis-le-moi toi-même, je t'en supplie!

Edmond détourna la tête, cruel, parce qu'en effet il n'aimait plus, cruel, parce qu'il lui fallait, à tout prix, échapper à une tendresse qui lui pesait, il répondit d'un ton sec:

— Allons, Delphine, pas d'enfantillage!.... je vous répète que Monsieur s'expliquera mieux que moi... laissez-moi donc partir... d'ailleurs... je vous gênerais peut-être ; je présume qu'*on* va venir ou qu'*on* vous attend, n'est-ce pas?

Delphine ne jeta pas un cri, ne proféra pas une plainte, ne poussa pas un soupir..... ses bras tombèrent le long de son corps et elle devint blanche et immobile comme une statue.

Et Edmond, sans oser la regarder, disparut.

Stéphen courut aussitôt à la jeune femme, la soutint pour marcher, car elle chancelait, et la conduisit à un divan où il s'assit près d'elle.

Il y avait un si violent désespoir dans cette pauvre créature que Stephen hésita à accomplir sa promesse à Edmond.

Mais tôt ou tard il fallait en finir et Stéphen pensa que tôt valait mieux que tard.

— Delphine, fit-il, en prenant la main de la lorette qui le regardait d'un air égaré, Delphine, voyons! il vous l'a dit....... du courage.

— Oui, oui, murmura-t-elle, du courage! je sais ce que cela signifie, maintenant... il m'abandonne pour... toujours? n'est-ce pas? c'est cela que vous venez m'annoncer!..... oh! que je suis malheureuse!

Et elle éclata en sanglots.

Les pleurs de la chère fille firent — s'il est permis d'employer ici cette expression — plaisir à Stéphen: il savait que, de toutes les douleurs, celles qui n'ont point de larmes sont les plus pénibles.

— Delphine, reprit-il, il est des circonstances où l'on ne peut transiger avec le devoir. Edmond conservera sans cesse pour vous la plus sincère amitié, mais sa position, son avenir, lui défendent désormais...

— Dites donc, Monsieur, qu'un autre amour le rend ingrât et lâche! s'écria Delphine en se redressant comme une lionne blessée, à quoi bon des subterfuges, s'il vous plaît! ignorez-vous que je l'ai vu hier avec cette jeune fille qu'il dévorait des yeux.... il en est fou! il veut l'épouser peut-être.

— Et quand cela serait? répliqua gravement Stéphen, l'en empêcherez-vous donc, vous, Delphine?

— Oh! je sais bien qu'entre cette enfant, pure et naïve, sans doute, et une misérable comme moi, il n'y a pas à hésiter! poursuivit Delphine avec un rire sauvage, moi... tout le monde m'a eue... elle.... il lui apprendra à aimer! mais, elle... un jour, peut-être, elle le trompera...... qui sait, d'ailleurs, si sa tendresse n'est pas, aujourd'hui, seulement le désir de se marier!... moi, Monsieur, pour Edmond, j'aurais donné ma vie... j'aurais refusé les plus beaux garçons... je me serais faite sa servante...

Il ne m'aime plus! parce qu'il rougit d'avoir pour maîtresse une femme qu'un autre paye!... que ne m'a-t-il retirée du bourbier où je souffre! pour lui j'eusse vécu dans une mansarde, d'eau et de pain noir!....

Mais non! j'étais souillée quand il m'a connue... il m'a laissée... il est plus facile de mépriser que de secourir...

Oh! il ne se souvient donc pas des nuits que j'ai passées à son chevet! il a honte de moi!... mais lorsqu'il me remerciait par ces mots: Je t'aime, de mes soins de chaque instant, j'étais ce que je suis, monsieur!... l'argent que j'employais à le rendre à la vie... c'est le même qu'on me donne encore!...

— Delphine!

La lorette tressaillit et s'arrêta... Stéphen venait de la rappeler à elle-même... il était indigne d'elle de reprocher ces bienfaits... plus indigne d'en divulguer la source...

— Vous avez raison, monsieur Stéphen, continua-t-elle en se reprenant à pleurer, je ne sais plus ce que je dis... ou, plutôt, mon chagrin me rend coupable... Non, non, Edmond ne mérite pas que je le taxe d'ingratitude ou de lâcheté... il ne m'aime plus! voilà tout! et ce n'est pas sa faute... C'est Dieu qui ne veut pas que je sois heureuse plus longtemps!

Eh bien! dites-lui, je vous prie, que je vous ai écouté avec calme... voyez, je suis calme, à présent! Dites-lui qu'il peut faire tout ce qu'il voudra!... que je lui rends sa liberté... qu'il n'a rien à redouter de moi... qu'il ne me trouvera plus sur son passage!.. Mais dites-lui, aussi, que je le conjure, au nom du ciel, de ne point m'abandonner entièrement! ce serait si horrible de ne plus le voir du tout, après avoir vécu avec lui trois années! Qu'il vienne de temps en temps ici... une fois par mois? Si cela lui coûte... qu'il m'écrive... je me contenterai de lui parler une minute dans la rue... personne ne me reconnaîtra... je me cacherai... je me mettrai un voile... un manteau... Mais, du moins, je pourrai encore le voir, l'entendre, lui répéter... que... je l'aime... Ah?...

La voix de Delphine allait s'affaiblissant... en prononçant ces mots: *je l'aime*, elle s'éteignit tout-à-fait...

La pauvre fille ferma les yeux... sa tête se renversa en arrière... elle tomba sans connaissance dans les bras de Stéphen.

Stéphen la considéra ainsi froide et inanimée... et une larme s'échappa de sa paupière et mouilla le front de la vierge folle... Stéphen songeait à Rosemonde, qu'il aimait, lui, comme Delphine aimait Edmond.

— Que ferais-je donc, se disait-il, si, comme Edmond à Delphine, Rosemonde me criait: « Je ne veux plus de vous! »

XIV. — LE FILS AUX TROIS PÈRES.

Edmond attendait, depuis une heure, Stéphen, dans la rue, en face de la maison de Delphine.

Depuis une heure il parcourait, tantôt d'un pas rapide, tantôt lentement, le trottoir; l'œil fixe, les lèvres blanches, la respiration oppressée, il marchait sans voir, coudoyait les passants ou se faisait heurter, sans s'excuser de sa gaucherie, ou sans remarquer celle des autres.

Quelque fort qu'on veuille être, quelque résolution même que vous donne la conscience de n'aimer plus, il est toujours affreux, quand on a du cœur, de savoir qu'on laisse, en s'éloignant, derrière soi, des larmes et des regrets: ne brise pas qui veut avec une liaison qui a duré des années... ceux qui, dans cette circonstance, sont les plus courageux, sont aussi ceux qui ont le moins aimé... La faiblesse, en amour, c'est de l'amour.

Vingt fois, durant cette heure d'attente, Edmond s'était reproché d'avoir donné à un autre, à un étranger pour Delphine, la tâche de dire à la pauvre fille: « Oubliez... il le faut! » Vingt fois, se souvenant de mille preuves de tendresse, de dévoûment, il s'était rapproché de la porte de la maison de sa maîtresse, prêt à monter lui crier: « Eh bien! non! je ne te quitterai pas!... » Mais, alors, l'image de Paule lui apparaissait... il songeait à son avenir que sa liaison avec Delphine devait entraver... il pensait aussi à son père... que le hasard venait de lui faire rencontrer... à son père, Stéphen se disait l'ami... — et que ne pouvait-il pas espérer d'une telle amitié!...

Cependant le temps s'écoulait et Edmond sentait s'accroître son inquiète impatience... Il ne se promenait plus... appuyé contre le volet d'une boutique, il demeurait les yeux tournés vers cette porte par laquelle Stéphen tardait tant à sortir...

Enfin Stéphen parut... A sa vue, Edmond jeta un cri et courut à lui... Stéphen paraissait triste... Edmond allait l'interroger.

— Ne parlons point d'*elle*, s'il vous plaît, mon ami, fit Stéphen, avec un geste empreint d'une douce autorité, demain... dans quelques jours, je vous donnerai mon avis, quant à la conduite que vous devez, je crois, tenir envers *elle*... le plus difficile est passé!... elle sait tout... et pourra porter, je l'espère, son malheur... Pauvre enfant!

Ces accents de pitié remuèrent toutes les fibres d'Edmond.

— Mais, continua Stéphen, pour l'instant, il nous faut nous occuper de choses plus sérieuses... Vous m'avez promis de me donner des explications sur la cause de votre désunion avec votre père... et un père doit passer avant une maîtresse, qu'on aime ou non cette maîtresse; venez donc... nous n'avons pas de temps à perdre... car, moi aussi, j'aurai peut-être une grande confidence à vous faire.

Un cabriolet de régie passait devant eux comme Stéphen adressait ces paroles à Edmond; les deux amis montèrent dans le véhicule semi-aristocratique qui se dirigea vers la rue Neuve-Saint-Georges.

Chemin faisant ils restèrent silencieux; Edmond pensait encore à Delphine... Stéphen se demandait s'il devait dévoiler le secret de sa vie à Edmond, en échange de ce que ce dernier lui apprendrait.

— S'il allait me fuir! me mépriser, ensuite, me haïr! se disait-il; s'il allait ne pas croire à la sincérité de mes paroles, et douter de mon amitié pour lui!... refuser les services que je me propose de lui rendre!... Et, pourtant, il se rappellera, qu'en apprenant que M. Rybeirolles est son père, je me suis écrié aussitôt: « Je veux vous être utile! » Qui m'eût empêché, alors, de m'éloigner de lui!... et puisque je suis resté... puisque je vais... tout lui avouer... ne sera-ce point à ses yeux une preuve de bonne foi et d'affection!...

En descendant du cabriolet, Stéphen jeta un coup-d'œil furtif sur Edmond: le visage d'Emond respirait la noblesse et la générosité dans ses moindres lignes.

L'irrésolution de Stéphen s'évanouit.

— Il me fuira peut-être, se dit-il, mais il ne me méprisera pas!

Quelques minutes après, Stéphen faisait entrer Edmond dans son appartement, et les deux amis s'asseyaient, en face l'un de l'autre, près d'un bon feu entretenu par les soins de Louis.

L'appartement de Stéphen se composait de trois pièces: une antichambre, un salon et une chambre à coucher; tout cela était peu spacieux, mais décoré élégamment et meublé avec goût.

Edmond continuait de demeurer pensif; Stéphen rompit, le premier, le silence.

— Edmond, fit-il avec un effort visible, j'ai une proposition assez bizarre à vous adresser: Voulez-vous, avant de commencer votre récit, me permettre de vous conter l'histoire... d'un de mes amis?

A cette question étrange, en effet, Edmond releva la tête et fixa sur son compagnon un regard étonné.

— Vous ne comprenez pas, sans doute, continua ce dernier, en quoi cette histoire peut vous intéresser, et vous devez trouver, surtout, que je choisis singulièrement le moment pour vous entretenir de mon ami?

J'insisterai, pourtant... Ce que j'ai à vous dire est plus important que vous ne pouvez le présumer... vous en serez bientôt convaincu.

— Parlez donc, répliqua Edmond, qui, malgré le ton d'assurance de Stéphen, avait peine à surmonter sa surprise, parlez!... puisque vous le jugez convenable... je vous écoute...

— J'abrégerai, autant que possible, ma narration, reprit Stéphen, mais quelle qu'en soit la durée, promettez-moi, d'avance, de ne point vous impatienter... donnez-moi aussi votre parole de ne pas m'interrompre pour quelque motif que ce soit?... Ces deux formalités sont indispensables... Un mot de votre bouche, un geste d'inquiétude et je n'aurais pas le courage de continuer.

— En vérité, Stéphen, s'écria Edmond en souriant, vous vous exprimez comme un des personnages des *Mille et une Nuits*, sur le point d'entamer un récit des événements duquel dépendent sa vie et celle de son auditeur.

Allons, tranquillisez-vous; puisque vous le désirez, je vous prêterai l'attention la plus religieuse et je m'engage solennellement à n'ouvrir la bouche qu'avec votre autorisation.

— Je compte sur vos promesses, repartit Stéphen, toujours grave; écoutez-moi donc :

XIV. — LE FILS AUX TROIS PÈRES (suite).

Il y a vingt-six ans, vivait à Paris, rue Saint-Lazare, une femme jeune et belle qui se faisait appeler madame de Saint-Phar. A cette époque, Edmond, un spirituel journaliste, n'avait pas encore consacré le mot *lorette* pour désigner les femmes qui spéculent sur leurs charmes et leur facilité; madame de Saint-Phar était donc, tout simplement, une femme entretenue, et, le plus souvent, richement entretenue. Sortie des derniers rangs du peuple, Elisa de Saint-Phar, orpheline à seize ans, était, peu à peu, devenue, grâce à son esprit, à sa volonté, à ses instincts surtout, ravissante de distinction et de finesse : tous les hommes à la mode se disputaient sa possession, et... je vous ai dit qu'elle n'avait pas pour habitude d'être cruelle envers ceux qui lui offraient beaucoup d'or.

Madame de Saint-Phar venait d'atteindre sa vingtième année... Jusqu'à ce jour, elle n'avait guère aimé que les bijoux et la toilette... elle n'avait jamais accordé une caresse qui ne lui fût payée d'avance... il lui prit fantaisie de goûter du passe-temps, de se donner... après s'être si souvent livrée. Elle rencontrait parfois, de par le monde, un jeune artiste dont les yeux, à défaut des lèvres, qui ne l'eussent osé, lui exprimaient de tendres sentiments, elle se fit présenter ce jeune homme par une amie; elle encouragea sa timide passion... enfin, elle le rendit heureux.

Fut-elle heureuse, elle? Disons-le à sa louange... oui!... car, pour son amant, son véritable amant, — l'artiste, appelons-le Lucien, — elle négligea deux hommes qui, à ce moment, se trouvaient, de par leurs prodigalités, en droit de se formaliser de l'infidèle conduite de la belle Saint-Phar. Ces deux hommes étaient les entreteneurs de notre héroïne; — vous voyez qu'elle se conduisait en femme de précaution; — le premier était un riche négociant, que nous nommerons Durand; le second, un grand seigneur, un comte, — auquel nous donnerons le nom de Fresnaie. Au reste, Elisa de Saint-Phar, en se munissant, de la sorte, de deux protecteurs à la fois, ne faisait que suivre les premiers principes de la politique ordinaire de ces dames; l'un de ces messieurs pouvait, par caprice ou par raison, la quitter... elle ne demeurait pas seule... bref, — et ceci est à noter au profit de madame de Saint-Phar, — un seul des deux galants était bien réellement en pied près d'elle, — c'était le négociant; — tandis que le grand seigneur, tout en s'occupant d'elle, fort souvent aussi, et fort généreusement, n'agissait pas, pourtant, en maître, à son égard : il la prenait quand il avait le temps, et il ne se formalisait pas d'un obstacle fortuit; le comte de la Fresnaie était une espèce de Lovelace au petit pied : pourvu qu'on sût partout que la Saint-Phar était à sa disposition, et qu'on ne la vit pas avec d'autres que lui au bois ou à l'Opéra, cela lui suffisait, et les tourments de la jalousie et de l'inquiétude lui étaient totalement inconnus.

M. Durand était un protecteur tout aussi commode, quoique par des motifs bien différents, que M. de la Fresnaie. Livré, sans relâche, à de grandes spéculations, M. Durand n'avait cherché dans sa liaison avec madame de Saint-Phar que quelques heures de distractions... ces heures étaient à lui quand il le désirait... il n'en demandait pas davantage. Pas plus que son confrère le comte, il ne se mettait en peine de la fidélité d'Elisa; cependant, il y avait cette différence entre ces deux hommes, que le premier ne laissait sa maîtresse si indépendante que parce qu'il eût craint le ridicule en s'attachant à elle, en exigeant le compte-rendu de ses moments; tandis que le second ne jugeait pas nécessaire de surveiller les actions d'une femme à laquelle il croyait donner assez pour qu'elle n'eût pas besoin de recourir à d'autres.

Comme vous voyez, mon ami, le comte et le négociant avaient tort d'être si confiants... Elisa abusait outre mesure de sa liberté : non contente de les avoir trompés séparément, elle s'était avisée de les tromper tous les deux à la fois : vous n'avez pas oublié Lucien?

Lucien, depuis qu'il était l'amant de madame de Saint-Phar avait éprouvé bien des joies et bien des peines. Le pauvre enfant ignorait ce que c'est qu'une femme entretenue... Elisa s'était chargée de le lui apprendre!... avec des ménagements, il est vrai... mais il n'en avait pas moins rougi, et pour elle et pour lui de ce qu'il avait entendu; il savait qu'il n'était pas seul à posséder son *ange*... il savait qu'un autre, — on ne lui en avait avoué qu'un, — avait le droit de commander chez sa *reine!*... cet autre était un vieillard, on ne pouvait le souffrir, il répugnait!... — ceci vous représente l'aveu d'Elisa à Lucien, — mais il était très-riche!.... il fallait bien que quelqu'un payât les voitures, l'appartement, les parures, l'entretien de madame!..... et Lucien, qui n'avait pas le sou, pouvait-il s'irriter, lui, qu'on adorait pour rien, qu'on fît semblant d'aimer ce monsieur pour beaucoup?

Edmond, ce n'est ni vous ni moi qui blâmerons Lucien d'avoir été fou d'Elisa!... nous connaissons ces sortes de passions, qui roulent dans leur cours autant de joies que de douleurs, autant de larmes de désespoir que de larmes d'ivresse... Que celui-là seul qui n'a jamais été faible et qui ne le sera jamais, condamne, s'il l'ose, Des Grieux aux genoux de Manon Lescaut!

Lucien était l'amant de madame de Saint-Phar depuis cinq mois, quand madame de Saint-Phar devint enceinte.

Ce que pensa la femme entretenue en sentant se former dans ses flancs une créature, le voici :

— Un enfant! quel malheur! comme cela va *m'abîmer!*

Ce qu'elle dit à chacun de ses amants, le voici :

— Vous allez être père, mon ami.

La manière dont chacun des trois accueillit cette nouvelle, la voici :

— Diable! Elisa est enceinte! elle me met ça sur le dos! ça va me coûter bien de l'argent!

C'est le comte qui parle.

— Elisa est grosse! eh bien! j'aurai soin de cet enfant! il est *peut-être* à moi...

C'est le négociant qui parle.

— Mon Elisa va être mère! elle m'a juré sur sa vie que je ne devais pas douter! oh! elle m'aime! je ne doute pas! je chérirai cet enfant!

Il est inutile de vous dire que c'est le jeune peintre qui s'exprime ainsi.

Quel était le véritable père des trois? Dieu le sait.

Le temps s'écoula; madame de Saint-Phar mit au jour un garçon qu'elle nomma... Arthur.

Arthur fut envoyé en nourrice.

Madame de Saint-Phar alla, pendant deux ans, voir alternativement son fils avec Lucien et M. Durand chez la nourrice, — une personne discrète qui ne s'étonnait de rien et qui ne parlait de rien.

Dès les premiers jours des relevailles d'Elisa, le comte de La Fresnaie s'était débarrassé, ou, plutôt, avait essayé de se débarrasser des ennuis d'une partie douteuse en s'exécutant largement.

Il avait donné quarante mille francs à sa maîtresse : vingt mille francs pour elle, vingt mille pour l'enfant, puis il avait tiré sa révérence en disant :

— Je fais bien les choses, je pense!... qu'on me laisse tranquille désormais!

Mais il n'en devait pas être quitte à si bon marché, vous le verrez plus tard.

Au bout de deux ans, madame de Saint-Phar reprit Arthur chez elle; Lucien n'était plus, alors, l'amant de madame de Saint-Phar; elle l'avait quitté la première, et il s'était marié.

M. Durand avait, de son côté, cessé d'entretenir la dame, mais en se séparant d'elle, il s'était comporté au moins aussi noblement que le comte : il avait donné cinquante mille francs à la mère et s'était engagé solennellement à payer les frais de l'éducation de l'enfant quand le moment en serait venu.

Madame de Saint-Phar garda son fils jusqu'à ce qu'il eût atteint sa septième année. M. Arthur était déjà un assez mauvais sujet, gâté par les amies de sa mère et les amants de ces dames. Il ne craignait et ne respectait que deux personnes : M. Lucien et M. Durand. Lucien et Durand, en rompant avec leur maîtresse, n'avaient pas eu besoin d'exiger qu'elle leur permît de venir, de temps à autre, embrasser leur enfant; madame de Saint-Phar était trop sensée pour s'opposer à un désir aussi naturel. Chaque semaine, donc, Lucien — le mardi — et Durand — le jeudi — les deux pères rendaient une visite d'une heure à Arthur. Arthur appelait chacun d'eux : *bon ami* — c'était là une dénomination qui n'avait rien de compromettant. — Quant au comte de La Fresnaie, il ne paraissait en aucun cas, et pour cause, chez madame de Saint-Phar.

Arthur, dressé par sa mère, ne parlait jamais de son bon ami Lucien à son bon ami Durand, et *vice versa;* M. Durand continuait donc d'aimer tranquillement l'enfant auquel, à défaut d'un nom que sa position l'empêchait de lui donner, il avait juré de consacrer ses soins et une partie de sa fortune. Pour Lucien, trop pauvre d'abord pour être père tout seul, il lui fallait, après avoir forcément accepté l'existence du protecteur de son fils, se courber, maintenant que le sort commençait à lui sourire, devant un obstacle qui l'empêchait — j'admets qu'il l'eût voulu, — de contester les droits de M. Durand : vous vous rappelez que Lucien s'était marié.

A l'âge de sept ans, Arthur fut mis au collége. Là, comme chez madame de Saint-Phar, MM. Durand et Lucien ne l'abandonnèrent point. Lucien, pour éviter les conjectures et, afin d'embrasser plus souvent son fils, réussit à se faire nommer professeur de dessin du collége et put, de la sorte, voir, à son aise, Arthur grandir sous ses yeux.

A dix-huit ans Arthur savait, à peu près, à quoi s'en tenir sur l'amitié de ces deux hommes. Les quelques mots que sa mère lui avait dits, lorsqu'il s'était entretenu avec elle — à de rares intervalles, il est vrai, car madame de Saint-Phar, pendant les onze années d'études d'Arthur, n'avait pas fatigué le jeune homme de ses caresses... elle avait tant d'occupations!... — étaient restés dans son esprit et y avaient fermenté en même temps que son esprit s'était développé. Il traitait toujours de *bon ami*, Lucien et M. Durand, mais il comprenait que ce titre assez vague devait en cacher un autre plus positif... cependant il ne pouvait avoir deux pères... — il le croyait, l'innocent! — et plus il allait, plus il éprouvait le besoin de questionner sa mère à ce sujet.

Madame de Saint-Phar vint, elle même, au devant des désirs d'Arthur.

Le jour où il atteignit sa dix-huitième année le jeune homme quitta le collége pour entrer dans ce monde où il allait être aux prises, tout d'abord, avec de si étrages impressions. Une femme qu'il connaissait pour la caméristo de sa mère, le conduisit chez cette dernière; Lucien qui, depuis trois ou quatre ans, avait cessé de donner des leçons au collége, mais qui n'en continuait pas moins d'y aller voir souvent Arthur, l'accompagna, avec la femme de chambre, jusque chez madame de Saint-Phar, et l'y laissa en lui criant : à bientôt.

Madame de Saint-Phar demeurait, alors, rue Godot-de-Mauroy. En mettant le pied dans le domicile maternel, Arthur fut surpris du désordre qui s'y trouvait répandu. Tout y semblait préparer pour un départ prochain.

— Vous déménagez, ma mère, fit-il?

— Oui, mon ami, repartit madame de Saint-Phar, je quitte Paris, je vais habiter la banlieue... c'est plus économique et plus propice à certains projets que j'ai dans la tête... Mais que cela ne vous inquiète pas!... vous ne devez point me suivre... oh! je ne suis pas de ces mères stupides qui ne peuvent se séparer de leurs enfants! je ne suis plus jeune, j'ai quarante ans bientôt, je veux vivre *désormais* en repos... vous, au contraire, Arthur, vous allez vous lancer dans le monde... connaître ses peines et ses plaisirs... vous y choisir, aussi, une position...— Devenez donc avocat... j'ai toujours eu un faible pour la robe noire et le bonnet carré...

— Mais, ma mère, interrompit Arthur, qui ne concevait pas que le principal auteur de ses jours prît aussi gaîment une semblable résolution, si vous m'abandonnez, qui donc m'aimera? qui donc veillera sur moi?

— Madame de Saint-Phar sourit, puis sa physionomie essaya de devenir solennelle; elle fit assoir Arthur à ses côtés et elle lui dit :

— Mon fils, vous n'êtes plus un enfant, je vais donc vous parler sérieusement... des détours seraient superflus ici et je préfère jouer cartes sur table... je ne possède pas de fortune, mon ami... j'ai quelques sous de côté et je les garde pour ne pas mourir de faim un jour... je ne vous donnerai donc pas des millions en vous laissant livré à vous-même, je vous gratifierai d'un secret plus précieux... que je suis, d'ailleurs, en partie, autorisée à vous confier. N'allez pas vous étonner, ni prendre en mauvaise part ce que je vais vous apprendre!... Pauvres, nous devenons ce que veut le hasard, mon ami, et les gens qui naissent riches sont seuls, à mon avis, susceptibles de reproches quand ils se conduisent mal; leur fortune devrait les mettre à l'abri de ce qu'on est convenu de nommer des fautes ou des vices.

J'irai donc droit au fait. Si vous me blâmez ensuite, vous serez un sot!... tant mieux pour vous, au contraire, si vous profitez de mes conseils... et de l'avenir que je vous ai préparé.

Alors, Edmond, du même ton que je viens d'employer pour vous donner une idée des sentiments moraux de madame de Saint-Phar, la mère dévoila à son fils le secret de sa naissance; elle lui expliqua comme quoi il avait trois pères et comme quoi cette trinité d'un nouveau genre pouvait être une source de fortune pour lui... elle lui enseigna le fort et le faible de chacun de ces messieurs, Edmond, Lucien et La Fresnaie, elle lui dépeignit leur caractère, leurs goûts, leurs habitudes, elle le mit, enfin, au courant de leur fortune, à quelques centaines de francs près, de revenus ou de gains...

Arthur resta abasourdi devant ces confidences sans nom... Tout frais émoulu du collége, l'âme remplie des hauts faits de l'antiquité, l'esprit encore impressionné des grandes actions de l'histoire grecque et romaine, il ne pouvait revenir de sa stupeur... il n'avait jamais lu dans Thucydide, Platon, Homère, Virgile ni Tite-Live qu'une mère se parât de son fils et indiquât à ce fils les moyens de se servir, à son avantage, de cette même ignominie!...

Arthur eût été encore assez disposé à partager son affection filiale entre M. Durand et Lucien... mais on lui annonçait qu'un troisième avait aussi des droits à cette affection!... Seulement, Arthur était en même temps, prévenu que, peut-être, ce troisième n'accepterait pas, avec autant de bienveillance que les autres, le titre de père, et les obligations qu'il impose... La longue indifférence de M. de la Fresnaie à l'égard d'Arthur prouvait, en effet, que madame de Saint-Phar ne se trompait pas en présumant qu'Arthur avait là un père d'une tendresse peu brûlante; mais—ajoutait-elle — c'était à Arthur d'obliger M. de la Freisnaie à se montrer désormais moins oublieux!...

Cependant madame de Saint-Phar ne donna pas à son fils le temps de rougir devant elle; ses paquets étaient achevés, une voiture l'attendait, elle embrassa Arthur, lui laissa son adresse par écrit, pour qu'il pût lui rendre, *quand cela ne le gênerait pas*, une petite visite, puis elle partit, riante, enchantée, comme si elle eût accompli là la chose la plus ordinaire du monde.

Vous doutez, peut-être, de ce que je vous raconte en ce moment, Edmond? Tant d'effronterie et si peu d'amour dans le cœur d'une femme! d'une mère! il y a de quoi, n'est-ce pas, crier au mensonge! à l'impossibilité!

Je vous ai dit, mon ami, que c'était une histoire que je vous raconterais... croyez-moi donc! Comme vous, Arthur, lorsque sa mère se fut éloignée, eut besoin de quelques heures pour se remettre du coup affreux qu'on venait de lui porter... il alla même jusqu'à douter, lui, que cette femme dont la voix vibrait encore à son oreille, fût véritablement sa mère...

Mais, achevons... J'avais cru pouvoir abréger davantage mon récit et je m'aperçois, qu'il y a longtemps déjà que j'abuse de votre complaisance?...

Edmond ne répondit pas... il secoua négativement la tête comme pour rassurer le narrateur.

Stéphen sentit refluer son sang vers son cœur... Edmond devait avoir deviné déjà la plus grande partie du mystère... sa pâleur croissante l'attestait... mais qu'allait-il faire lorsqu'on lui aurait tout appris!

— Que vous dirai-je, reprit Stéphen, d'une voix sourde, Arthur était très-jeune, c'est la meilleure excuse qu'on puisse donner à ce que sa conduite eut de répréhensible... Lucien et M. Durand le chérissaient, mais tous deux avaient une existence trop remplie pour se vouer sérieusement au bien-être moral de leur protégé.. ils crurent, en le laissant puiser sans réserve dans leur bourse, en lui donnant de sages conseils, en le recevant, parfois, dans leur intérieur, remplir convenablement leur mission!... Hélas! pourquoi l'un d'eux n'eut-il pas le courage... je me trompe... le pouvoir de prendre avec lui celui qu'il appelait son fils... Arthur n'eût pas eu à se reprocher plus tard des folies!... dois-je dire... des bassesses!

Ce n'est pas un reproche, au moins, que j'adresse à M. Durand et à Lucien ! Ils ont agi comme il leur était permis d'agir... je m'attriste seulement de ce qu'ils se trouvaient, tous deux, empêchés, par des obstacles insurmontables, de retirer Arthur du précipice où la destinée l'avait jeté.....

Arthur, d'abord, voulut faire son droit; il consulta, à cet égard, M. Durand et Lucien — il n'avait pas encore osé se présenter au comte de la Fresnaie — et M. Durand et Lucien approuvèrent son désir.

Arthur étudia quelques mois, puis, emporté par le tourbillon des plaisirs, entraîné par des *amis*, il délaissa ses travaux.... bientôt, les six mille francs que lui servait, par année, M. Durand, les sommes assez considérables, encore que Lucien lui donnait, en se saignant, ne suffirent plus aux besoins du jeune fou... il osa recourir à la bourse d'une troisième personne...

Ce fut là une bassesse!... car M. de la Fresnaie reçut fort mal *son* fils: sa générosité ne fut pas l'œuvre de son cœur, mais de son orgueil... il accorda... parce qu'il eut peur qu'on ne sût partout qu'il avait refusé...

Arthur commença par rougir de ces bienfaits... mais, peu à peu, il s'habitua à être coupable... Pendant quelques années, il vécut de la sorte, insouciant et heureux...

Sa mère, qu'il allait voir quelque fois, l'encourageait dans cette existence honteuse... sa mère... qui de son côté...

Mais ce n'est pas le moment de vous découvrir les turpitudes de cette femme... Vous n'aurez jamais rien à redouter d'elle, Edmond... et remerciez-en le ciel !...

Un premier chagrin vint, enfin, ramener Arthur à de meilleurs sentiments. Le malheur épure souvent l'homme... c'est pour cela, sans doute, que Dieu créa le malheur !

Arthur, — il y a de cela trois ans, — se prit de passion pour une femme aussi indigne qu'elle est belle !... Afin de contenter cette maîtresse, Arthur eut besoin d'or... de beaucoup d'or...

Lucien, M. Durand et M. de la Fresnaie furent tour-à-tour les pourvoyeurs des désirs insatiables de la maîtresse d'Arthur...

Mais alors, en même temps qu'il apprenait à mépriser celle qui l'obligeait ainsi à se servir, sans bornes, de la bonté du peintre et du négociant, et de la faiblesse du comte, Arthur se mit à apprécier sa propre conduite; son cœur n'était encore si dégradé que le repentir n'y pût entrer... Impuissant à briser la chaîne... forcé de continuer à être vil pour continuer de parer son idole, Arthur voulut, du moins, être utile, de quelque façon que ce fût, à ceux des libéralités desquels il abusait si lâchement...

M. de la Fresnaie avait un fils... Arthur chercha à devenir l'ami de ce fils, pour l'arrêter dans la voie fatale où la soif des jouissances l'engageait de plus en plus...

Lucien, veuf depuis quelques années, avait une fille...

Ici Stéphen s'arrêta... Edmond fixait sur lui un regard palpitant d'anxiété... sa poitrine se soulevait par bonds inégaux... son visage était décoloré...

— Continuerai-je, mon Dieu ! pensa Stéphen.

Lucien avait une fille, reprit-il, en détournant la tête pour échapper au regard d'Edmond, Arthur voulut que cette fille fût heureuse, et que Lucien lui dût, à lui, Arthur, la joie de son enfant... Un jour... Arthur trouva chez Lucien un jeune homme qu'il crut digne...

— Après! après ! interrompit Edmond, et M. Durand? que fit Arthur pour M. Durand ?

Edmond venait de briser l'engagement qu'il avait pris de ne pas interrompre Stéphen...

Cependant Stéphen ne songea point à blâmer Edmond de son manque de parole.

Seulement il hésita à répondre à la demande qu'on lui adressait... Il se leva, aussi pâle qu'Edmond, et sa main s'appuya sur son cœur, comme s'il eût voulu en comprimer les battements.

— Eh bien ! fit Edmond, en se levant à son tour.

— Eh bien ! repartit Stéphen, qui parut, enfin, avoir recouvré son courage, et dont la voix redevint sonore, eh bien! Arthur, qui savait que M. Durand avait un fils qu'il n'avait jamais voulu voir, parce que cet enfant était... disait-on... le fruit du crime d'une pauvre femme morte en lui donnant le jour... Arthur résolut de rapprocher de son père cet enfant, si jamais il parvenait à le retrouver. Arthur commença, dès-lors, à parler souvent de l'exilé à M. Durand... souvent il lui répéta que ce jeune homme ne devait pas souffrir de la faute de sa mère... en admettant que sa mère eût été coupable... souvent, enfin, Arthur tenta de faire comprendre à M. Durand que ce fils, qui avait le droit de porter son nom, avait aussi le droit d'être aimé de lui...

— Vous avez fait cela ? cria Edmond en saisissant la main de Stéphen.

Cette exclamation subite changeait la scène: Arthur, MM. Durand, Lucien et de la Fresnaie n'existaient plus; le peintre Schneider, le négociant Rybeirolles, le comte de Beauvilliers prenaient leur place: Arthur était devenu Stéphen, et Stéphen était en face du malheureux fils de M. Rybeyrolles.

— Oui, sur mon âme, oui, sur ma vie ! repartit Stéphen, dont l'œil étincelait d'une noble fierté, et, je vous le jure, Edmond, je mourrai à la peine ou votre père vous pressera un jour dans ses bras !

— Venez donc, d'abord, dans les miens, Stéphen !... fit Edmond avec élan, je vous aimais comme un ami... dès ce moment je vous aime comme un frère...

Stéphen s'élançait vers Edmond... mais, au même instant, une réaction s'opéra en lui... il n'avait pas espéré tant de bonheur....

— Et quoi ! murmura-t-il, Edmond, — et deux grosses larmes coulaient le long de son visage, — vous savez qui je suis... et vous ne me repoussez pas !

— Te repousser ! reprit Edmond en serrant Stéphen contre son sein, ah ! je ne me souviens plus du passé ! je ne sais qu'une chose... c'est que je te dois déjà beaucoup... un ami... l'amour d'une femme adorée... et que, bientôt... — car j'ai foi en toi, vois-tu ! — je te devrai un père !

XVI. — Un coup du sort.

Deux heures sonnaient aux Tuileries; Edgard de Beauvillers et son ami Raymond de la Gaule étaient au rendez-vous que leur avait donné, la veille, madame Élisa : ils se promenaient en face du pavillon de l'horloge, bras dessus, bras dessous, aux pâles rayons du soleil de décembre.

— Crois-tu qu'on ait réussi? dit Edgard à son ami, et qu'on nous apporte de bonnes nouvelles?

— Je n'en doute pas! répliqua Raymond, madame Élisa passe pour une des plus habiles *femmes d'affaires* de Paris ; elle est venue voir Désirée il y a un an, — c'est Désirée qui m'a parlé d'elle, — et elle lui a procuré un espagnol qui se conduisait fort bien... Moi... tu comprends, je n'étais pas, alors, avec Désirée, et ça m'était fort indifférent de savoir qu'elle avait connu un espagnol... autrefois... au contraire, ça m'a amusé d'apprendre la manière dont madame Elisa s'y était prise pour lui adresser les premières propositions... Il paraît... — je tiens cela aussi de plusieurs autres dames, — que cette honorable commère vous a des formes si engageantes, un langage si recherché, un maintien si discret, qu'il faudrait posséder cent mille livres de rentes pour rester insensible à ses tentations... et encore! il y a des femmes qui ont cent mille livres de rentes et qui seraient enchantées de se procurer, sans trop pécher, mille petites choses que leurs maris leur refusent...

— N'est-ce pas elle là-bas ?... à droite ?

— Attends !... que j'essuie le verre de mon lorgnon !... Oui, c'est elle... regarde-moi cette tournure de bonne bourgeoise... Qui est-ce qui croirait que cette gaillarde-là a été élégante, belle et à la mode !... et qu'elle a fait, assure-t-on, de magnifiques opérations pour son propre compte !

— Elle nous a vus... elle nous appelle...

Madame Elisa avait, en effet, aperçu de loin les deux amis, et elle les invitait, du geste, à venir à elle, tout en se dirigeant du côté des allées de maronniers qui, à défaut de feuillage, offraient, du moins, l'ombre de leurs troncs et de leurs branches énormes, aux promeneurs qui voulaient éviter les regards curieux.

Edgard et Raymond rejoignirent madame Élisa: elle s'arrêta quand elle les vit près d'elle, puis, avant qu'on lui eût adressé la moindre question, elle s'écria en secouant la tête :

— Mauvaise nouvelle ! Messieurs.

— Comment! que voulez-vous dire ? fit vivement Edgard, qui abandonna le bras de Raymond et se plaça en face de *la dame d'affaires*, elle a refusé !...

— Vous auriez échoué, chère amie ? reprit, à son tour, Raymond.

— Complètement ! Votre Rosemonde, mon bon Monsieur de Beauvilliers, est une bégeule ou une avare... J'ai parlé de cachemires, de bracelets en brillants, que sais-je ! de mille choses qui font venir, d'ordinaire, l'eau à la bouche de ces dames, — « J'ai de tout cela, m'a-t-elle répondu, et plus beau qu'on pourrait me donner ; » je me suis alors rejetée sur la violente passion qu'on éprouvait pour ses charmes — « Mon amant m'adore, a-t-elle répliqué avec un sourire de duchesse.

Franchement, alors, je ne me suis pas senti le courage de continuer : que voulez-vous qu'on offre, pour la tenter, à une femme qui reçoit deux mille francs par mois de son entreteneur, — sans compter les cadeaux, — et qui possède, en outre, un amant qui n'a rien à lui refuser en fait de petits soins et de générosité? — c'est elle-même qui m'a dit tout cela : — je n'ai pas cru devoir lui assurer que vous étiez, à la fois, plus riche que son prince et plus aimable que son favori, avant de vous avoir revu, et d'être au courant de vos intentions positives.

Pendant que madame Élisa s'exprimait, le visage d'Edgard s'assombrissait de plus en plus ; à ces mots : de vos intentions positives, il s'écria en haussant les épaules :

— Eh! madame! je vous ai dit qu'il fallait réussir à tout prix, cela devait vous suffire, il me semble!

— Pardonnez-moi alors, monsieur, repartit madame Elisa d'un ton aigre ; je ne savais pas que le fils du comte de Beauvilliers fût assez riche pour offrir davantage que le prince Rufiakin.

— Il ne s'agit pas ici du prince Rufiakin!..... Il est certain que mon intention n'est pas de courir sur ses brisées en offrant à Rosemonde de l'entretenir... cependant vous deviez la tenter... par quel moyen, je l'ignore... mais, enfin, puisque vous avez l'habitude de ces sortes d'affaires, avec un peu d'adresse, je crois que vous eussiez réussi..... Raymond qui vous avait vantée à moi comme une femme habile, m'a trompé en s'abusant lui-même.

— Monsieur, répliqua, plus aigrement encore, madame Elisa, j'ai, en effet, la réputation de mener à bien tout ce que j'entreprends, mais je ne suis pas infaillible... je vous répète que votre dame Rosemonde se soucie d'un cachemire ou d'un écrin comme d'une guigne..... Peut-être aussi craint-elle en acceptant l'un ou l'autre, de compromettre sa position..... Nous avons quelques dames de cette nature : elles sont rares, il est vrai, toutefois elles existent.

— Madame Elisa s'exprime comme le roi Salomon, dit Raymond. Nous avons mal attaqué la place... Nous sommes repoussés, mais la perte n'est pas grande et ce serait une faute, de notre part, d'en vouloir au capitaine qui a risqué les premières escarmouches. Voyons, Edgard, ne prends pas cette mine renfrognée! Disons adieu à madame Elisa et avisons à un nouveau plan de conduite.

— Vous ne m'avez pas nommé, du moins? fit Edgard à madame Elisa.

— Ceci eût été une sottise, monsieur, et je n'ai pas pour habitude de commettre de pareilles gaucheries.

— Adieu donc, madame, oubliez que nous nous sommes rencontrés.

— Adieu, monsieur... et ne me gardez pas rancune! Autant pour vous que pour moi j'aurais voulu réussir... une autre fois je serai plus heureuse.

Et madame Elisa salua les deux amis et s'éloigna en grommelant :

— Aussi orgueilleux! aussi despote que son père.

Et Edgard et Raymond rejoignirent leur coupé qui les attendait à l'une des portes du jardin.

Edgard était d'une humeur farouche ; Raymond s'évertuait, en vain, à essayer de ranimer ou d'égayer son compagnon par des mots consolateurs ou des plaisanteries, Edgard demeurait peu touché de ces aimables attentions.

— Oh! murmurait-il, ne pouvoir se venger de cet impertinent Stéphen en lui enlevant sa maîtresse!... C'est là le point vulnérable de cet homme et il m'est interdit d'y toucher!... Cette Elisa est une imbécile! elle ne sait pas son métier...

— Tu te trompes... où elle a échoué, mille autres échoueront... Mais, voyons! pourquoi ne te présenterais-tu pas, toi-même, à Rosemonde! Qui sait! en faisant quelques frais... peut-être aurais-tu pour rien ce que tu t'apprêtais à payer très-cher.

— Tu rêves! A ma première tentative, Rosemonde donnerait l'éveil à Stéphen...

— Bah! tu es plus joli garçon que ton cher frère! Rosemonde ne résisterait pas en te voyant à ses genoux... le Stéphen serait évincé, et tu aurais le plaisir de le faire crever de dépit et de rage.

— Allons donc! ce n'est pas en me cachant que je veux posséder Rosemonde! Je veux qu'elle soit à moi aux yeux de tous!... à moi seul, entends-tu?

— Ceci change la question. Alors, je te répondrai comme madame Elisa : « il fallait te prononcer tout de suite... offrir à la belle de remplacer le prince Rufiakin!... » Ha çà! mais, pour en arriver là, sais-tu qu'il faudrait au moins te débarrasser de ton petit papa ou de ton petit oncle... et je ne présume pas que tu nourrisses le projet d'user d'un de ces moyens extrêmes?

— Je ne sais ce que je ferai; mais, ce qui arrive m'est plus pénible que je ne m'y serais attendu...

— Si tu es devenu si amoureux de Rosemonde, c'est différent! je t'offre de l'enlever un de ces soirs à la sortie de l'Opéra ou des Italiens.

— Tu m'ennuies, Raymond! Au lieu de plaisanter, que ne me viens-tu en aide, si ton intelligence te le permet? C'est toi qui m'a mis en tête de faire payer à Stéphen, en lui prenant sa maîtresse, les humiliations dont m'a accablé sa fausse générosité; et, maintenant, que je brûle de poursuivre jusqu'au bout ce dessein, tu sembles y avoir renoncé, parce que le hasard ne nous a point favorisés tout d'abord!...

— Je ne renonce à rien, repartit Raymond plus gravement, mais j'ai raison, je pense, de trouver que tu t'affectes trop vite et trop fort d'un échec sans importance! Que diable! oui, sans doute, c'est moi qui ai surpris le secret des amours de Rosemonde et de Stéphen; c'est moi qui t'ai soufflé la pensée de te fourrer entre ces amours-là ; c'est moi qui t'ai conduit chez madame Elisa!... Madame Elisa a trouvé Rosemonde cuirassée... cela prouve que le prince Rufiakin et Stéphen ne lui laissaient rien à désirer en fait de bijoux et d'argent!... mais en est-il de même quant à des désirs d'une autre nature? — En général, après quelques mois d'habitude, les lorettes sont très-fatiguées, à ce sujet, de leurs amants, tout en continuant de les adorer. — Rosemonde a des sens comme toutes les femmes, — qui ont des sens!... — et, encore une fois, Stéphen n'est pas plus joli garçon que toi!... Tâche donc qu'elle s'aperçoive qu'elle te plaît. Adresse-lui, à la dérobée, quelques brûlants regards; — il n'est pas nécessaire que je te mette ici les points sur les *i*, — et si elle ne se rend pas au bout de tout cela, eh bien! il sera temps alors de se désoler.

Mais nous voici devant le club; y montons-nous un instant?

Edgard hésita avant de répondre à son ami; il réfléchissait à ce que ce dernier venait de lui dire... Il se demandait s'il existait réellement quelque chance de réussir en suivant ses conseils... Enfin il sauta hors du coupé, et, prenant le bras de Raymond, il s'écria avec gaieté :

— Vive Dieu! c'est vrai! je me chagrine comme un sot! qui vivra verra! à la prochaine soirée de madame de Berny, je tâterai moi-même Rosemonde.

— Comment l'entends tu?

— Méchant! En attendant, je veux noyer dans le plaisir le souvenir de mes revers d'aujourd'hui! Voyons si nous rencontrerons là-haut quelque joyeux gaillard... je me sens disposé à des folies.

— A la bonne heure... le véritable Edgard reparaît! montons... renvoies-tu ta voiture?

— Non! nous pouvons en avoir besoin ; Jacques, attendez-nous.

Les deux amis allaient entrer dans la maison du Cercle de la rue Grange-Batelière, quand le général de la Ferme, messieurs de Ravignac et de la Baraterie, qui en sortaient, se trouvèrent face à face avec eux.

— Où allez-vous, messieurs? s'écria de Ravignac en retenant Edgard et Raymond, au club? mais, malheureux! vous éprouvez donc le besoin de gagner une jaunisse? Ils sont là-haut cinq ou six, de Ruvisy, de Frisnoie, de Cherregaux et autres qui font assaut d'esprit à briser les jarrets d'un cheval de labour! Frisnoie parle de sa jument blanche, Cherregaux de son tailleur, Ruvisy de ses maîtresses dont il se vante de payer les dettes par goût et par principes... le tout dans un style si choisi, enfin! si agréable! que la Baraterie, le général et moi nous avons ressenti, à la fois, le même désir : celui de nous sauver. En vérité, le club devient d'un fadasse fabuleux... ce n'est point parce que j'ai l'honneur d'en faire partie que je dis cela... il faudra, si vous voulez, que nous bouleversions un peu cette trop aristocratique réunion. Je propose qu'à l'avenir, pour y être admis, on prouve qu'on a lu Molière et qu'on le comprend un peu.

— Allons donc! vous n'auriez plus personne, fit Edgard en riant; mais puisque vous nous empêchez d'aller bâiller au club, nous offrez-vous, comme compensation, les moyens de rire en votre société?

— Où serait, sans cela, le mérite!... repartit la Baraterie; j'ai offert, à ces messieurs, à dîner chez Fausta..... elle traite aujourd'hui cinq ou six de ses amies; nous arriverons là comme des loups dans la bergerie. Si vous voulez être de

la partie, messieurs, nous commencerons par un petit lansquenet pour nous donner de l'appétit.
— J'accepte sans façon, répliqua Edgard.
— Nous acceptons, fit Raymond.
Et il ajouta à l'oreille d'Edgard :
— Mais, si l'on joue, tu me prêteras quelques louis; j'ai oublié ma bourse.
— Le temps est beau, reprit la Baraterie; si vous ne vous y opposez pas, messieurs, nous nous rendrons à pied chez Fausta : d'ici la rue Tronchet, c'est une promenade.
— Va pour la promenade! s'écrièrent en même temps les convives du colon.
Edgard fit signe à Jacques de descendre de son siége.
— Je ne dîne pas à l'hôtel, lui dit-il; tu préviendras Bob pour que mon père et mon oncle ne m'attendent pas. Je vais chez madame Ferrière, rue Tronchet, 17.
Puis Edgard rejoignit MM. de Ravignac, de la Baraterie, le général La Ferme et Raymond, et nos cinq personnages, le cigare à la bouche, s'acheminèrent vers la Madeleine, s'arrêtant parfois pour saluer un ami ou regarder sous le nez une jolie femme, émettant alors, entre eux, leur opinion sur la taille ou le visage de la dame ainsi analysée, assez haut pour qu'elle pût en sourire ou en rougir, selon qu'ils s'adressaient à une lorette ou à une femme du monde.
Ils passaient en face de la rue du Helder lorsque le général poussa un joyeux hurrah et s'écria, en désignant à ses compagnons une petite femme revêtue d'un paletot et d'une robe de soie bleue, et d'une capote de satin rose, qui venait de sortir de la susdite rue et trottait légèrement devant nos promeneurs.
— Je parie dix louis que chacun de vous, messieurs, reconnaît, rien qu'à sa tournure, cette mignonne qui s'en va, sans nul doute, faire l'amour quelque part?
— Parbleu! repartit de Ravignac, c'est Gigolette! qui est-ce qui ne reconnaît pas Gigolette!
— Sans doute! répéta chacun, c'est Gigolette!
— Les deux louis que tu lui as donnés hier ont fait les frais de son chapeau rose, dit Raymond à Edgard.
— Abordons-la! reprit le général, il faut savoir où elle va!
— Comment, général, dit la Baraterie, vous voulez causer sur le boulevard avec cette petite fille?
— Et pourquoi pas! croyez-vous que je me gêne à Mabille et au Château-Rouge pour aborder les minois qui me reviennent?
Et le vainqueur de Dresde et d'Austerlitz, entraîna ses compagnons.
Mademoiselle Gigolette tourna la tête au bruit des rires de ces messieurs : le général avait raison : Gigolette se trouvait en pays de connaissance intime avec nos cinq gentilshommes; elle les accueillit donc d'une manière toute gracieuse, s'arrêta, se laissa prendre les mains et s'écria en laissant voir ses jolies dents :
— Tiens! tiens! où allez-vous tous comme çà!
— Il ne s'agit pas de nous, mais de toi, fit de Ravignac; nous désirons, chère belle, savoir vers quel heureux mortel tu diriges tes pas. C'est dans cette seule intention que nous nous sommes permis d'interrompre ta course.
Mademoiselle Gigolette se prit à rire.
— Vous êtes palsambleu! bien osés! monsieur! répondit-elle, est-ce que j'ai des comptes à vous rendre? je vais chez maman, allée des Veuves.
— Chez ta mère... allée des Veuves! pauvre femme! elle habite là à bonne enseigne! elle doit être, en effet, furieusement veuve si elle ressemble à sa fille!
— Monsieur Edgard, vous êtes un insolent! si je me marie beaucoup, c'est que j'ai bon cœur, voilà! Vous feriez bien mieux, tous tant que vous êtes, au lieu de me rire au nez, de vous cotiser pour me payer un omnibus... je suis déjà fatiguée rien qu'à l'idée d'aller sur mes jambes aux Champs-Élysées.
— Toujours tireuse de carottes! s'écria le général en mettant la main à son gousset; Gigolette tu abuses de la rencontre! nous sommes fâchés de t'avoir rencontrée, Gigolette.
— Bah! un omnibus... à cinq! ça ne vous ruinera pas!
— Allons! tu iras en cabriolet Mylord, dit la Baraterie.
— En régie, dit Edgard.
Et, l'un après l'autre, ils mirent dans la main de Gigolette, qui reçut le tout sans vergogne, qui une pièce de cinq francs, qui deux, qui trois : le général donna un louis, et la lorette rougit de plaisir à la vue de l'or.
— Et vous, monsieur Raymond? dit-elle en s'adressant à ce dernier qui ne faisait pas mine d'offrir sa part de la souscription.
— Moi! répartit Raymond d'un ton mi-sérieux, mi-plaisant, je ne veux pas encourager le vice... tu vas payer à dîner avec cet argent, à ton amant... je ne te donne pas un liard.
Ces messieurs accueillirent ces mots d'un grand éclat de rire.
Gigolette imita ces messieurs, mais, son regard malin arrêté sur Raymond, elle reprit assez sèchement :
— C'est drôle! ce que vous dites là, monsieur de la Gaule; vous connaissez donc des femmes qui paient à dîner à leurs amants, vous? Cette idée-là ne serait pas venue à aucun de vos amis, j'en suis sûre... il est vrai qu'ils ne sont pas comme vous, chéris de Désirée!
Raymond parut mal à son aise.
— Ah bah! qu'est-ce que c'est que Désirée? s'écrièrent à la fois le général, de Ravignac et la Baraterie.
Mais déjà Gigolette s'était échappée en adressant un petit signe d'adieu à ses bienfaiteurs.
— Mademoiselle Gigolette se venge, à sa manière, de ma férocité... elle veut faire croire que ma maîtresse me nourrit!... ce n'est pas trop bête! allons! ce n'est pas trop bête.
Cela t'apprendra, une autre fois, à ne pas refuser, au besoin, une pièce de cent sous... dit Edgard à Raymond, tandis que les autres, satisfaits où à peu près, de la réplique de ce dernier, se remettaient en marche.
Au bout de quelques minutes, M. de la Baraterie présentait ses invités à sa maîtresse.
L'aspect de ce surcroît inattendu de convives. ne parut nullement désagréable à mademoiselle Fausta; elle savait bien que ce ne serait point sa bourse qui défraierait ce grand dîner impromptu. Ses amies ne devaient arriver que plus tard; la Baraterie, joueur comme un mousquetaire, laissa à peine le temps à ses compagnons de saluer leur hôtesse.
— Nous avons deux heures à nous, avant de festoyer, messieurs, s'écria-t-il: vite!... un léger lansquenet! à cinq, ça marchera rondement!
Cela marcha rondement en effet.
Assis autour d'une table verte dans le salon de Fausta, de Ravignac, Edgard, Raymond, le général et la Baraterie commencèrent à se livrer, en riant, à ce jeu infernal où, selon que le sort vous est propice ou contraire, on peut s'enrichir ou se ruiner en moins de temps qu'il n'en faut pour compter le paquet de carte qu'on tient à la main. Bientôt les rires, les plaisanteries cessèrent... les pertes devenaient plus fortes... Edgard, qui n'avait accepté cette partie que pour tâcher de s'étourdir, en s'amusant, s'il était possible, sur son échec dans ses tentatives galantes, s'était lancé, ainsi qu'il arrive toujours en pareille circonstance, tête baissée, au milieu des distractions qu'on lui offrait. On l'avait engagé à dîner : il s'était dit : je veux boire à en perdre la raison! — On l'avait mis devant une table de jeu... Il jouait avec fureur; et, comme le sort, au lansquenet, ne le favorisait pas plus qu'il ne l'avait fait à l'égard de Rosemonde, Edgard, en moins de deux heures, avait perdu trente louis comptant et trois cents sur parole.
Raymond, auquel son ami avait prêté six louis, et qui se les était vu enlever, tout d'abord, en deux coups par Ravignac, s'était prudemment retiré du jeu sous prétexte d'une violente migraine. Assis derrière Edgard, il suivait tristement de l'œil les effets de la mauvaise chance qui s'appesantissait de plus en plus sur son ami. A plusieurs reprises, même, il s'était écrié :
— Si nous dînions, messieurs?... il me semble entendre la voix de ces dames dans la chambre de Fausta!
Mais, gagnants et perdants, — ou plutôt, gagnants et perdant, car Edgard seul perdait, — refusaient de répondre à ces appels : les uns parce que la fortune leur souriait, les autres, plus généreux, parce qu'ils voulaient donner des revanches à Edgard; celui-ci, enfin, parce qu'il espérait se refaire. Les cartes voltigeaient... on n'entendait que ces mots : — cent louis! — Banco! — C'est cent louis que je vous dois. — Il y a cent louis. — Je les tiens. — Vous me devez cent cinquante louis...
Et c'était toujours Edgard qui devait... et à tous, et de plus en plus.
Un incident subit vint, cependant faire diversion à cette scène, d'une monotonie assez désagréable pour Edgard et Raymond.
Fausta parut à la porte du salon; en lorette qui sait vivre, elle s'excusa, d'abord, de déranger ces messieurs, puis elle ajouta en s'avançant, une lettre à la main, vers Edgard :

— Mais comme le domestique qui apporte ce billet m'a dit qu'il contenait une nouvelle importante, et que M. le comte de Beauvilliers lui avait recommandé de la remettre immédiatement à son fils, j'ai pensé qu'on ne me gronderait pas...

— Un billet! pour moi?... interrompit Edgard qui, tout en jouant, avait saisi au vol ces mots : le comte de Beauvilliers, une nouvelle importante; pardon, messieurs...

Et il prit vivement la lettre.

Elle contenait ceci :

« — Tu es plus heureux que tu ne le mérites; à peine « as-tu fini de manger la fortune de ta mère qu'il t'en ar« rive une autre à dévorer. Je reçois, à l'instant, un mes« sager de Versailles, et j'ai la bonté, instruit par Jacques « de la demeure des gens auxquels tu sacrifies la société « de ton père et de ton oncle, de ne pas retarder ton plai« sir jusqu'à ce soir. Madame de Lucenay, ta marraine, est « morte, cette nuit, en te laissant six cent soixante mille « francs... digne marraine, hein!...

« Espérons que cet argent te durera un peu, et que je « n'aurai plus le désagrément de te voir des dettes et d'être « obligé, trop souvent, de les payer.

« Ton père. »

En lisant ce billet, Edgard avait changé de couleur; lorsqu'il l'eut achevé il ferma les yeux et tomba, abasourdi, sur un fauteuil.

Ainsi que la douleur, la joie a ses dangers, trop brusquement jetée au fond de notre cœur.

— Qu'est-ce donc? fit Raymond en courant à Edgard, tandis que les deux autres personnages échangeaint des regards étonnés.

Edgard contempla d'abord, sans répondre, son ami... mais déjà le sang, violemment refoulé vers le cerveau, circulait plus à l'aise et colorait d'une teinte de pourpre son visage... Ses mains, son front cessaient d'être glacés... son regard se ranimait...

— Ce que j'ai, s'écria-t-il, ce que j'ai...

J'ai... que je reçois, en effet, une bonne nouvelle, messieurs!... une vieille parente me fait la politesse de mourir pour me permettre, en m'instituant son légataire, de vous offrir encore quelques centaines de louis, ce soir, demain, et quand il vous plaira, au lansquenet!...

J'ai... continua Edgard en se penchant vers Raymond émerveillé, que je veux à présent que Rosemonde soit à moi!... et qu'elle sera à moi, en dépit de tous les princes Rufiakin et de tous les Stéphen du monde!...

XVII. — LA CARTE DE MADAME ÉLISA.

Il est trois personnages que nous avons un peu négligés depuis le commencement de cette histoire, et vers lesquels nous reviendrons, un instant, s'il vous plaît, bien qu'ils n'aient, par eux-mêmes, rien de bien intéressant; ces trois personnages sont monsieur et madame Bourdot et leur fille Herminie.

Entrons donc toujours, si cela ne vous ennuie pas trop de me suivre, avec Stéphen, dans la maison de l'usurier, et voyons ce qui va s'y passer.

Depuis deux jours que Stéphen, après avoir conté à Edmond sa vie, ses projets, ses désirs, s'était vu, loin d'inspirer de la répugnance et de la haine, tendre une main toujours amie, Stéphen avait vécu libre, heureux, comme un homme qui vient d'échapper à un remords qui pesait depuis longtemps sur son existence. En échange de ses confidences, il avait reçu celles d'Edmond; il savait maintenant comment Edmond avait vécu, depuis son enfance, tellement éloigné de son père M. Rybeirolles, que ce dernier ne connaissait même point les traits du visage de celui qui avait le droit aussi de se nommer Rybeirolles et qui se cachait sous le nom de Perret, — le nom de sa malheureuse mère, — pour obéir à des ordres cruels! Edmond avait appris encore à Stéphen, comme quoi il avait fait à Bordeaux ses études, et passé, à sa sortie du collége, quelques années dans une maison de commerce de cette ville; comme quoi, enfin, en abandonnant Bordeaux pour venir à Paris où l'appelaient ses goûts de littérature, il avait provoqué à un si haut degré le ressentiment de M. Rybeirolles, que celui-ci s'était oublié jusqu'à ne plus servir au malheureux jeune homme qu'une pension à peine suffisante pour le faire subsister... et Stéphen, à la suite de ce récit, s'était dit :

— Avant peu, je l'espère, grâce à moi, M. Rybeirolles reconnaîtra l'injustice de sa conduite et ne repoussera plus loin de lui l'enfant qui, à défaut d'un front sans tache à lui présenter, a, du moins, un cœur noble et aimant à lui offrir.

Cependant Stéphen, malgré l'assurance qu'il avait donnée à Edmond d'aller, au plus tôt, chez M. Rybeirolles malgré la joie qu'il éprouvait, lui-même, en songeant que dans peu de temps, peut-être, son ami lui devrait son avenir, Stéphen, disons-nous, depuis deux jours, se sentait incapable de la moindre démarche vers le but qu'il s'était proposé; il se trouvait heureux d'avoir tout avoué à Edmond; il remerciait le ciel de la manière généreuse dont ce dernier avait accueilli cet aveu, il voulait mettre, sans retard, ses promesses à exécution... et, cependant... une pensée se jetait sans cesse, froide et triste, au milieu de son bonheur, de ses projets qu'elle paralysait... cette pensée la voici : « Rosemonde m'oublie!... »

Et qu'on n'accuse pas ici Stéphen de mollesse ou d'égoïsme!... Stéphen aimait... son amour était sa vie!... il souffrait dans son amour... n'était-il pas pardonnable de négliger un instant son ami?

Il est un proverbe arabe ainsi conçu :

« Il ne faut jamais demander à la créature plus qu'elle ne peut donner : au chat plus que patte de velours, au chien, plus que sa vie, à la femme, plus qu'un an de constance, à l'homme qui aime, plus que de l'amour.

Or, expliquons, maintenant, pourquoi Stéphen, trois jours durant, s'était dit : Rosemonde m'oublie! »

C'est que, pendant ces trois jours, Rosemonde n'avait pas adressé le plus petit mot à Stéphen pour l'appeler auprès d'elle, et que Stéphen savait qu'il ne se pouvait pas présenter chez Rosemonde sans qu'elle l'y appelât.

Cette liaison, ainsi subordonnée aux caprices, ou aux besoins de la personne des deux la moins aimante, peut vous paraître invraisemblable : elle existait cependant. Rosemonde avait le droit et la force pour elle : le droit, parce qu'elle n'était pas libre; la force, parce qu'on l'aimait beaucoup et qu'elle n'aimait qu'un peu.

Ceci posé, revenons au sujet de la visite de Stéphen aux Bourdot.

Le soir du troisième jour d'inquiétude, le surlendemain de ses explications avec Edmond, Stéphen avait, enfin, reçu ce billet signé d'un R.

« Venez demain, à quatre heures; je serai seule, je pense. N'oubliez pas mon bracelet, si vous voulez que je sois gentille. »

Le lendemain, à dix heures du matin, Stéphen, qui ne possédait pas assez d'argent pour acheter le bracelet, se rendait chez le *banquier* Bourdot.

A l'aspect de leur client, les Bourdot, comme à l'ordinaire, poussèrent une exclamation de joie.

Madame Bourdot s'empressa d'avancer un siége.

Mademoiselle Herminie se jeta un coup-d'œil dans un miroir, désolée d'être surprise en négligé du matin.

Le gros Bourdot seul, tout en tendant la main à Stéphen, fronça quelque peu le sourcil; — manifestation menaçante qui n'échappa point à notre héros.

— Qu'est-ce que c'est? s'écria-t-il, il me semble que Jupiter Bourdot se dispose à faire trembler l'Olimpe... — ceci est de la mythologie, père Bourdot... — voyons... je me doute de ce que vous me ménagez... vous ne m'avez pas vu depuis trois jours, c'est-à-dire depuis que je vous ai pris la fameuse lettre de change... M. Edgard de Beauvilliers est venu vous gronder le même soir, je présume, et vous vous apprêtez à me quereller d'avoir été la cause de ces reproches?

— Vous devinez juste, monsieur Stéphen, repartit l'usurier, je suis de très-mauvaise humeur contre vous... quoique, je n'en disconviens pas, cela me fasse plaisir de vous voir : si je m'étais douté que ma condescendance à votre désir dût me priver d'un client, j'aurais réfléchi davantage avant de vous satisfaire.

— Mais Edgard de Beauvilliers vous a-t-il vraiment traité bien sévèrement? reprit Stéphen; quand nous nous sommes entretenus tous deux de cette aventure, il m'a dit qu'au contraire il avait pris en riant le tour que vous lui aviez joué de me le livrer pieds et poings liés?

— Vous l'avez donc vu ces jours-ci?

— Comment donc! mais, une heure après qu'il vous avait quitté, la lettre de change était entre ses mains et il me restituait mes déboursées!... Rappelez-vous-le donc bien! tout cela n'était qu'une simple plaisanterie... qu'une leçon que je voulais donner, en passant, à ce jeune homme, pour le punir de certains airs avantageux qu'il affectait à mon égard!... A cette heure, il est parfaitement remis de sa panique... il ne vous garde pas la plus petite rancune, et, la preuve, c'est qu'avant un mois, j'en suis sûr, il reviendra vous demander de l'argent...

— Ah! s'il en est ainsi, vous avez raison, je dois vous considérer comme un ami, fit l'usurier d'un ton radouci.

—Je savais bien, moi, monsieur Stéphen incapable d'une action qui nous fût nuisible! reprit madame Bourdot.

Herminie n'ajouta rien aux éloges de ses parents, mais, fidèle à son personnage d'amoureuse et de fille de banquier, elle rendit avec usure à Stephen le coup-d'œil caressant qu'il lui lançait à ce moment.

— Les choses étant donc arrangées pour le mieux de ce côté, mes enfants, reprit Stéphen en se levant, vous me permettrez, j'espère, de me retirer après que vous m'aurez compté une légère somme de deux mille francs dont j'ai le plus pressant besoin.

— Deux mille francs! diable! diable!.. repartit Bourdot, je ne sais pas si j'ai cela dans mon secrétaire.

C'était là la phrase habituelle de l'usurier quand on lui demandait de l'argent.

— Est-ce que vous avez déjà dépensé les deux mille cinq cents francs que vous a rendus M. Edgard, libertin? continua-t-il en frappant sur l'épaule de Stéphen.

— Non, mais ces deux mille cinq cents francs ont leur destination pour le mois prochain... l'entretien de ma maison, et quelques dettes criardes... tandis que la somme que je réclame de votre obligeance doit passer immédiatement dans une spéculation que j'ai en vue depuis longtemps.

— Hum! une spéculation! fit Bourdot en grimaçant, je serais curieux de la connaître... Allons, femme, donne à monsieur ce qu'il désire... et apprête-lui un petit billet à six mois... comme de coutume... En vérité, monsieur de Bergue, je crois qu'il serait temps de songer à vous ranger... j'ignore le chiffre de votre fortune, mais j'ai peur que, du train dont vous la menez, la femme que vous épouserez ne risque fort de ne pas rouler longtemps carrosse.

— La femme que j'épouserai sera riche et heureuse, repartit, l'œil attaché sur Herminie, Stéphen,—qui employait, sans remords, depuis tantôt cinq ans, le même moyen pour se faire prêter à petits intérêts par la famille Bourdot: celui de paraître disposé à épouser un jour Herminie.— Avant peu, je pense, je le prouverai: mais, jusqu'au jour où je contracterai des liens sacrés, il m'est défendu, vous devez le comprendre, papa Bourdot, de déroger à mes habitudes un peu dépensières. Le monde où je vis m'impose des obligations dont je pâtis moi-même... mais dont je saurai bien m'affranchir dès que je serai marié...

—Il faut que je jeunesse se passe!.... fit madame Bourdot en souriant.

— Il me faut de l'argent!.. pensa Stéphen en signant son billet. Puis il serra la main de l'usurier, salua gracieusement les deux dames et s'éloigna.

Quelques minutes après, son cabriolet le déposait, rue Richelieu, chez Jeannisset, où il payait, des deux mille francs qu'il venait d'arracher à l'amour paternel des Bourdot, le bracelet qu'il avait commandé depuis trois jours pour Rosemonde.

En quittant le bijoutier, Stéphen regarda à sa montre; il avait encore deux heures à lui avant de pouvoir se rendre auprès de sa maîtresse; il se fit conduire chez lui; il ne trouvait pas sa toilette assez soignée pour se présenter devant Rosemonde. Les femmes entretenues sont, en général, d'une sévérité incroyable quant à la mise de leurs amants: où une femme du monde ne verrait qu'une négligence très-pardonnable, la lorette aperçoit un oubli qui la choque; pour elle, une botte mouillée, une cravate dont la rosette tombe sans grâce, sont des épreuves évidentes de refroidissement; et l'on comprend presque l'importance que ces dames attachent à de pareilles futilités, quand on réfléchit que les principales occupations de leur existence sont la toilette et la coquetterie, et que les individus dont elles se servent pour vivre, tout en servant, elles-mêmes, aux plaisirs des susdits individus, — je parle des gentilshommes, — préféreraient voir le monde se renverser de fond en comble qu'une tache à leurs manchettes ou un faux pli à leur pantalon.

Stéphen ne poussait pas à ce suprême degré le rigorisme de la tenue, mais il connaissait les goûts de Rosemonde, et c'était encore par amour qu'il s'y prêtait si scrupuleusement. On ne s'imagine pas combien l'amour, qui dicte souvent de si grandes choses à un imbécile peut imposer, en certains cas, de petitesses à un homme d'esprit!

A quatre heures précises Stéphen arrivait chez Rosemonde.

Rosemonde était seule; elle attendait Stéphen. Annoncé par Julie,—la femme de chambre,—Stéphen fut bientôt aux genoux de sa maîtresse.

Revêtue d'une robe de chambre de soie blanche à petites fleurs roses; coiffée d'un ravissant bonnet de guipure, le pied se jouant dans une mule mignonne en satin, Rosemonde, étendue sur une causeuse, dans un boudoir, en face de la cheminée, daigna tourner la tête et sourire à l'arrivée de Stéphen.

— Vous voilà, s'écria-t-elle en minaudant, mon Dieu! il me semble qu'il y a des siècles que je ne vous ai vu, mon ami! M'avez-vous bien fait des infidélités depuis trois jours?...

— J'ai pensé à toi, à toi, et puis encore à toi! repartit Stéphen en couvrant de baisers les jolies mains de la syrène. Oh! si ces trois jours t'ont paru des siècles, ils ont été pour moi une éternité!

Le pauvre garçon s'oubliait au point de faire de la poésie... Mais Rosemonde était en belle humeur, elle eut l'air d'aspirer le parfum des fleurs qu'on lui jetait... son œil se troubla langoureusement, elle tendit ses lèvres à Stéphen, le laissa, à son aise, savourer son bonheur, et reprit d'une voix tendre:

— Tu dînes avec moi, n'est-ce pas? Le prince ne doit pas venir aujourd'hui.... il m'a écrit qu'il était indisposé... Tu verras, j'ai commandé, moi-même, le menu... je veux que tu sois content de ta petite femme...

— Je suis heureux de te sentir ainsi près de moi... de te voir me sourire... de pouvoir te dire: je t'aime!...

— C'est égal, des cailles en caisse et du Bordeaux-Laffitte ne nuiront en rien à notre plaisir... au contraire...

Rosemonde était gourmande: c'était là son moindre défaut. Au reste, sur vingt lorettes prenez qu'il en est dix-neuf que se feraient pendre pour un bon dîner.

— Ah! j'oubliais..... continua Rosemonde, après avoir laissé à Stéphen le temps convenable pour lui prendre un second baiser, et le bracelet?... est-ce que tu t'es donné la peine de me le chercher?...

— Le voici, répliqua Stéphen en tirant un écrin de sa poche; vois s'il est tel que tu le désirais?

Rosemonde saisit vivement le bijou, le considéra, d'abord, en rougissant de plaisir, puis, tout-à-coup, une ride plissa son front.

— Ah! que c'est ennuyeux! s'écria-t-elle, tu n'as donc pas regardé celui de Fausta... il a huit rubis autour du chaton et celui-ci n'en a que six!... Elle dira que je n'ai pas pu m'en procurer un aussi beau que le sien!...

Stéphen allait s'excuser d'avoir acheté un bracelet qui possédait deux rubis de moins que celui de mademoiselle Fausta, quand deux coups résonnèrent discrètement à la porte du boudoir.

— Qu'est-ce? qu'y a-t-il, Julie? fit Rosemonde d'un ton aigre. Je vous avais dit de ne pas nous déranger.

— Je viens d'apercevoir, par la fenêtre, la voiture de Monsieur qui s'arrêtait devant la maison, repartit la camériste.

— Quel ennui! murmura Rosemonde. Reste ici, Stéphen, je vais le recevoir au salon... Oh! c'est stupide de ne pas avoir un moment à soi!...

Et elle sortit, laissant Stéphen dans le boudoir.

Comme tout amant de cœur surpris par l'arrivée subite du Monsieur qui paie, Stéphen demeura donc seul, honteux, humilié. Cela est si affreux, de voir celle qu'on aime forcée d'obéir à d'autres volontés que les vôtres!... Un instant il prêta l'oreille, assis sur un divan près de la porte du boudoir: c'était bien le prince qui venait d'entrer... et Stéphen, sinon satisfait, du moins tranquillisé quant à des pensées de jalousie qui lui étaient d'abord montées au cerveau, s'apprêta à attendre patiemment la fin de cette inopportune entrevue.

Rosemonde avait accueilli, à ravir, le prince; elle était enchantée, — elle le disait, — qu'il ne fût pas plus gravement indisposé, et qu'il eût bien voulu la surprendre si agréablement.

Et le vieux roué avait souri aux touchantes démonstrations de sa *propriété*: puis il s'était chauffé un instant les tibias à l'âtre du salon; puis il avait effleuré de ses lèvres les doigts roses de la lorette, et il s'en était allé en annonçant qu'on irait le lendemain aux Italiens.

Tout cela s'était passé en moins de vingt minutes: laps de temps ordinaire des visites non officielles d'un entreteneur.

Rosemonde reconduisit le prince jusque dans l'escalier, et, lorsqu'elle l'eut vu disparaître sous le vestibule, elle s'empressa de rentrer pour courir désemprisonner Stéphen.

Mais, à peine mettait-elle le pied dans le salon, que la porte du boudoir s'ouvrit, livrant passage à Stéphen l'œil hagard, le visage couvert d'une pâleur mortelle.

— Eh! bien! qu'as-tu donc?.. s'écria Rosemonde frappée du désordre de son amant.

— Ce que j'ai... balbutia Stéphen, j'ai que je veux savoir ce que cette femme est venue faire chez-vous?

Et, en s'exprimant ainsi, il mettait sous les yeux de Rosemonde une carte sur laquelle on lisait ces mots gravés;

« Madame Élisa, lingère, rue des Dames, à Batignolles. »

Rosemonde regarda la carte, puis Stéphen: jamais ce dernier ne lui avait parlé avec ce ton de commandement; jamais elle ne lui avait vu tant de colère dans les yeux; elle devina ce qui dictait à Stéphen ce maintien et ce langage. Mais, forte de sa conscience,— on n'a pas oublié que Rosemonde avait repoussé les propositions de Madame Élisa,— peu disposée, d'ailleurs, à rendre des comptes à un homme qui se permettait de l'interroger si lestement, après lui avoir apporté un bracelet auquel il manquait deux rubis, rétive, enfin, comme toute femme qui n'a pas de cœur, elle répliqua d'un ton superbe:

— Depuis quand, s'il vous plaît, Monsieur, suis-je dans l'obligation de vous apprendre le motif des visites que je reçois?

Stéphen sentit qu'il était fourvoyé en exigeant.

— Rosemonde, ma Rosemonde chérie, reprit-il, en prenant doucement la main de la lorette, voyons! j'ai tort... je le reconnais, de me fâcher... mais... si tu savais... cette femme... je t'en prie... dis-moi ce qu'elle est venue faire ici.

Un peu apaisée par ce langage plus humble, mais décidée, et pour cause, à ne pas avouer la vérité, Rosemonde repartit en haussant les épaules:

—Eh! que vous importe cette femme? c'est une marchande à la toilette, je crois; elle s'est présentée chez moi pour m'offrir des dentelles... Est-ce que vous êtes jaloux des marchandes de chiffons, à présent?

— Rosemonde, reprit Stéphen, tu me caches quelque chose. Cette femme est, en effet, revendeuse à la toilette, mais elle exerce en outre un métier... un métier infâme... Jure-moi... sur ta vie... que la vente de quelques dentelles a été le seul motif de sa visite en ces lieux, et il ne sera plus question d'elle entre nous, je te le promets.

— Un serment! pour si peu de chose! allons donc! mon cher, repartit Rosemonde avec un rire sardonique, pour qui me prenez-vous? Vous ne croyez pas à ma parole, tant pis pour vous, car je ne vous en dirai pas plus long sur madame Élisa.

— Il y a donc quelque chose à me cacher... vous l'avouez!... fit Stéphen.

— Vous croirez ce que vous voudrez, continua Rosemonde en s'asseyant, libre à vous!.. Pour moi, je pense qu'il faut que vous m'aimiez bien peu, pour troubler, par une querelle à propos d'une méchante carte, les quelques moments dont il m'est permis de disposer en votre faveur.

— Mais si tu n'as pas fait de mal, pourquoi ne pas tout me dire?...

— Du mal! Décidément, vous êtes fou, Stéphen!... je ne sais où vous allez chercher vos idées, pour vous mettre dans cet état...

— Jure-moi donc alors...

— Je ne jurerai rien! vous m'ennuyez et vous me rendez malade! Si c'est pour vous conduire ainsi que vous êtes venu, vous pouviez vous dispenser de votre visite.

Et Rosemonde arracha la carte de madame Elisa des mains de Stéphen, la déchira en morceaux et la jeta au feu.

Stéphen considéra, sans y mettre obstacle, l'action de Rosemonde.

Un moment il hésita entre sa passion qui le retenait près de sa maîtresse et le sentiment de jalousie qui l'entraînait loin d'elle.

La jalousie ou la raison plutôt fut plus forte que l'amour: il voulait savoir si Rosemonde n'avait pas quelque faute honteuse à se reprocher:

— Rosemonde, fit-il d'une voix sourde, vous me refusez toujours ou quelques paroles sur cette femme, ou un serment?

Rosemonde ne répondit pas: elle se limait les ongles.

— Adieu donc, continua Stéphen.

Et il saisit convulsivement son chapeau et sortit.

Rosemonde ne bougea pas de sa place... le coloris de son visage s'affaiblit un peu au départ de son amant... ce fut tout.

Elle appuya sa tête sur le dossier de son fauteuil, ses pieds sur les chenets de la cheminée, puis elle ferma les yeux.

A quoi pensait-elle? Et, d'abord, pensait-elle? Elle demeura ainsi immobile et silencieuse pendant une demi-heure.

Cette demi-heure écoulée elle se leva, se regarda dans une glace et étendit la main vers un timbre: elle avait faim; elle voulait dîner.

Mais avant qu'elle n'eut eu le temps de poser le doigt sur l'élégant instrument d'argent placé sur le velours de la cheminée, le bruit de la sonnette de l'appartement se fit entendre.

Rosemonde écouta.

Espérait-elle que c'était Stéphen qui revenait? je n'en sais rien.

Julie parut à la porte du salon:

— M. Edgard de Beauvilliers demande s'il peut présenter ses hommages à Madame? fit la camériste.

Une lueur de surprise anima les traits de Rosemonde.

— Mais, sans doute! répondit-elle. Priez M. Edgard de Beauvilliers d'entrer.

XVIII. — LE VIEUX GENTILHOMME ET LA JEUNE FILLE.

Tandis que ceci se passait chez Rosemonde une scène d'un autre genre avait lieu chez Schneider.

Nous avons vu que le vieux comte de Beauvilliers, devenu amoureux de Paule dont il avait eu occasion d'admirer, plusieurs fois, les grâces et la beauté dans différents théâtre, où le hasard l'avait fait rencontrer la fille du peintre, avait bientôt su trouver le moyen de se présenter chez ce dernier.

Mais le comte n'était pas complètement satisfait de son succès: Schneider et sa fille s'étaient engagés, il est vrai, suivant sa prière, à ne jamais révéler à qui que ce fût les visites du noble amateur; d'un autre côté, grâce à l'intelligence de Bob et aux dix louis donnés au concierge du peintre, M. Beauvilliers pouvait se sentir rassuré quant aux deux individus dont il avait à redouter la dangereuse curiosité; cependant, malgré ces précautions, le vieux Don Juan éprouvait encore une vague appréhension. Au premier jour un mot échappé à Paule ou à son père, quelque bavardage des concierges à la bonne du peintre, pouvaient donner l'éveil à Stéphen ou à cet autre jeune homme dont Bob lui avait parlé, et il se voyait, alors, obligé de reculer honteusement, convaincu de mensonge et dans l'impuissance d'excuser le mystère de sa conduite.

Afin d'éviter ces périls imminents, le comte de Beauvilliers jugea prudent, en même temps qu'habile, de brusquer les événements. M. le comte était de cette vieille aristocratie qui s'en va, par bonheur, chaque jour s'éteignant, dont la pensée immuable et constante est un profond mépris pour toute créature qui ne possède point un particule devant son nom ou, tout au moins, une fortune dans sa caisse. Pour M. de Beauvilliers la valeur d'un artiste, d'un bourgeois, d'un marchand, était à peu près nulle, ou si minime, que la rencontre de l'un de ces individus sur le passage d'un homme du monde ne devait pas plus, à son avis, arrêter le grand seigneur dans sa marche, qu'un silex ou un tronc d'arbre n'interrompt la course d'un voyageur: cela peut gêner une seconde et voilà tout. Quant aux femmes des castes en question, M. de Beauvilliers les mettait, on le conçoit, au même niveau, ou à-peu-près, que les obstacles susdits: habitué à l'amour vénal, parce qu'ainsi que la plupart des gentilshommes d'autrefois et d'aujourd'hui, il n'avait assez ni d'âme ni assez d'esprit pour s'adresser à l'amour qui se donne, il ne concevait pas que celle qu'il désirait pût résister à la vue d'une pile d'or ou d'un riche présent. Avait-il donc, en effet, durant sa longue carrière de libertin, fait l'épreuve, toujours couronnée de succès, que l'opulence se rend maîtresse de tout ce qu'elle désire? je ne veux pas le croire... Quoiqu'il en fût, il s'était dit en songeant à Paule:

— Cette petite fille sera à moi, et tout de suite.

Et, dans cette conviction, deux jours après sa première visite à Schneider, il se rendait à la maison du peintre, sachant, d'après ce que Bob lui avait appris le matin, n'avoir à y rencontrer que Paule.

En voyant arriver, en l'absence de son père, le comte de Beauvilliers, Paule se sentit, sans en deviner la cause, prise d'une sorte de malaise: Catherine après avoir annoncé le visiteur, s'était retirée dans sa cuisine; Paule se trouvait donc seule avec le comte, assis en face d'elle, près de la fenêtre à côté de laquelle elle se tenait chaque jour pour travailler, et la jeune fille, ses premiers devoirs de politesse accomplis, demeurait tremblante et les yeux baissés, se demandant ce qui pouvait retenir ce monsieur auquel elle venait de dire que son père, M. Schneider, était sorti pour une partie de la journée.

M. de Beauvilliers feignit de ne point s'apercevoir de la contrainte de la jeune fille, contrainte qu'il attribua du reste, — selon sa manière d'envisager les choses, — au peu d'habitude de Paule de se trouver en présence d'un personnage de son rang. L'œil souriant, la main appuyée sur la pomme d'or de sa canne, le comte débuta de la sorte :

— J'espère que vous ne m'en voudrez pas, mademoiselle, de vous tenir un peu compagnie tandis que monsieur votre père est absent; vous devez bien vous ennuyer ainsi seule toute la journée?

— Je ne m'ennuie jamais, monsieur, répartit Paule, mon père me quitte rarement, et quand ses affaires l'obligent à sortir, j'ai assez de mes occupations pour le temps ne me paraisse pas long.

— Ah! ah! mais c'est très-bien, en vérité! fit le comte, et je vous félicite, mademoiselle, de votre courage; mais voyons, soyez franche... dans ces heures de solitude, est-ce vraiment sur votre broderie que se concentre votre pensée, si ardemment que vous ne remarquiez pas que le temps s'écoule et que vous n'avez, à vos côtés, personne à qui soupirer le plus petit mot?

Paule leva ses grands yeux bleus sur le comte.

— Je ne sais ce que vous voulez dire, monsieur, murmura-t-elle.

Et, en effet, la phrase du vieux roué : *mais voyons, soyez franche*, etc., était si prétentieusement tissée, qu'eût-elle été moins naïve, Paule ne fût, certes, pas venue à bout d'en débrouiller le sens.

Le comte ne s'en tint pas pour battu : l'innocence de la jeune fille lui semblait de la coquetterie.

— Je veux dire, reprit-il en lissant sa moustache, que vous n'êtes pas arrivée à dix-sept ans... vous avez dix-sept ans, je crois, mademoiselle? sans vous laisser entraîner, parfois, à de certaines rêveries assez bien accueillies, d'ordinaire, par les jeunes personnes... je veux dire, enfin, que lorsque vous faites voltiger ainsi, gracieusement, votre aiguille, il doit vous passer dans l'esprit des ombres qui pourraient bien avoir la forme d'un mari... et d'abord... d'un amant?

Paule devint pourpre.

— Monsieur, dit-elle, — mais sans regarder le comte, — je ne vous savais pas assez lié avec mon père pour vous permettre de m'adresser de telles questions!

Monsieur de Beauvilliers laissa tomber sa canne.

— Qu'est-ce! pensa-t-il, au lieu de rire elle se fâche! serait-elle bégueule! Bon! ce sera plus piquant!

Et, d'un ton presque impertinent, il reprit :

— Mais mademoiselle, je ne sache pas qu'il soit absolument nécessaire d'être lié avec monsieur votre père pour vous trouver charmante et vous le dire?

Paule ne répondit pas.

— Dès la première fois que j'ai eu le plaisir de vous voir, — et notre connaissance date de loin, sans que vous vous en doutiez, — continua le comte, j'ai pensé que celui qui obtiendrait, avant tous, une tendre parole de votre jolie bouche, serait un morel favorisé... Je ne vous le cacherai donc pas, que en me présentant ici, je me suis senti désireux, non-seulement de former une amitié durable avec monsieur votre père, cet éminent artiste, mais encore de tenter... de faire battre, plus vite qu'il n'a battu jusqu'ici, je l'espère... un cœur dont la possession serait un véritable trésor pour moi!

Une lorette fût partie d'un grand éclat de rire à cette pâteuse déclaration du vieux fat... Une femme du monde, moins craintive que Paule, en eût haussé les épaules... Paule ne sut que rougir davantage.

Semblable à ces fanfarons qui prennent le silence d'un homme de cœur pour acquiescement à leurs bravades, le comte poursuivit, s'animant de l'excès même de son audace :

— Peut-être mes paroles vous semblent-elles un peu vives, mademoiselle, néanmoins je ne présume pas qu'elles doivent vous fâcher... il est toujours flatteur d'apprendre qu'on a provoqué un tendre sentiment. Je sais aussi que je n'ai pas le droit de rien réclamer de vous... vous me connaissez depuis si peu de temps... mais je me flatte que vous daignerez réfléchir aux avantages que peut vous procurer ma protection?... Si je me suis prononcé si vite c'est que j'ai hâte d'être heureux et de vous prouver, par ma condescendance à vos moindres désirs, combien il me sera doux d'attacher, désormais, mon existence à la vôtre!

Et maintenant, acceptez, je vous en prie, cette faible marque de ma sincérité... ces bijoux dont l'éclat pâlira près de celui de vos beaux yeux. Vous direz à monsieur votre père que je vous les ai offerts comme un simple témoignage d'amitié... pour moi, vous en voyant parée, je saurai que cela n'a pas été vainement que j'ai souhaité de vous consacrer mes jours et ma richesse.

Là-dessus le comte tira de sa poche un écrin... Déjà sûr du succès, il s'apprêtait à faire briller aux yeux de la jeune fille une paire de boucles d'oreilles en diamants achetée par lui la veille...

Mais il n'eut pas le temps d'achever son dessein.

Paule s'était levé... pâle comme une morte, mais l'œil fier, la lèvre dédaigneuse, elle étendit la main vers la porte de l'atelier en s'écriant d'une voix où vibrait, à la place de la timidité, une expression éclatante de mépris :

— Sortez, monsieur! sortez! mon père eût dû prévoir que celui qui se présentait ici, en se cachant de notre meilleur ami, ne pouvait être dirigé que par de mauvaises intentions! Je ne vous connais, que d'après les qualités que vous vous êtes données vous-même... vous vous dites un comte... un grand seigneur! oh! je ne vous crois pas! Il est impossible que dans le monde, parmi les gens que leur nom, leur éducation, leur fortune placent au-dessus des autres, il soit d'usage de se conduire aussi indignement que vous venez de le faire!

En dépit de son arrogance et de sa fatuité, le comte resta frappé de la contenance et du ton de la jeune fille : la vertu possède des accents que le vice ou la coquetterie ne saurait imiter... il s'empressa donc de remettre l'écrin dans sa poche, mais, son orgueil blessé l'empêcha de se résigner aussi vite quant à l'ordre qu'on lui donnait, de s'éloigner.

— Je me suis trompé, mademoiselle, fit-il en cherchant à sourire, je le reconnais et je vous prie de croire à mes regrets... j'ai eu tort de vous dire combien je vous trouve belle... Mais je ne vois point dans tout ceci de motif pour me traiter avec autant de sévérité!... On ne chasse pas un homme tel que moi, mademoiselle!

Paule courut à la porte de l'atelier et l'ouvrit toute grande.

— Vous avez raison, monsieur, dit-elle, j'oubliais que votre âge me commande encore quelque respect...

Catherine? appela-t-elle.

— Mon âge! mon âge! murmura le vieux gentilhomme, le diable soit de la chipie! Mais cependant, mademoiselle, j'aurais désirer causer avec monsieur votre père, et je croyais...

— Mon père apprendra, aujourd'hui même, de ma bouche, interrompit la jeune fille, qu'il doit se dispenser des travaux que vous lui avez commandés... et vous apprendrez également, bientôt, vous, monsieur... en recevant votre argent, que M Schneider se dégage de ses promesses..

Catherine, reconduisez monsieur.

Le comte, blême de rage et de honte, regarda tour-à-tour la jeune fille et sa bonne... On eût dit qu'il se demandait s'il s'éloignerait ou s'il resterait de vive force...

Mais Paule était toujours debout près de la porte, le regard hautain, la main droite étendue... A ses côtés, se tenait Catherine — et Catherine était une grosse mère, taillée en gendarme, qui, en s'apercevant de la pâleur de sa maîtresse, avait tout de suite froncé le sourcil et serré les poings.

Le comte jugea donc plus plus prudent de ravaler la petite insolence qu'il se disposait à lâcher, en guise de fiche de consolation en se retirant.

Il salua Paule.

Il salua même Catherine.

Et il s'éloigna, la tête basse comme le renard qui a laissé sa queue au piége.

XIX. — LA MÈRE ET LE FILS.

A son arrivée chez Rosemonde, Stéphen, qui croyait passer la soirée entière — peut-être, encore, mieux que la soirée — avec sa maîtresse, avait renvoyé son cabriolet; il fut donc forcé pour se rendre aux Batignolles, près de sa mère, de monter dans une voiture de place, au cocher de laquelle il donna vingt francs, en marque d'encouragement à fouetter son cheval un peu plus que d'ordinaire.

Le ciel vous garde, lecteur, d'une voiture de place, quand les minutes seront pour vous des heures, et les heures des siècles !... Il est, malheureusement, des instants où l'on n'a pas le choix... On voudrait dévorer le temps et l'espace... et le destin maudit amène devant vous, quoi?... un fiacre... une citadine au cheval étique, au cocher ivre et grossier!... Un jour... et ce jour, hélas! est gravé dans ma mémoire, je me suis trouvé dans cette situation... Oh! si je n'avais pas eu alors le cœur et les yeux remplis de larmes, j'aurais tué ce misérable à qui j'avais donné ma bourse, et qui me riait au nez quand je lui disais: « Vite! vite! je vous en supplie! ma mère est morte... et si je ne reçois pas son dernier soupir, que je puisse, du moins, la voir..... l'embrasser!..... me mettre à genoux devant elle avant que son front, que ses mains ne soient glacés pour toujours!

Il avait fallu un grand courage à Stéphen pour s'éloigner de Rosemonde; mais Stéphen aimait véritablement sa maîtresse... c'est-à-dire qu'il était jaloux... et la jalousie l'avait emporté, ainsi qu'elle le fait immanquablement, en pareil cas, sur ses désirs, sur le bonheur promis. « Il était jaloux d'une femme qu'il savait appartenir à un autre? » me direz-vous... Et pourquoi pas? A-t-on jamais trouvé ridicule que l'amant d'une femme mariée se plaignît d'une infidélité? Quelle différence faites-vous donc, s'il vous plaît, entre cette femme mariée et la femme entretenue? L'une vaut l'autre: quand on a le malheur d'aimer l'une ou l'autre, on est également à plaindre si l'on souffre parce qu'on se sait trahi.

En trouvant la carte de madame Elisa, oubliée par Rosemonde sur la cheminée de son boudoir, Stéphen s'était senti tressaillir..... Rosemonde était belle..... et Stéphen n'ignorait pas à quel ignoble métier madame Elisa, sa mère..... — sa mère!... — se livrait depuis longtemps. Un serment l'eût calmé peut-être..... on aime tant à croire à l'honneur de ceux qu'on aime, voire même quand on ne peut se dissimuler qu'ils n'en ont guère ou point!... Mais Rosemonde s'était refusée à rassurer Stéphen de cette manière..... — était-ce un cas de conscience ou seulement de l'obstination de la part de la lorette? — et le pauvre amoureux, décidé à éclaircir ses soupçons, en se rendant chez madame Elisa, avant que Rosemonde n'eût le temps de la prévenir, en était réduit, jusqu'à ce qu'il fût arrivé chez son honorable mère, à dévorer son impatience auprès de son phaëton qui, malgré sa promesse et les vingt francs reçus, ne pouvait se résoudre à mener son cheval autrement qu'au petit trot.

Cependant, comme Dieu a permis que les plus grands ennuis eussent leur terme, et que les cabriolets de place arrivassent quelquefois à leur destination, après vingt-cinq minutes de malédictions de Stéphen au cocher, une douzaine de coups de fouet du cocher à son cheval et autant de ruades du cheval à son maître, Stéphen débarqua, enfin, rue des Dames, aux Batignolles.

La première personne qu'aperçut Stéphen, dans la maison de sa mère, fut Charlotte: l'heure de la table approchait et Charlotte s'occupait du service; à l'apparition du fils de sa maîtresse, Charlotte poussa un cri de surprise..... Stéphen ne s'était pas présenté sous le toit maternel depuis plus de six mois.

— Où est madame Elisa? fit le jeune homme, en saisissant par le bras la femme de charge.

Stéphen ne disait jamais: ma mère, qu'il s'adressât à celle-ci ou à Charlotte.

— Madame est dans sa chambre... elle se dispose pour le dîner... Mais comme vous voilà défait, monsieur Stéphen? Que vous est-il donc arrivé? Il y a bien longtemps qu'on ne vous a vu!

Stéphen était déjà loin de Charlotte: il entrait dans la chambre de sa mère.

Ainsi que sa suivante, madame Elisa demeura fort étonnée en voyant Stéphen.

— Tiens! te voilà, petit, s'écria-t-elle..... d'où sors-tu? je te croyais mort, moi!

— Madame, repartit Stéphen, avec autant de vivacité, je viens réclamer de vous...

Il s'arrêta..... il craignait, par trop de précipitation, de ne rien obtenir; d'ailleurs, cette femme, debout devant lui, était sa mère, quelque chagrin qu'il en ressentît, et elle pouvait exiger, du fond même de son abjection, que celui qu'elle avait mis au monde, lui parlât respectueusement.

Stéphen essaya donc d'adoucir l'expression de son visage, de contenir les battements de son cœur qui lui faisaient trembler la voix..... et il reprit en s'asseyant:

— Madame, j'ai un service à vous demander, ce service voulez-vous me le rendre?

— Pourvu qu'il ne s'agisse pas d'argent, car je suis à sec pour le quart-d'heure, je me mets à ta disposition, mon ami, repartit madame Elisa, qui prit place à côté de son fils.

Un sourire amer plissa les lèvres de Stéphen.

— Non! non! madame, répliqua-t-il, il ne s'agit pas d'argent, rassurez-vous!... ce service que j'implore de votre amitié ne vous coûtera que quelques paroles.

— Explique-toi donc bien vite, alors, toi-même, fit madame Elisa, ta mine effarée m'interloque... tu m'en as fait mettre mon bonnet de travers!

— Madame, reprit Stéphen, dites-moi, avant tout, si vous m'aimez assez pour ne me rien cacher sur des circonstances qui m'intéressent au plus haut degré, lors même que vous sauriez votre aveu susceptible de compromettre vos intérêts.

Madame Elisa se gratta le front, contempla son fils d'un air inquiet et repartit avec un ricanement forcé:

— Ah çà! est-ce que tu vas continuer longtemps sur ce ton-là, mon cher? Franchement, je ne suis pas forte en énigmes et nous pourrions aller loin tous deux, de cette façon, sans nous entendre. Voyons, que veux-tu que je t'avoue de si extraordinaire? je ne me souviens pas d'avoir assassiné personne.

— Vous êtes allée... je ne sais quand... ces jours-ci, je présume, chez une femme nommée Rosemonde, rue de Provence, n° 15, fit Stéphen en accentuant les mots; cette femme est ma maîtresse, je désire connaître le sujet de la visite que vous lui avez rendue.

Madame Elisa poussa un soupir de soulagement et de surprise tout à la fois.

— Ah! ah! dit-elle, — elle savait enfin ce que désirait son fils, — Rosemonde est ta maîtresse! Mes compliments! mon petit, c'est une femme charmante, ma foi!... une carnation superbe, une poitrine...

— Madame! madame! interrompit Stéphen, en frappant du pied, répondez-moi sans détours... mon intention n'est point ici de vous adresser des reproches si vous avez troublé, sans vous douter du mal que vous me faisiez, ma joie et mon bonheur! mais, vous ne l'ignorez pas? je suis au conrant de... vos habitudes. . — ai-je besoin de m'expliquer davantage? — Est-ce seulement pour proposer des dentelles à Rosemonde que vous vous êtes présentée chez elle.

— Des dentelles... c'est ta dame qui t'a dit que j'étais allée lui offrir des dentelles?

— Oui... elle m'a dit cela, après que je lui eus montré votre carte que je venais de trouver, par hasard, dans un coin de son appartement... Mais vous ne répondez pas à ma question, madame! Qu'importe ce que m'a dit Rosemonde. c'est vous seule que je puis... que je veux croire... voyez, j'aurais pu agir de ruse pour obtenir la vérité... feindre de venir de la part d'un ami... mais j'ai confiance en vous..... je préfère m'adresser à votre bonne foi que de la surprendre... vous êtes ma mère et vous ne voudrez pas m'abuser... dussé-je souffrir de votre récit!

Tandis que Stéphen parlait, madame Elisa avait rapidement pris un parti: elle était décidé à mentir; et pouvait-il en être autrement? Tout raconter à Stéphen, c'est-à-dire que Rosemonde avait repoussé les propositions de M. Edgard de Beauvilliers, c'était, sans nul doute, donner, aux yeux de son amant, un relief éblouissant et mérité à la vertu de Rosemonde, mais c'était aussi ajouter au mépris que Stéphen éprouvait — elle ne se le dissimulait pas — assez violent déjà, pour elle, madame Elisa.

— Si Rosemonde avait accueilli mes offres, pensait la bonne mère, je me ferais un cas de conscience, au risque de m'attirer la colère de Stéphen, de lui tout raconter... mais Rosemonde est fidèle... ma franchise me nuirait en pure perte...

— Crois-moi donc, mon garçon, répondit madame Elisa, en donnant à sa voix un accent solennel, car pour tout l'or du Pérou je ne voudrais pas te laisser jouer un rôle ridicule... je ne me suis présentée, en effet, chez ta Rosemonde que pour lui offrir des dentelles... Une dame de sa connaissance m'avait donné son adresse et il n'a été question, je te le jure, entre cette chère enfant et moi, que de chiffons et de modes...

Stéphen bondit sur sa chaise.

— Vrai! ma mère! s'écria-t-il, l'œil étincelant de joie, vous ne me trompez pas!

Et le doute renaissant dans son esprit:

— Mon Dieu! vous concevez... poursuivit-il d'un ton insinuant, vous ne saviez pas que Rosemonde fût ma maîtresse!... personne ne le sait, voyez-vous! et vous auriez pu, sans soupçonner que vous m'exposiez au désespoir, lui parler... peut-être... pour un autre?

— Lui parler! de quoi? interrompit madame Elisa, toujours digne; en vérité, Monsieur mon fils, vous avez de vilaines idées sur votre mère et il me semble que vous vous permettez de l'assimiler à d'étranges personnes!... Je suis marchande à la toilette, Monsieur, et voilà tout... et je ne vois pas qu'il y ait rien dans cette profession dont vous puissiez rougir!

Madame Elisa était superbe, en ce moment, se faisant blanche comme neige. C'était Robert-Macaire en jupons gourmandant sa progéniture sur son peu de respect.

Stéphen était trop heureux pour refuser à sa mère la petite satisfaction qu'elle paraissait ambitionner... toutefois, malgré de louables efforts, il ne put prononcer qu'une pauvre phrase, sans suite, de banales excuses.

— Du reste, continua madame Elisa, à bout de ses grands airs, tu es un nigaud! mon cher! Je te le répète, mon principal métier, quoi que tu croies, n'est pas de servir les plaisirs des autres, et ta Rosemonde, moins que personne, en ce cas, a eu affaire à moi... mais...

Et elle se leva pour achever sa toilette.

—A l'avenir, prends-moi pour confidente de tes amours... ça m'amusera et ça ne te nuira pas!

Stéphen baissa les yeux à cet avertissement d'une incroyable impudence... et il douta de nouveau:

— Pourtant, murmura-t-il, en s'approchant de sa mère, vous me jurez que Rosemonde...

— A refusé de m'acheter du point d'Angleterre et de la Valenciennes, parce qu'elle a de tout cela *à gogo*... et m'a renvoyée en me souhaitant le bonjour...

Et, à présent, restes-tu à dîner? Voilà cinq heures et demie et mon monde doit être à table!... hein? il y a longtemps que tu n'as mangé ma soupe... tu négliges beaucoup ta pauvre mère, ingrat? Nous avons un gigot de Présalé et des choux de Bruxelles... ça te va-t-il?

— Je vous rends grâces, ma mère... ce sera pour un autre jour... on m'attend...

— Ah! elle t'attend! vous vous êtes disputés à cause de ma malheureuse carte! et tu l'as plantée là pour voler à mon domicile! Eh bien! va faire ta paix! la petite est pure et sans tache, je te la garantis!...

Et *ces Messieurs*, tu ne m'en dis rien! sont-ils toujours gentils?

L'arrivée de Charlotte dispensa Stéphen de répondre.

— Au revoir, ma mère, et merci! fit-il en s'enfuyant.

— Ma mère! répéta Charlotte étonné, il vous a dit: ma mère! madame.... il est donc bien content!

— Mais oui, il est assez content... c'est ce qui le rend si tendre!.... nos enfants sont tous comme ça, ma chère, ils ne sont aimables avec nous qu'autant que nous faisons tout ce qu'ils veulent.

XX. — L'AMOUR AU GRAND GALOP.

Rosemonde s'était levée, quand on lui avait annoncé Edgard de Beauvilliers, assez surprise de cette visite; elle s'était souvent, il est vrai, rencontrée en soirée avec le jeune vicomte, mais il lui avait à peine, alors, adressé quelques mots et elle ne pouvait comprendre quel motif puissant pouvait l'amener si inopinément chez elle.

Cependant, comme une des grandes maximes de conduite des lorettes est de bien recevoir toujours quiconque se présente chez elle — surtout lorsque ce quiconque porte un nom un peu ronflant et des bottes vernies, — Rosemonde, tout en faisant mentalement ses réflexions sur la bizarrerie de l'incident, ne s'en alla pas moins, de quelques pas, au devant d'Edgard de Beauvilliers.

Edgard parut à la porte du salon; il salua profondément d'abord, puis il entra et mit son chapeau sur un siége.

Décidément, ce n'était pas un mot qu'on lui apportait, en passant, de la part d'une amie, c'était une visite, une véritable visite; Rosemonde en fit la remarque avec un secret dépit.... elle se mourait de faim.... néanmoins elle répliqua au salut d'Edgard par une révérence choisie, lui montra du geste un fauteuil, s'assit la première près de la cheminée et prononça ces mots du ton le plus aimable:

— Puis-je savoir, monsieur, ce qui me procure l'avantage de vous recevoir?

Edgard, avant de répondre, se regarda une seconde dans la glace: sa toilette était irréprochable..... sa figure des mieux réussies, jamais il n'avait été mieux coiffé... jamais il n'avait porté un habit et un gilet qui lui allassent aussi délicieusement mal!

Satisfait de cet examen, Edgard s'étendit nonchalamment dans son fauteuil, regarda en face la lorette, qui, tout habituée qu'elle était aux manières des gentilshommes, se trouvait pourtant assez ébahie de ce sans façon, puis il répondit enfin:

— Madame, j'ai dix minutes.... dix minutes, pas davantage.... pour l'instant.... d'entretien à vous demander?... Je sais que j'arrive assez mal à propos.... vous alliez vous mettre à table, je pense?... j'ai eu l'indiscrétion d'apercevoir au passage, votre couvert qui vous attend.... aurez-vous, cependant, la bonté de m'accorder les dix minutes que je réclame?

— Mais, sans doute, monsieur, repartit Rosemonde, de plus en plus étonnée du genre et des paroles d'Edgard, mais toujours souriante et affable.

— Je vous en remercie, madame....... quoique, après tout, votre complaisance à mettre, en ma faveur, votre estomac à l'épreuve, ne soit qu'un faible dédommagement des contrariétés que j'ai éprouvées aujourd'hui à cause de vous.... C'est la seconde fois que je me présente chez vous aujourd'hui, madame; je désirais vous parler en particulier et, quand je suis venu.... — Eh! il y a bientôt une heure!... — j'ai eu le chagrin d'apprendre de votre concierge que vous n'étiez pas seule.... c'est-à-dire qu'on a prévenu mon domestique de cette circonstance... car, je vous avoue que je ne suis pas, alors, descendu de ma voiture.

— J'avais en effet près de moi, il y a une heure, une personne de mes amies, fit Rosemonde.

— Monsieur Stéphen de Bergue, votre heureux amant peut-être?

Cette fois la colère se mêla à la surprise dans l'expression de la physionomie de Rosemonde... Un étranger ou, à peu près, se permettait ainsi, tout d'un coup, de lui parler de Stéphen!.. son amant... à elle!.. qui croyait cette liaison ignorée de tous.... parce qu'elle avait tout fait pour qu'elle demeurât ignorée.

D'un regard glacial, Rosemonde toisa d'abord l'insolent indiscret, puis sa voix dédaigneuse proféra ces mots:

— Je ne vous comprends pas, monsieur.

Mais Edgard ne se décontenança, en aucune façon, du regard et des paroles de la lorette; il se releva vivement, au contraire, et, abandonnant son masque et son accent de quasi impertinence, il saisit la main de son interlocutrice et s'écria:

— Allons, Rosemonde!... ne vous fâchez pas!... je sais que Stéphen de Bergue est votre amant tout aussi bien que je connais — et vous ne vous cachez pas de ceci, du reste, — le prince Rufiakin pour votre entreteneur!...

Mais..... — je vous prie, ne froncez pas le sourcil de la sorte, et laissez votre main dans la mienne, — Il ne s'agit, en ce moment, ni du prince, ni de monsieur Stéphen... je vous ai demandé dix minutes d'entretien... c'est un oui ou un non... — et je veux que ce soit oui... — que j'aurais dû dire... Si je me suis laissé entraîner à vous parler de... gens totalement indifférents au sujet qui m'amène, ce n'a été que pour vous prouver que ma démarche n'est point l'effet d'une fantaisie..... d'un caprice passager..... mais de la volonté ferme et arrêtée d'un homme que sa position trop ordinaire a empêché longtemps de se déclarer, et auquel le sort permet, enfin, de sortir de l'ombre, où il se tenait caché. Ecoutez-moi donc, Rosemonde: Je vous aime, depuis plus de trois ans, je vous suis pas à pas... voulez-vous accepter la fortune que je mets à vos pieds?... Voulez-vous me sacrifier au vieillard qui, quelque riche qu'il soit, ne fera jamais pour vous ce que je veux faire?... au jeune homme... dont l'amour ne peut que vous nuire..... car il se vante partout de vous posséder..... et tout le monde sait que sa fortune ne lui permet pas de vous combler des soins dûs à votre beauté!..... Je viens d'hériter de six cent mille francs, Rosemonde... ces richesses sont à moi..... bien à moi... acceptez-en votre part...... dites oui... et nous partons ce soir pour l'Italie... j'ai tout disposé, déjà, pour ce voyage... et, avant de partir, je laisse chez un notaire..... par un acte... à votre nom..... la somme que vous aurez fixée vous-même!... Sans doute, ma proposition doit vous paraître étrange!... Vous me connaissez à peine... mes yeux, même, ne vous ont, jusqu'ici, jamais laissé deviner ce que je ressentais pour vous!... et j'apparais comme un génie, — ceci soit dit sans fatuité, — sortant de terre ou descendant du ciel pour vous supplier d'être à moi!

Mais j'ai pour principe, Rosemonde, qu'il faut mener rondement les affaires et les plaisirs... Perdre son temps à soupirer quand on peut l'employer à s'aimer, c'est, à mon avis, une faute impardonnable! Dites-moi donc si vous acceptez... et, dans deux heures, je remets entre vos mains la donation de la somme que vous aurez désirée... exigible dans un an... et nous partons immédiatement en Italie....

en Angleterre, où il vous plaira! — Ce voyage est utile pour tous deux : il nous éloigne de certains individus dont la rencontre nous serait pénible. — Si, au contraire, votre attachement à Stéphen, votre amitié pour le prince Rufiakin, s'opposent à ce que vous consentiez à me suivre, répondez-moi sans détours, je saurai souffrir en silence... vous ne me reverrez jamais!... Seulement, je vous l'avoue, je déplorerai l'erreur d'une femme charmante... La fortune ne frappe pas toujours à notre porte... et, peut-être, bientôt, vous repentirez-vous de m'avoir repoussé!

Cette tirade morale et pathétique terminée, Edgard laissa tomber la main de Rosemonde, et, dans une attitude, mi-suppliante, mi-assurée, il attendit la réponse de la lorette.

Comme on le voit, Edgard, quelque brutale que fût sa déclaration, n'y avait rien négligé pour la rendre pressante. En calomniant Stéphen, — il l'accusait de se vanter de son bonheur, — en mettant sa richesse presque tout entière aux ordres de Rosemonde, Edgard s'attaquait à la fois, adroitement, au cœur et à la tête de la jeune femme. Notre gentilhomme n'avait pas été non plus si niais, en se présentant à la lorette, que de lui parler de ses premières et infructueuses tentatives pour la posséder. Rosemonde se trouvait donc forcée de se décider, sans restriction, sans retard; celui qui lui offrait si noblement de manger six cent mille francs avec elle n'était pas le même qui, la veille, avait osé espérer ses faveurs en échange d'un malheureux cachemire ou d'un bijou de piètre valeur.

Audaces fortuna juvat a dit le poëte latin : l'audace est, en effet, une vertu capitale à qui veut réussir, surtout près des lorettes.

Rosemonde n'avait rien perdu du long discours d'Edgard et, ainsi que celui-ci le pressentait, les passages où il était traité des six cent mille francs et des indiscrétions de Stéphen avaient fort intéressé notre lorette. Edgard achevait à peine de dérouler son brillant panorama que Rosemonde savait déjà qu'elle acceptait. Et pouvait-elle hésiter! Qu'était-ce, en effet, que les cent louis que lui donnait par mois son prince russe à côté des cent mille francs qu'elle allait tenir tout de suite, sans compter ce qu'elle pourrait arracher des cinq cent mille restant! Et puis, le prince était fort laid, très-vieux, assez peu ragoûtant... et Edgard avait vingt-trois ans et un visage agréable... Avec le prince il fallait obéir... elle commanderait à Edgard... Quant à Stéphen, au milieu du tohu-bohu de ses pensées, Rosemonde ne s'occupait que pour mémoire de son malheureux amant! L'eût-elle véritablement aimé, elle l'eût encore sacrifié à d'avides désirs... on comprend que, n'éprouvant, pour lui qu'un sentiment assez amphibologique, — une de ces tendresses de femmes sans âme qui considèrent leur amant à l'égal de leur *King-Charles* : le premier parce qu'il les amuse, le second parce qu'il les distrait, — il était impossible que Rosemonde se laissât arrêter par la puérile crainte de livrer, en l'abandonnant, Stéphen à un terrible désespoir.

Mais, nous dira-t-on, Rosemonde ne devait-elle pas suspecter, un tant soit peu, la bonne foi de ce beau galant qui accourait lui offrir, tout d'un coup, et son cœur et son argent!

Oh! oh! mes maîtres, que vous connaissez mal nos lorettes et nos gentilshommes si vous élevez sérieusement cette objection!

Le gentilhomme d'aujourd'hui, messieurs, est un bipède qui prend à tâche de ne jamais payer son tailleur et son bottier... qui refuse dix sous à un pauvre et un louis au misérable qu'il renverse dans le ruisseau, du haut de son *américaine*; mais, en revanche, le gentilhomme actuel se ruine, de la meilleure grâce, au jeu ou pour une danseuse, et pousse, même, la délicatsse jusqu'à tenir à grand honneur de payer les dettes de la femme qui l'a trahi, lorsqu'il s'y est engagé avant la perpétration du sinistre. La promesse d'un gentilhomme à sa maîtresse est sacrée; — je parle des vrais gentilshommes, de ceux qui sont riches et de sang noble : les gentilshommes de fer-blanc tels que les Raymond de la Gaule, les Solicof, les Robecourt, les fils d'épiciers qui jouent à la Bourse, les bâtards de généraux qui se posent en barons, et une infinité d'autres, sont en dehors de ceci et pour cause; — et les lorettes savent parbleu bien discerner la fausse monnaie de l'or pur, le bon grain de l'ivraie! Les chères filles ont leurs raisons pour étudier cette science! Il est des dames de la rue Joubert ou Caumartin qui vous diront, à mille francs près, le chiffre du revenu de messieurs les comtes et marquis tels et tels.

Rosemonde n'appréhenda donc point un seul instant qu'Edgard eût le dessein d'abuser de sa candeur. Les manières du jeune homme parurent, au contraire, à la lorette, d'une originalité toute régence..... Spirituelle, par hasard, elle ne voulut pas être en reste de sans façon avec son adorateur, et quand il prononça ces mots :

— Peut-être regretterez-vous un jour de m'avoir repoussé!

Elle s'empressa de répondre :

— Plaise, plutôt, à Dieu, monsieur, que je ne me repente point de n'avoir écouté aujourd'hui que mon cœur... qui me dit que vous êtes un fou..... mais un fou qu'on doit adorer!

Certes, il était difficile de couvrir de fleurs de rhétorique plus charmantes le : *oui*, que sollicitait Edgard; aussi Edgard accueillit-il cette réponse avec ravissement : quoique certain du triomphe, il ne l'espérait pas ni si prompt ni si complet.

— Vous êtes un ange! s'écria-t-il, en s'emparant de la main de Rosemonde; ainsi, c'est convenu! Dans deux heures je reviens vous chercher ici en chaise de poste?... Faites quelques préparatifs, mais seulement les plus indispensables! Nous trouverons en route tout ce qu'il nous faudra!... Emmenez votre femme de chambre... cela ne nous gênera pas...Demain nous serons à Lyon... dans huit jours à Venise!

— Cependant, repartit Rosemonde, sur laquelle son instinct de femme reprenait un peu le dessus, — ce qui signifie qu'elle aurait voulu concilier, à la fois, ses intérêts vis-à-vis d'Edgard, et du prince, et de Stéphen; — cependant, pourquoi notre départ est-il aussi précipité? nous avons l'air, vraiment, de nous enfuir...

— Nous avons l'air qui nous plaît, fit Edgard en riant, peu nous importe, ma chère amie, l'opinion des autres! Nos amours ne ressembleront pas à tout, et c'est ce qui m'en charme!... Mais je ne devais vous retenir que quelques instants, et je m'aperçois que voici plus d'une demi-heure que je suis près de vous; je me sauve, n'oubliez pas que les minutes sont précieuses.... si vous avez des adieux à faire qu'ils soient le plus brefs possible.

— Soyez tranquille! repartit Rosemonde.

— Je vous ai empêchée de dîner, m'en voulez-vous?

— Oh! je n'ai plus faim! tout ceci me semble si extraordinaire!... je crois rêver.

— Dans deux heures vous serez convaincue de la réalité... agréable, je l'espère, de cette aventure.

— C'est égal, c'est mal à moi, peut-être, de me rendre si vite!... Que va penser le monde? Et le prince? Et Stéphen? comment me jugeront-ils? oh! vous ne me donnerez jamais lieu, n'est-ce pas, Edgard, de me repentir de ma légèreté?... car ce n'est pas pour l'argent que vous m'offrez, voyez-vous...

Un baiser d'Edgard arrêta, au moment convenable, sur les lèvres de Rosemonde la *tartine* de mensonge et de regrets d'emprunt qu'elle allait, pour la forme, servir à son nouvel amant.... Ce baiser était, comme dénoûment, d'une haute politique : il représentait un *ite missa est* ou des couplets au public en action.

Edgard s'enfuit, et Rosemonde appela aussitôt sa femme de chambre.

— Julie, lui dit-elle, vous allez payer Suzanne la cuisinière, — donnez-lui double mois, — et faire, à l'instant même, vos préparatifs, s'il vous plaît de me suivre en voyage.. Je pars dans deux heures, voyez si cela vous convient de m'accompagner?

— Je serai enchantée de ne jamais quitter madame, répondit mademoiselle Julie, qui, de même que sa maîtresse, avait le don de savoir se décider promptement — en faveur de ce qui lui paraissait avantageux. —

— Allez donc tout disposer.... c'est-à-dire... non.... M. Stéphen va revenir, sans nul doute, ici dans peu d'instants... restez là pour lui ouvrir... il ne faut pas qu'il se doute de rien... vous me comprenez, je pense? Ah! desservez, je ne dînerai pas, je ne prendrai qu'un bouillon.

La caméristé inclina la tête et sortit; décidément cette fille était un véritable diamant; elle avait la compréhension si facile qu'elle évitait à sa maîtresse la peine de rougir un peu, peut-être, en lui donnant des explications.

— Et, maintenant, une lettre au prince, d'abord, continua Rosemonde quand elle se trouva seule... Pour Stéphen, après que je l'aurai vu... je saurai...

Elle s'interrompit.... elle avait entendu la voix de Stéphen.

— Allons! tant mieux! pensa la lorette... j'aurai plus de temps à moi!

C'était bien Stéphen, en effet, rapporté rue de Provence par le cabriolet qui l'avait conduit chez sa mère... Stéphen rassuré, radieux.... préparé aux reproches de Rosemonde, qu'il n'avait pas voulu croire, le vilain !... et de l'innocence de laquelle il était prêt à jurer, désormais... Stéphen, enfin, qui, en accourant près de sa maîtresse, voulut se jeter à genoux pour lui demander pardon de ses injustes soupçons.

Mais Rosemonde s'empressa d'arrêter le pauvre garçon au moment où il allait accomplir son acte de contrition : Rosemonde avait bien autre chose à faire que de contempler Stéphen à ses pieds !...

— Eh bien ! s'écria-t-elle gaîment, et en lui tendant — l'hypocrite ! — sa main potelée... Eh bien !... êtes vous sûr, à présent, que je ne vous avais pas trompé !... Oh ! vous allez me parler de votre repentir, n'est-ce pas ?... me promettre que, dorénavant, vous ne douterez plus de moi !... Mais tout cela serait de trop à cette heure !... Dieu vous punit de m'avoir ainsi abandonnée pour courir je ne sais où, possédé de je ne sais quelle fureur !... Le prince vient de m'envoyer son valet de chambre... Au lieu de dîner en ville, comme il en avait l'intention en me quittant, il veut dîner avec moi... vous concevez que je n'ai pu refuser... Il va passer me prendre dans huit ou dix minutes... il est donc urgent que vous me quittiez encore et cette fois pour de bon.... Si cela m'est possible je tâcherai d'avoir ma soirée à moi, et je vous écrirai... Comptez même, en tout cas, sur une lettre avant neuf heures... car j'ai une nouvelle à vous apprendre et nous n'avons pas le temps, maintenant, de causer !

Comme on le voit, Rosemonde était, sans s'en douter, de l'école de Loyola : elle disait la vérité en mentant... *et vice versa.*

Stéphen demeurait atterré... Hélas ! il ne lui était pas permis de se plaindre... Rosemonde disait vrai : c'était par sa faute, à lui, que ce malheur leur arivait ; si le valet de chambre du prince eût trouvé Rosemonde à table, Rosemonde, forte de la situation, eût pu, sans blesser la susceptibilité de son Monsieur, se refuser à son vœu trop tardif.

Quant à rompre en visière avec l'invitation du prince, Stéphen ne songea pas seulement à le proposer à sa maîtresse ; Stéphen n'ignorait pas, malgré son étrange passion pour cette femme, que pour Rosemonde, un simple désir de son entreteneur était plus puissant que vingt prières de son amant.

Résigné comme toujours et un peu tranquillisé, d'ailleurs, par la promesse de Rosemonde, Stéphen s'inclina donc, avec un soupir, devant la volonté du Destin.

— Je pars, puisqu'il le faut, murmura-t-il. Mais tu me promets, au moins, de t'arranger pour me voir ce soir.... Tu as une nouvelle à m'apprendre, dis-tu ? Qu'est-ce donc ?

— Tu le sauras, je te le répète, bientôt.

— Mais tu me parles d'une lettre... je n'en veux pas, entends-tu ! c'est-à-dire.... si elle m'ordonne de rester chez moi.....

— Je tâcherai qu'elle ne t'ordonne pas cela...

— Oh ! que tu es bonne !.... Et tu n'es plus fâchée, n'est-ce pas ? Oh ! oui !... je suis bien puni d'avoir été là-bas.... Cette femme m'a juré tout de suite.... Allons ! allons ! ne me gronde pas... je m'en vais... je me sauve... Mais n'oublie pas ta promesse !... je m'ennuierai si fort loin de toi !.... Oh ! pourquoi n'es-tu pas libre ou plutôt pourquoi ne suis-je pas riche !... je n'aurais point à redouter de telles douleurs... j'ai mérité, sans doute, celle-ci... et cependant... ma faute n'est-elle point excusable... si je ne t'aimais autant, m'inquiéterais-je autant de tes moindres actions !.... Mais je t'ennuie... je te gêne... Adieu !... adieu !...

Et Stéphen, en prononçant ces mots d'une voix plaintive, serra Rosemonde dans ses bras et la couvrit de ses baisers.

Rosemonde se laissa d'abord embrasser... puis.... tout d'un coup, elle saisit la tête de son amant et, à son tour, elle imprima longuement ses lèvres sur celles du jeune homme.

Remercions Dieu ! il n'y a pas de lâcheté et d'ingratitude sans remords.

Sur le point d'abandonner, pour jamais peut-être, celui qui, depuis quatre ans, lui vouait ses instants, sa pensée... Rosemonde avait senti naître en son cœur une émotion inconnue.... une larme avait mouillé ses yeux et s'était formée en perle au bord de ses cils noirs....

Stéphen n'aperçut pas cette larme rédemptrice.... il eût deviné qu'elle contenait tout un mystère ; toutefois, agréablement surpris de la vivacité du mouvement de Rosemonde, il s'écria, en voulant lui rendre son baiser :

— Tu m'aimes donc un peu encore, mon bon ange ?

Mais le quart-d'heure de sensibilité de Rosemonde était passé.... elle aspirait maintenant à ce que Stéphen s'éloignât.... il lui restait si peu de temps pour ses lettres et ses préparatifs... Sans répondre à son amant, elle l'entraîna doucement dans l'antichambre, puis vers la porte de l'appartement.....

Stéphen se trouva sur le palier.... il vit Rosemonde lui adresser, à la fois, un signe de la tête et un geste de la main.... il entendit ces mots : à ce soir !

Puis il ne vit et n'entendit plus rien....

Et il descendit, tout triste, l'escalier.

Rosemonde était déjà à son bureau : elle écrivait au prince Rufiakin qu'elle l'adorait toujours, mais qu'elle était malheureusement obligée, pour des raisons de famille, de le remercier de ses bontés et d'accepter celles d'un autre.

XXI. — LE FRÈRE ET L'AMANT.

Aussitôt que le comte de Beauvilliers eut disparu, la force factice, dont avait été animée jusque-là la fille de Schneider, fit place à une agitation nerveuse qui se termina par un déluge des larmes. En vain la bonne Catherine essayait d'apaiser sa maîtresse en lui protestant qu'elle ne permettrait plus, à ce *vilain vieux* d'entrer quand monsieur Schneider serait absent, semblable à la fleur délicate qui ne peut, qu'avec peine, se redresser sur sa tige après qu'un coup de vent furieux l'a renversée à terre, Paule, quoique certaine d'être à l'abri, désormais, d'un pareil outrage, ne parvenait pas à trouver le courage de l'oublier.

Catherine se décida donc à laisser pleurer la jeune fille, puis, quand elle vit ses sanglots se calmer, revenant à son caractère de femme et de domestique, — double raison de curiosité, — elle avança timidement quelques questions sur la cause de ce grand chagrin ; mais son espérance fut encore déçue : Paule ne jugeait pas indispensable de prendre sa bonne pour confidente ; elle s'essuya les yeux, sourit à Catherine, lui serra la main et lui dit : — Je te conterai cela plus tard.... il faut d'abord, tu le conçois, que je parle à mon père.... retourne à ta cuisine ; il est cinq heures et demie, mon père ne tardera pas à rentrer et tu sais qu'il n'aime pas à attendre pour dîner.

Catherine obéit d'un air à moitié satisfait et Paule reprit sa place et sa broderie près de la fenêtre de l'atelier.

A quoi pensa la jeune fille durant une grande heure qu'elle passa ainsi avant que son père ne rentrât ? ne devinez-vous pas ? à Edmond, toujours à Edmond ! La pluie nous rappelle le soleil, l'ennui, les joies de la veille... — Edmond, aussi, m'aime... se disait Paule, il ne me l'a jamais déclaré.... tout-à-fait !... mais s'il osait l'avouer... quelle différence il y aurait entre son langage et celui de cet homme ! Oh ! s'il avait été là.... le comte ne se fût pas conduit si indignement !

Six heures et demie sonnèrent : le dîner était servi depuis longtemps et M. de Schneider ne revenait pas.... et Paule, malgré le tour heureux qu'avait pris sa rêverie, commençait à s'inquiéter de ce retard inaccoutumé.

Enfin des accents joyeux retentirent dans l'antichambre ; M. Schneider rentrait; mais il n'était pas seul : Edmond l'accompagnait; le bon peintre tenait le bras du jeune homme, et, en le faisant passer devant lui, dans l'atelier, il cria, à la fois, à Catherine qui le grondait et à Paule qui accourait à sa rencontre.

— Catherine, ne bougonne pas et mets un couvert de plus.... Paule, ne te fâche pas et dis bonjour à notre voisin que je viens de rencontrer et que j'ai eu toutes les peines du monde à t'amener.... ce n'est pas ma faute si je t'ai fait attendre, ma chérie.... on m'a retenu....

Schneider n'acheva pas ; comme il quittait le bras d'Edmond pour embrasser sa fille, il aperçut des traces de larmes sur le visage de celle-ci.

— Eh bien ! quoi donc ? s'écria-t-il; tu as pleuré, il me semble ?

— En effet, ajouta Edmond, qui, depuis son arrivée, examinait avec inquiétude les traits de la jeune fille.

Paule rougissait et ne répondait pas.

— Voyons ! voyons ! que s'est-il donc passé ? continua Schneider en serrant sa fille contre lui, ce ne peut être mon retard qui a causé ton chagrin.

— Oh ! je vous l'apprendrai, moi, si mamzelle ne veut pas ! s'écria Catherine, de la salle à manger ; c'est ce vilain vieux de l'autre jour qui est cause de tout ça...

— Chut ! chut ! interrompit Paule en adressant un regard de doux reproche à la servante...

Et elle ferma la porte de l'atelier, au grand déplaisir de Catherine, avança un siége à son père et s'assit à ses côtés.

Edmond, par discrétion, se retirait dans un coin de l'atelier.

— Vous pouvez entendre ce que j'ai à raconter à mon père, monsieur Edmond, dit Paule.

— Dépêche-toi donc de t'expliquer! fit Schneider, tandis qu'Edmond se rapprochait, car, en vérité, tu m'effraies avec ta petite figure toute sens dessus dessous! Voyons! qu'est-ce que Catherine nous chante avec son vieux monsieur?

D'un regard et d'un baiser Paule calma, d'abord, l'empressement de son père... un sourire fut la part d'Edmond.

— Mon père, dit-elle ensuite, avant que je ne vous apprenne ce qu'a fait M. le comte de Beauvilliers, il faut...

— Le comte de Beauvilliers! exclama Edmond, le comte de Beauvilliers!... vous le connaissez!... il est venu ici, mademoiselle?

— Oui, oui, nous ne vous avions pas conté cette aventure, Edmond..... cela nous était défendu... mais laissez ma fille achever...

— Oui, cela nous était défendu, reprit Paule, à laquelle n'échappa point le trouble de son amant, et nous avons eu bien tort, mon père et moi, d'accorder à ce monsieur la promesse qu'il réclamait de ne jamais parler de lui à notre cher Stéphen!

— Il vous avait fait promettre cela! murmura Edmond frappé d'une lueur soudaine... sans doute! je comprends tout maintenant... mais continuez, je vous en supplie, mademoiselle! de quelle insulte cet homme s'est-il donc rendu coupable envers vous!

— Allons! dis... dis-nous tout! reprit impétueusement Schneider.

Paule, face à face avec l'anxiété de son père et de son amant, hésitait à commencer son récit... elle redoutait quelque malheur.

— Parlez! parlez sans crainte, mademoiselle! fit, à son tour, Edmond qui devina le motif du silence de la jeune fille; à l'avenir, je vous le jure, il n'y a rien à redouter, pour personne que vous aimiez, de la part de M. de Beauvilliers!

Paule baissa les yeux... elle se sentait désolée, tremblante... mais il n'y avait plus à reculer!.... elle raconta donc, d'un bout à l'autre, ce qui s'était passé entre elle et le vieux gentilhomme.

Lorsqu'elle en vint, — pourpre encore de honte, — au moment où M. de Beauvilliers lui avait déclaré son amour... le père et l'amant laissèrent échapper simultanément une exclamation de fureur...

Quand elle dit que le comte lui avait offert des bijoux, Schneider voulut se lever...

Mais Edmond le retint à sa place et, à son tour, lui fit signe de ne pas interrompre Paule.

Enfin, quand Paule, belle de dignité et de dédain, répéta les paroles dont elle s'était servie pour stigmatiser l'infamie du comte, quand elle se dépeignit pâle, palpitante, mais ordonnant, d'une voix fière, à cet homme de sortir... chacun des deux, du père et de l'amant saisit, en même temps, une main de la jeune fille et se leva comme pour lui rendre hommage.

Paule avait achevé sa narration.

Et Schneider et Edmond tenaient encore sa main et demeuraient silencieux en face d'elle...

Schneider sortit, le premier, de cette torpeur douloureuse que fait naître en nous la nouvelle d'un événement qui nous frappe dans notre honneur, dans nos affections...

Il s'élança vers une porte qui donnait sur sa chambre à coucher, puis il reparut, aussitôt, froissant entre ses doigts un fin papier de soie: c'étaient les deux billets de mille francs que lui avait remis le comte trois jours auparavant. Les craintes de Paule se réalisaient: son père voulait courir chez le comte pour lui jeter son argent au visage, pour lui rendre insultes pour insultes, pour le provoquer peut-être... La jeune fille courut à Schneider, l'embrassa étroitement de ses bras et, avec un accent inexprimable de commandement et de terreur:

— Je ne veux pas que tu sortes! s'écria-t-elle, je ne le veux pas..... entends-tu! Quoi! parce que c'est homme s'est laissé entraîner par un mouvement de folie..... parce qu'il s'est abusé sur mon compte et qu'il m'a adressé quelques paroles offensantes que j'aurai oubliées demain, tu risquerais d'exposer ta vie en allant lui demander réparation!... Mais cette réparation.... je l'ai eue... aussi entière que je pouvais la désirer... Si tu l'avais vu se courber devant moi quand je lui ai dit: sortez!... Si tu l'avais vu s'éloigner sans oser lever les yeux... tu penserais, comme ton enfant, qu'il n'y a que du mépris et non de la colère à éprouver pour lui! Non! non! tu ne me quitteras pas... tu lui renverras son argent demain..... tout de suite si tu veux... sans un mot... sans rien... cela sera bien plus humiliant... et puis nous ne penserons plus à tout cela... Tiens! je suis une sotte d'avoir mis tant d'importance à cette affaire... j'aurais dû rire au lieu de pleurer... mais je ris maintenant, regarde-moi... C'est drôle, dis donc... il croyait que j'allais accepter ses bijoux et l'aimer!... certes! il était fou.... et un fou.... on le gronde un peu, mais on ne s'irrite pas contre lui.. Donne-moi ces billets... Catherine va les porter... je servirai le dîner... M. Edmond m'aidera... ce sera amusant... mais je ne veux pas! oh! je ne veux pas que tu sortes!...

Schneider, après s'être efforcé, d'abord, de se dégager de l'étreinte de sa fille avait fini par ne plus lui opposer de résistance..... puis il s'était pris à contempler ce visage angélique où se mêlaient les larmes et le sourire, et il avait senti s'éteindre sa soif de vengeance... et il avait écouté, dans une sorte d'extase, les paroles que l'enfant tirait de son âme pour le persuader...

Cependant, il tenait encore les billets de banque dans sa main, en dépit de Paule, qui voulait la lui ouvrir, et, tout en embrassant la jeune fille au front, il murmurait:

— Mais je te jure que tu n'as pas à t'effrayer... ceux qui sont lâches envers les femmes tremblent en face d'un homme... Je ne lui dirai qu'un mot à ce grand seigneur, qui se figure que les filles d'artistes sont à ses ordres... mais ce mot, je veux le lui dire!...

— Ce mot... vous êtes un infâme!..... on le lui dira, en effet, et c'est moi qui me charge de ce soin, monsieur, fit Edmond, qui, jusqu'alors, muet spectateur de cette scène, s'était avancé vers le groupe formé par la jeune fille et son père, et s'était emparé de la main de ce dernier, qui serrait les billets. Donnez-moi cet argent, monsieur Schneider.. ce soir, il sera remis au comte de Beauvilliers... ce soir même, le comte de Beauvilliers apprendra de ma bouche et de la bouche d'un autre, dont il a à redouter l'indignation, que la fille du peintre Schneider mérite son respect.

— Que voulez-vous dire? s'écrièrent, à la fois, Schneider et Paule... Cet autre... serait-ce Stéphen?

— C'est Stéphen, repartit gravement Edmond; mais, rassurez-vous! Stéphen, en vous vengeant tous les deux de cette insulte, ne doit courir aucun péril!... Ce secret n'est pas le mien, monsieur Schneider, je ne puis donc vous en dire davantage.... Néanmoins, cela vous explique le motif qui obligeait le comte à vous prier de cacher ses visites à Stéphen... Si monsieur le comte de Beauvilliers ne se trouvait pas, ainsi, dans une position tout exceptionnelle vis-à-vis de notre ami commun, je n'aurais pas voulu partager, même avec cet ami, un devoir sacré: vous ne l'ignorez pas, monsieur... Paule a toutes mes pensées... j'aspire à un bonheur qu'il dépend de vous de réaliser un jour... il m'est donc permis, puisque vous ne repoussez pas mes vœux, de protéger, de venger, s'il le faut, dès à présent, un honneur qui deviendra le mien!... Mais, je vous le répète, je ne puis rien faire sans consulter Stéphen, et Stéphen, tout en ne laissant pas votre offense impunie, saura, croyez-le bien, s'y prendre, pour en obtenir réparation, de façon que vous n'ayez point à trembler pour personne à qui vous vous intéressez!

Rassurée par les paroles d'Edmond, confiante en ses promesses, sans chercher à se rendre compte de leur sens mystérieux, Paule, toute joyeuse aussi de ce que son père ne se débattait plus pour la quitter, contemplait son amant, et le remerciait franchement, du regard, de ce qu'il venait, à la fois, d'avouer son amour et de la soustraire à un danger.

M. Schneider considérait, de son côté, le jeune homme, mais avec une expression de surprise mêlée d'inquiétude.

— Vous dites, Edmond, que Stéphen ne peut courir aucun péril en allant trouver monsieur de Beauvilliers?... fit Schneider, après une minute de réflexion, je ne vous comprends pas..... Le comte m'avait parlé d'un duel qui aurait failli avoir lieu entre son fils et Stéphen... est-ce de cette affaire que date la puissance que vous attribuez à Stéphen sur le comte?... Ce secret n'est pas le vôtre, assurez-vous?... mais je m'étonne que Stéphen vous en ait fait le confident avant moi... je suis son ami comme vous, et depuis plus longtemps que vous!...

Edmond se sentait assez embarrassé en face de la curiosité chagrine de Schneider, curiosité qu'il ne pouvait satisfaire, et qu'il regrettait d'avoir ainsi excitée; Paule, heureusement, vint au secours de son amant.

— Allons! allons! s'écria-t-elle, en embrassant son père, si Stéphen a gardé le silence, envers toi, sur tout cela, c'est qu'il a jugé convenable de se taire... A sa prochaine visite, tu le questionneras et tu le gronderas à ton aise... Le dîner se refroidit, et j'entends Catherine qui remue les assiettes pour nous avertir!... En voici assez sur cette fâcheuse histoire! Monsieur Edmond ira avec Stéphen, puisqu'il nous l'offre, reporter l'argent au comte... Moi, je suis tranquille, d'abord, pour ces messieurs... comme le disait, tout-à-l'heure, monsieur Edmond, monsieur de Beauvilliers doit être un poltron!... D'ailleurs, monsieur Edmond et Stéphen s'y prendront comme il faut, j'en suis sûre, pour lui dire qu'il s'est mal conduit... toi, au contraire, tu te serais emporté... tu aurais crié et... oh! vois-tu, encore une fois, il vaut bien mieux que tu restes avec moi!...

— C'est-à-dire que tu préfères que l'on tue monsieur Edmond ou Stéphen que ton père? fit Schneider, en riant, à sa fille.

Paule devint pâle et ne répondit pas.

— Monsieur Schneider plaisante, reprit vivement Edmond, touché de l'émotion de Paule; nous irons trouver demain, ce soir, peut-être, monsieur de Beauvilliers, Stéphen et moi, et je vous réponds que cette entrevue n'aura d'autres suites que le souvenir que conservera celui qui vous a outragée, d'avoir reçu une leçon de deux hommes plus jeunes que lui et dans une position bien inférieure à la sienne.

— Allons donc nous mettre à table, mon beau paladin! dit Schneider, sur le visage duquel commençait à renaître la bonne humeur. Au fait, vous avez raison! je me serais peut-être montré moins sage que vous... et, puisque vous avouez vos intentions sur mademoiselle, je ne puis vous refuser de lui donner une preuve de votre dévouement...

Ce fut au tour d'Edmond de se troubler.

— Quant à Stéphen, continua Schneider en se dirigeant du côté de la salle à manger, à la prochaine occasion, je le tancerai d'importance! Ce monsieur se permet de ne pas me conter tout ce qui l'intéresse! eh! eh! c'est bon! il verra comment je qualifie cette impertinente discrétion...

Mais venez! venez! mes enfants... ne songeons plus à tout cela si c'est possible... quoique, je ne le cache pas, j'aie peine à digérer la conduite de ce vieux drôle!.... Moi qui croyais tout sottement avoir affaire à un brave amateur qui allait m'accabler de commandes et d'argent!.... Ah bien! oui... son argent... il peut bien.....

Oui... oui... je me tais, fillette, embrasse-moi encore... et dînons!

Nos trois personnages sont à table. Catherine sert, d'un air rechigné, le potage, qui se trouve délicieux, quoiqu'elle assure qu'il est trop *mitonné*; — bientôt on cesse de se préoccuper du comte... La vue d'un plat qu'il affectionne— un gigot braisé, le chef-d'œuvre de Catherine, — a réveillé l'appétit du peintre... Il mange comme un ogre, il boit comme un chantre, tout en stimulant de l'œil et de la voix sa fille et son convive... Mais, en dépit de leur complaisance à le satisfaire, Paule et Edmond font peu honneur au repas... non parce qu'ils se déplaisent à table, ou que leur pensée les entraîne ailleurs... Mais, en général, les amoureux sont de mauvais convives; leur nourriture se compose de regards et de sourires — mets éthérés dont un gastronome ne saurait apprécier la valeur,— et Paule et Edmond, assis l'un près de l'autre, genou contre genou, sont trop heureux pour avoir faim.

Le dîner fini, on passa au salon; Schneider, bourré jusqu'au menton, se jeta, en laissant échapper une exclamation de bien-être, dans un fauteuil près du feu, et huma avec délices sa tasse de moka. Rien ne dispose tant à la clémence qu'un bon dîner... A ce moment, le cher peintre avait totalement oublié le comte de Beauvilliers, ou plutôt, son ressentiment s'était si fort affaibli aux vapeurs du bordeaux, qu'il eût, sans nul doute alors, renoncé, si on l'en avait un peu prié, à toute vengeance au sujet de l'insolente action du vieux gentilhomme. Mais si, grâce à Comus, les pères se trouvent ainsi disposés à l'indulgence, les amants, — en pareil cas,—peut-être parce qu'ils ont été plus sobres, — se montrent, d'ordinaire, moins oublieux de ce qu'ils se sont promis à eux-mêmes.

Edmond n'avait pas vu Stéphen depuis le jour où s'était passé entre eux la scène d'explications qui commence ce volume. En se quittant, nos deux amis s'étaient pressés la main sans savoir quand ils se reverraient: Stéphen désirait, avant de se retrouver avec Edmond, se rendre, pour sonder sérieusement, cette fois, le terrain, près de M. Rybeirolles, et Edmond, à qui il avait fait part de son projet, s'était écrié, tout en remerciant Stéphen : « J'attendrai que vous m'appeliez. » Mais, en cet instant, il ne s'agissait plus pour Edmond de ses intérêts particuliers... il fallait obtenir réparation de l'outrage fait à ses amis; Stéphen, mieux que tout autre, était en mesure de le diriger sagement dans cette affaire... Edmond ne pensa donc point à ce que sa visite pourrait avoir d'étrange, au premier abord, si rapprochée, et après l'engagement solennel qu'il avait pris d'attendre qu'on l'appelât; il ne songea qu'à Paule et à Schneider... il s'empressa de courir chez Stéphen.

La vue d'Edmond, qui se disposait à partir, tira Schneider de l'espèce d'engourdissement où l'avait plongé un usage trop prolongé du gigot braisé et du vin de Bordeaux.

— Edmond, fit-il en lui tendant la main, de la prudence, surtout!... Je ne vous permets de prendre ma place, en cette circonstance, que parce que vous m'avez juré que vous étiez sûr de vous et de Stéphen! Sans doute, la lâcheté de M. de Beauvilliers ne peut pas rester impunie, mais comme l'a dit ma fille, le mépris est la seule arme qu'on doive employer à l'égard de certains individus... Contentez-vous donc de rendre au comte la somme qu'il m'avait avancée en l'invitant à la garder pour meilleure occasion...

— Ce soir, j'aurai vu Stéphen et le comte, et je viendrai demain vous rendre compte des événements, monsieur; d'ici là, soyez sans inquiétude, je vous prie : encore une fois, Stéphen et moi, nous remplirons notre devoir sans qu'il puisse en résulter aucun dommage pour nous.

— Là-dessus, Edmond salua le peintre et sa fille..... et, comme, reconduit par ses hôtes, il traversait l'atelier, il entendit ces mots que Paule balbutiait, bien bas, à son oreille :

— Rappelez-vous aussi que vos jours ne vous appartiennent plus!

XXII. — UN COUP DE FOUDRE.

Edmond arriva chez Stéphen comme la demie après huit heures venait de sonner.

Stéphen se promenait à grands pas dans sa chambre à coucher.

L'aspect de son ami ne parut produire aucune impression, ni d'ennui ni de plaisir, sur Stéphen... Il continua sa course restreinte, tout en prononçant, d'un air distrait, ces mots :

— Bonsoir, Edmond... je ne suis pas allé là-bas, encore..... je n'ai pas eu le temps... ne m'en veuillez pas... asseyez-vous et prenez un cigare, si vous voulez...

Edmond considéra Stéphen avec surprise; jamais Stéphen ne l'avait accueilli d'une manière si peu empressée!... Un moment il se crut importun et il songea à se retirer, mais le souvenir du but de sa visite l'arrêta.

— Pardonnez-moi, fit-il, sans obéir à l'invitation de s'asseoir et de fumer, *s'il voulait*, de son ami, si je vous dérange si tard! Je ne viens point vous entretenir de choses qui me concernent, encore moins vous adresser le moindre reproche... si *vous n'avez pas eu le temps* de penser à moi... je viens au nom de deux personnes qui vous sont chères à plus d'un titre... au nom de M. Schneider et de sa fille.

Stéphen avait, à peine, écouté les premières phrases d'Edmond... son attention était alors absorbée, tout entière, par la contemplation du cadran de la pendule dont les aiguilles montaient lentement vers le chiffre IX.

Mais à ce passage : « au nom de M. Schneider, et de sa fille, » il se retourna et courut à Edmond.

— Leur serait-il arrivé quelque accident? seraient-ils malades? s'écria-t-il.

— Non, Dieu merci! je les ai quittés en parfaite santé tous deux, mais cependant...

— En ce cas, vous me conterez plus tard ce qui leur est arrivé... pour le moment, je vous le répète, asseyez-vous, fumez, et ne me parlez pas!... Il me serait impossible de vous écouter... encore moins de vous répondre.

— Permettez-moi donc de me retirer, alors!... repartit Edmond, blessé du ton et des manières inconcevables de Stéphen, je reviendrai dans un autre moment; néanmoins, je vous avoue que je suis désolé...

— Où allez-vous? fit vivement Stéphen qui s'élança vers son ami et le retint par le bras, restez! je vous en prie! dans quelques minutes, j'espère, il nous sera permis de causer. Mon Dieu! vous le savez bien, Edmond, rien de ce qui vous intéresse ne peut m'importuner! vous avez à me parler de Schneider et de Paule, et je veux que vous m'expliquiez! mais, maintenant, tenez, s'il faut vous le dire..... ce qui occupe ma pensée tout entière, ce qui m'empêcherait de prêter la moindre attention aux événements les plus extraordinaires qu'on me raconterait... c'est..... c'est l'attente où je me trouve d'une lettre de Rosemonde!... Je vous parais fou, n'est-ce pas? je suis fou, en effet, mon ami!... Par ma faute, aujourd'hui, j'ai reculé un de ces instants de bonheur que Rosemonde m'accorde si rarement!... je ne dois la revoir que ce soir, elle m'a promis de m'écrire, et voici deux heures, bientôt, et je n'ai rien reçu encore! concevez-vous mon inquiétude! Ne m'en veuillez donc point de mon indifférence apparente, et prouvez-le-moi en demeurant.

Edmond, touché de compassion pour Stéphen, se rendit; il s'assit tandis que Stéphen continuait en arpentant de nouveau la pièce :

— Oh! oui, je suis fou! bien fou!... mais une puissance plus forte que ma volonté pèse sur moi... et je dois me soumettre! Après tout, suis-je si différent des autres hommes!... Si Paule vous avait dit, ce soir, Edmond : « Je vous écrirai bientôt, et vous accourrez près de moi; » auriez-vous, à cette heure, une pensée à donner à tout autre... à moi... à M. Rybeirolles lui-même? Il est des moments où la passion s'empare si despotiquement de notre âme qu'il n'y reste plus la plus petite place pour un sentiment étranger!... et puis, je vous le répète, c'est par ma faute que je souffre à présent et la conscience de ma sottise me rend doublement malheureux!

— Cependant, fit Edmond d'une voix timide, si Rosemonde doit vous écrire, si elle s'y est engagée formellement, pourquoi vous chagriner ainsi? Vous êtes-vous donc séparés fâchés ou l'heure qu'elle vous avait assignée pour sa lettre est-elle déjà passée?

— Non! lorsque je l'ai quittée, elle était, au contraire, plus aimable que de coutume... et, quant à l'heure où je dois recevoir sa lettre, elle ne me l'a pas précisée... elle n'était pas libre, je le savais... Mais s'explique-t-on toujours ses sensations, mon ami? Je suis inquiet, désolé... il me semble que le temps vole et se traîne à la fois; en vain, depuis deux heures que je suis ici, j'ai essayé de me distraire en lisant, en écrivant, malgré moi mes regards se tournaient sans cesse vers la pendule et ma main alourdie tombait sur le papier.

Est-ce un pressentiment de quelque coup funeste?... est-ce seulement une hallucination produite par l'impatience?... je l'ignore... ce que je sais...

Stéphen se tut, tressaillit et demeura comme cloué au parquet.

Un coup de sonnette venait de retentir à la porte de l'appartement.

Une seconde après, Louis présentait une lettre, à son maître, en disant :

— De la part de madame.

Avant de décacheter le billet qu'il avait saisi d'une main agitée, Stéphen, de l'autre main essuya son front inondé de sueur.

Enfin il ouvrit le billet et lut.

Edmond considérait son ami; l'état de surexcitation de Stéphen effrayait et surprenait en même temps le doux amant de Paule : lui, aussi, il avait aimé, il aimait encore, mais jamais les péripéties, plus ou moins palpitantes, de sa tendresse, ne lui avaient causé de pareilles émotions...

Stéphen lisait... et, à mesure qu'il dévorait des yeux les caractères tracés par Rosemonde, sa physionomie devenait de plus en plus terrible à voir : sa pupille dilatée emplissait presque entièrement la prunelle... une teinte livide s'étendait comme un suaire sur ses joues... ses lèvres devenaient violettes, ses cheveux se hérissaient...

Tout à coup il poussa un cri rauque, horrible, surhumain.

Il venait d'achever l'épître de Rosemonde.

— Qu'avez-vous? Stéphen! fit Edmond en courant à son malheureux ami.

Stéphen arrêta sur Edmond un regard terne, hébété...

— Ce que j'ai, murmura-t-il... ce que j'ai.

Et il partit d'un violent éclat de rire.

— Ah! ah! j'ai... que je reçois là une lettre..... fort drôle..... oui, fort amusante, ma foi!... elle est de Rosemonde..... tenez, je veux vous la lire et vous direz ensuite, comme moi, je le parie, que la plaisanterie est impayable... Écoutez-moi... écoutez-moi.....

Et il lut ce qui suit :

« Mon bon Stéphen,

« Je vais, peut-être, vous causer bien de la peine, mais « vous serez courageux, je l'espère... d'ailleurs, je sais que « vous m'aimez véritablement; vous me pardonnerez donc « d'*immoler* votre bonheur au mien.

« Une personne que vous connaissez à peine, M. Edgard « de Beauvilliers, s'est présentée aujourd'hui chez moi et « m'a offert son amour et sa fortune... un héritage superbe! « six cent mille francs ni plus ni moins!..... J'ai hésité d'abord devant la position brillante qu'on mettait à mes « pieds... A cause de vous, j'ai voulu refuser... mais la ré- « flexion m'est venue... j'ai songé à l'avenir..... s'enrichir « ainsi tout d'un coup, quelle femme eût résisté à cette ten- « tation!... je ne suis pas plus forte qu'une autre, Stéphen, « et, tout en déplorant de vous perdre, j'ai accepté les pro- « positions de M. Edgard de Beauvilliers.

« Adieu donc, mon ami, on m'attend... une chaise de « poste est devant ma porte... je pars en voyage, où cela, « je l'ignore..... mais je suis presque heureuse de ce dé- « part... il me semble qu'ainsi éloignés l'un de l'autre, « notre tristesse sera moins cruelle; j'emporte comme un « doux souvenir votre dernier présent... il ne me quittera « jamais...

« Adieu! prenez bien vite pour oublier, une nouvelle maî- « tresse... vous n'aurez pas de peine à en trouver une plus « aimable que moi... je vous tourmentais si souvent, mon « pauvre ami!... A mon retour à Paris je compte que vous « ne m'en voudrez plus trop et que vous aurez encore un « sourire à mon service quand nous nous rencontrerons.

« ROSEMONDE. »

La voix de Stéphen, donnant connaissance à son ami de la susdite lettre, — curieux échantillon du style et des pensées de la lorette, — avait changé, à plusieurs reprises, d'inflexions. D'abord elle s'était montrée ironique et stridente, puis elle était devenue sourde, concentrée, caverneuse; vers les dernières lignes du billet, elle avait recouvré de la force... enfin, à ce passage :

« Vous aurez encore un sourire à mon service, quand nous nous rencontrerons. »

Elle s'était élevée furieuse et menaçante.

Edmond, stupéfait de tant d'impudence et d'ingratitude, n'osait lever les yeux sur Stéphen ni lui adresser une parole de consolation.

Stéphen, de son côté, semblait, dans un morne abattement, se demander le parti qu'il lui fallait prendre : son désespoir, sa rage ne se manifestaient plus au dehors que par des soubresauts spasmodiques, une sorte d'agitation fébrile par tout le corps.

— Venez! Edmond, venez! fit-il saisissant subitement le jeune homme par le bras.

Ils sortirent ensemble de la chambre à coucher.

Louis passait.

— Qui a apporté cette lettre? lui demanda Stéphen en mettant son chapeau.

— Un commissionnaire, monsieur.

— Il est parti?

— Oui, monsieur.

— C'est bien! Nous allons chez *elle* continua Stéphen en s'adressant à Edmond.

Edmond répondit par une inclination de tête; il comprenait qu'il fallait obéir, à ce moment, sans répliquer, à la volonté de Stéphen.

Chemin faisant ils restèrent muets : Edmond dirigeait la marche de Stéphen qui chancelait, parfois, et se heurtait contre les passants.

En moins de dix minutes, ils eurent atteint la rue de Provence.

A l'aspect de la maison qu'avait habitée Rosemonde, un sanglot déchirant jaillit de la poitrine de Stéphen.

— Du calme, ami, du calme! fit Edmond.

Stéphen était déjà entré dans la maison; il avait gravi, quatre à quatre, les étages, et il sonnait à la porte de l'appartement de sa maîtresse.

Comme on le pense bien, la porte resta close... aucun bruit ne se fit entendre à l'intérieur.

Edmond avait rejoint son ami derrière lequel il se tenait.

— Il n'y a plus personne, dit Stéphen, après avoir renouvelé cinq ou six fois son épreuve; je m'y attendais.... Voyons en bas.

Il descendit l'escalier, aussi précipitamment qu'il l'avait monté, et ouvrit le carreau de la loge du concierge.

— Madame Rosemonde n'est pas chez elle? demanda-t-il d'une voix étouffée.

— Madame Rosemonde est partie en voyage, répliqua la femelle du cerbère,—seule pour le moment dans son antre, — en souriant au questionneur, dont elle connaissait la qualité vis-à-vis de Rosemonde et les manières généreuses vis-à-vis d'elle-même. Un Monsieur est venu chercher Madame et sa femme de chambre, il y a plus de deux heures, en chaise de poste; Clara, la cuisinière, qui avait fait son paquet un peu avant, m'a dit qu'on lui donnait congé pour un mois ou deux... voilà tout ce que je sais... Si Monsieur n'était pas passé si vite...

Stéphen n'en écouta pas davantage; il jeta un louis à la femme et se retourna vers Edmond :

— Je n'apprendrai rien ici, je n'apprendrai rien nulle part! dit-il, n'importe! je voulais venir dans cette maison! Maintenant, nous allons chez le comte de Beauvilliers.

— Dans quel but nous rendre chez le comte? repartit Edmond, puisque vous présumez, et à raison, Stéphen, que cet homme se refusera à vous mettre sur les traces de son fils?

Le masque d'impassibilité qui couvrait les traits de Stéphen disparut..... une expression féroce le remplaça.

— Je vais apprendre à cet homme, s'écria-t-il, que je me dégage, dès ce jour, de toute affection pour lui et sa famille... je vais lui apprendre que son fils est un infâme, et que je tuerai son fils!

— Mais... dans l'état d'exaspération où vous êtes, Stéphen, n'oublierez-vous point le respect que vous devez, quoiqu'il arrive, au comte de Beauvilliers?...

— Non, non! n'ayez pas peur! c'est un avertissement que je veux lui donner, mais froidement.... rapidement... sans injures inutiles....

— Si Dieu permet que je me venge d'Edgard, le comte ne pourra point me reprocher de ne l'avoir pas prévenu que je ne considérais plus son fils comme mon frère! c'est une dernière preuve de reconnaissance que je donne à celui que j'ai appelé longtemps : mon père...

— Allons donc chez le comte ! Aussi bien, vous le verrez bientôt, moi aussi, j'ai à lui parler! A vous, Stéphen, de l'avertir de veiller, s'il le peut, sur son fils!... A moi de lui ordonner de veiller désormais sur lui-même.

Stéphen regarda Edmond, comme pour lui demander explication de ces paroles; mais, au même instant, il s'écria en secouant la tête :

— En voilà assez! nous perdons du temps! marchons!

Et ils reprirent leur course à travers les rues.

A dix heures, ils arrivaient à l'hôtel de Beauvilliers.

M. le comte venait justement de rentrer.

— Suivez-moi, mon ami, fit Stéphen à Edmond.

Ils traversèrent une vaste cour et se dirigèrent vers un escalier, à droite, qui conduisait à l'appartement du comte.

Les domestiques de l'hôtel, à cette heure de la soirée, étaient, la plupart, ou sortis ou retirés dans leurs chambres respectives. Bob, seul, retenu tous les jours jusqu'à minuit, et souvent plus tard, par son service particulier, se trouvait près de son maître, qui, de fort mauvaise humeur depuis le matin, se déshabillait à ce moment, impatient de chercher dans le sommeil l'oubli de ses mésaventures.

Au bruit de la sonnette, le maître et le valet se regardèrent simultanément.

— Qu'est-ce que c'est que ça? grommela M. de Beauvilliers... quelque importun, à cette heure! Cette brute de Dubois n'en fait jamais d'autres!...

Dubois était le concierge de l'hôtel.

— Il me voit rentrer... il doit bien présumer que c'est pour me coucher, et il ne dit pas que je ne puis recevoir personne...

— C'est, peut-être, monsieur votre frère qui désire vous parler, monsieur!

— Ah! bien, oui! mon frère... il fait sa partie de whist, à cette heure, chez madame de Pontchartrain... Voyons, prenez cette bougie, Bob, et allez savoir ce qu'on me veut; surtout, à moins que ce ne soit quelque chose d'important, ayez soin de ne pas me déranger.

Bob obéit à l'ordre du comte: il s'arma d'une lumière et s'achemina vers la porte de l'appartement...

Comme il s'apprêtait à ouvrir cette porte, un coup de sonnette plus brutal que le premier le fit tressaillir.

— Qui, diable, se permet un tapage pareil chez moi!... exclama le comte, de plus en plus irrité; ça n'a pas d'exemple!.... Si je ne savais monsieur mon fils en voyage, je croirais que c'est lui qui, après avoir perdu tout son argent au jeu, vient me conter ses doléances!... mais le drôle roule en poste, pour l'instant, avec une femme qu'il enlève, m'a-t-il dit...

— Eh bien! Bob, qu'est-ce donc?... qui est là?

— C'est moi, monsieur, repartit une voix.

Et le comte de Beauvilliers fit un saut en arrière en voyant entrer dans sa chambre Stéphen, accompagné d'un étranger, tous les deux suivis de Bob, qui jetait par-dessus leurs épaules, à son maître, un regard piteux dont telle était la signification :

— Je n'ai pas pu les empêcher d'entrer!

Prompte comme l'éclair, une pensée illumina alors l'esprit de M. de Beauvilliers, et il demeura stupéfait de n'avoir pas évité ce qui arrivait... La fille du peintre avait parlé... et Stéphen, l'ami de Schneider, et cet autre jeune homme, — l'amant, peut-être, de Paule,— venaient lui reprocher ce qu'ils devaient considérer comme une offense.

Cependant le comte était chez lui; et puis, que pouvait-il redouter de la colère de Stéphen?... en admettant que ce dernier se permît de la colère!... La présence de Stéphen devait, au contraire, le protéger contre cet inconnu... si, toutefois, cet inconnu était vraiment l'amant de la fille de Schneider et que ses intentions fussent tant soit peu hostiles.

M. de Beauvilliers, d'abord assez épouvanté à l'apparition de ces deux hommes, avait donc à peu près, aussitôt, recouvré son sang-froid: debout, au milieu de la chambre, les bras croisés, clignant des yeux, il s'écria d'un ton sec :

— Que signifie une telle irruption dans mon domicile, messieurs? J'ai l'avantage de connaître l'un de vous, seulement, et je ne sache pas qu'il se suppose en droit de me présenter, à cette heure, et d'une façon aussi cavalière, ses amis? Vous m'entendez, monsieur Stéphen?

Edmond se tourna vers Stéphen dans l'attente de ce que celui-ci allait répondre.

Stéphen adressa gravement ces mots à Bob, demeuré immobile à quelque distance de lui :

— Laissez-nous, mon ami.

— Comment! nous laisser!... vous donnez des ordres dans ma maison!... monsieur! s'écria le comte en se rapprochant précipitamment du valet de chambre qu'il retint d'un geste; Bob, je vous enjoint de rester près de moi!... de ne pas me quitter!...

— Qu'il reste donc!... reprit Stéphen toujours grave; je désirerais lui éviter de rougir pour vous et pour votre famille... vous ne voulez pas qu'il s'éloigne... c'est comme il vous plaira... il entendra ce que j'ai à vous dire...

— Rougir pour moi!... pour ma famille!... répartit le comte, avec une hauteur et une ironie affectées, ha çà! M. Stéphen, est-ce pour me jouer des scènes de mélodrame que vous êtes ici?...

Stéphen se recueillit un instant, puis il s'écria :

— Je suis ici pour vous dire, M. de Beauvilliers, que votre fils Edgard est un lâche et un misérable qui m'a ravi aujourd'hui ma joie et mon bonheur... une femme loin de laquelle je ne puis vivre, et que, grâce à quelque fortune qu'il a volée, sans doute, Edgard a su séduire et emmener loin de moi! Je suis ici pour vous dire, M. de Beauvilliers, que désormais je ne reconnais plus aucun lien entre nous... Votre fils avait souillé son nom... Plus soucieux que lui-même de votre gloire, j'ai voulu, en lui donnant secrètement une leçon, me faire de lui un frère, un ami!... mais comme votre fils, encore une fois, est un lâche et un misérable, il a payé d'une infamie le service que je lui ai rendu... il m'a puni de ce que j'ai désiré qu'il m'aimât. Qu'il tâche donc d'être le plus longtemps possible heureux dans les bras de celle avec laquelle il s'est enfui!... mais s'il revient un jour à Paris, qu'il se cache! oh! qu'il se cache bien! Je suis ici pour vous dire, M. de Beauvilliers, que le jour où je rencontrerai votre fils le faussaire et le lâche, je le tuerai!

En prononçant ces derniers mots : je le tuerai! Stéphen posa sa main sur le bras du comte et le comte recula, comme si la main du jeune homme eût été de fer brûlant... Il y avait dans la voix de Stéphen un accent de vérité et de menace si terrible, ce passage surtout : *votre fils le faussaire et le lâche*, avait été prononcé avec une conviction si profonde, que, malgré lui, le comte n'osait crier : vous mentez! ou demander la preuve à celui qui accusait ainsi hautement Edgard devant lui, son père, le comte de Beauvilliers!

Cependant Stéphen s'était éloigné de quelques pas du côté de la porte : il avait averti le comte, c'était tout ce qu'il lui fallait; rien ne le retenait plus dans cette maison loin de laquelle, déjà, l'entraînait sa pensée vagabonde...

Le comte, blême et tremblant, se tenait serré contre Bob, saisi, lui-même, en dépit de son flegme habituel, d'une certaine terreur.

Edmond, qui était venu là pour joindre à l'anathème de Stéphen sur le fils un reproche ou, tout au moins, un sévère avertissement au père, se sentit pris de pitié en face de ce vieillard flétri et menacé dans l'honneur et dans la vie de son enfant par un homme qu'il pouvait peut-être aussi, sans se tromper, appeler son fils : les natures généreuses ne savent pas frapper un ennemi à terre.

Edmond, s'inclinant légèrement, en passant, devant M. de Beauvilliers, se contenta donc de proférer ce peu de mots à voix basse :

— Je serai bientôt, monsieur, l'époux de la fille du peintre Schneider, souvenez-vous, je vous prie, que vous avez outragé celle qui portera mon nom et, qu'en considération de votre âge, plus que de votre rang, à cause de votre douleur, surtout, j'ai bien voulu vous pardonner votre offense.

Et Edmond jeta sur une table les deux billets de mille francs que lui avait remis Schneider.

Stéphen, nous l'avons dit, plongé dans ses réflexions, était demeuré complètement étranger à cet épisode.

— Partons! fit Edmond en le rejoignant.

— Partons! répéta machinalement Stéphen.

Ils sortirent de l'appartement, descendirent l'escalier et traversèrent la cour, silencieux comme lorsqu'ils étaient venus.

Stéphen, jusque-là, semblait toujours calme...

Mais, au moment où il mettait le pied dans la rue, un frisson convulsif s'empara de tous ses membres; il s'arrêta court et porta ses mains à son front...

— Mon Dieu ! s'écria Edmond, en saisissant dans ses bras le malheureux qui s'affaiblissait sur lui-même, vous souffrez, mon ami !

— Je meurs! balbutia Stéphen.

XXIII. — LES DEUX PÈRES ET LES DEUX FILS.

Cinq jours sont passés... il est huit heures du soir.

Debout, près d'un lit, dans lequel se trouve un homme dont l'œil est fixe et étincelant, la respiration courte et oppressée, le visage coloré de teintes rougeâtres, la main sèche, brûlante et agitée sans cesse d'un tremblement spasmodique, trois personnes se tiennent attentives, mornes et silencieuses.

Cet homme, dans ce lit, c'est Stéphen... Ces trois personnages qui le considèrent avec douleur, épiant ses moindres mouvements, tressaillant au moindre bruit qui s'exale de ses lèvres, ce sont Schneider, sa fille et Edmond.

Stéphen est depuis cinq jours en proie aux souffrances d'une fièvre cérébrale; le désespoir qu'il a ressenti de l'abandon de Rosemonde l'a frappé trop violemment; sa raison, sa santé y ont succombé. Depuis cinq jours sa tête et son corps sont en feu; depuis cinq jours, étendu sur sa couche, il n'a élevé la voix que pour prononcer ces deux noms également maudits: Rosemonde, Edgard.

C'est à sa sortie de l'hôtel de Beauvilliers, que Stéphen a ressenti les premières atteintes de ce mal terrible, qui vous emporte en huit jours, ou qui, s'il ne vous tue pas, vous laisse trop souvent une perpétuelle aliénation dans les facultés mentales.

A compter du moment où il l'a rapporté, mourant, chez lui, Edmond n'a quitté le chevet du lit du malade que pour céder la place à Schneider, qui est accouru s'y agenouiller, éperdu de douleur. Paule — on le conçoit sans peine, — a suivi son père. Les deux hommes se sont partagé les nuits; Paule, dès le matin, amenée par Catherine, s'occupe, aidée de cette dernière et de Louis, le domestique de Stéphen, des mille soins que réclame la maladie. C'est Paule qui apprête les tisanes, les sinapismes, la glace qui doit reposer sans relâche sur le front de Stéphen. Schneider et Edmond sont là pour demander ce qu'a prescrit le médecin ; Paule et la bonne Catherine pour exécuter leurs moindres ordres : de chaque côté il y a autant de patience et de dévouement... seulement les deux hommes sont calmes, en apparence.... résignés.... courageux.... Quand Paule est seule, au contraire, près du malade, elle pleure... et Catherine imite sa maîtresse.

Il est huit heures... On attend le médecin, M. Poultier, un homme sage et habile qui, depuis bientôt quinze ans, est aussi bien l'ami que le docteur de Schneider. La maladie en est encore à cette période cruelle où les plus savants médecins sont, eux-mêmes, dans l'incertitude...

Louis vient d'entr'ouvrir la porte de la chambre à coucher... Schneider et Edmond se retournent à la fois... Mais ce n'est pas encore le docteur. Louis appelle Edmond d'un signe de la main.

— Il y a là, dit-il, un ancien ami de mon maître... M. Rybeirolles... Comme il n'a pas vu M. Stéphen depuis plusieurs jours, ce monsieur s'est trouvé inquiet... je viens de lui dire ce qu'il en est, et il demande s'il peut entrer?

A ce nom : Rybeirolles, Edmond laisse échapper un mouvement de joie; depuis cinq jours il attend cette visite qu'il n'a pas osé presser par une lettre. Il repousse doucement Louis et s'élance au devant de celui qu'il respecte, qu'il aime... et qu'il n'a jamais eu le bonheur de contempler à son aise.

M. Rybeirolles a salué Edmond.

— Je viens d'apprendre que Stéphen est gravement indisposé; serait-il vrai, monsieur?...

Edmond, au lieu de répondre, couvre d'un regard avide son interlocuteur; le voilà donc cet homme qui le repousse sans pitié de son sein!... Edmond sent son cœur se gonfler, il pâlit, il se trouble... il va oublier que ce n'est pas lui, mais Stéphen, que M. Rybeirolles appelle son fils, et près du lit duquel il demande à s'approcher...

Mais cette impression, à la fois navrante et délicieuse, s'est bien vite dissipée chez Edmond... Son devoir est, maintenant, de satisfaire au désir de M. Rybeirolles, voulant embrasser le fils qu'il aime, et non de lui parler de l'enfant qu'il a chassé...

M. Rybeirolles ne sait que penser de l'accueil d'Edmond... Il va demander des explications au jeune homme...

Edmond est revenu à lui; d'une voix où malgré ses efforts, perce une émotion extraordinaire, il murmure, en s'effaçant pour laisser passer M. Rybeirolles :

— Entrez, monsieur, entrez, et pardonnez-moi, je vous prie, de m'être permis de vous considérer de la sorte. Votre vue m'a rappelé une personne que je chéris... et qui est perdue, peut-être, à jamais, pour moi...

Entrez, monsieur, Stéphen m'a souvent parlé de vous comme de l'un de ses meilleurs amis... et s'il pouvait vous reconnaître, il vous remercierait, j'en suis sûr, de ne l'avoir point oublié dans un pareil moment.

M. Rybeirolles obéit à l'invitation du jeune homme... En une seconde, il est près du lit du malade, et un gémissement étouffé s'échappe de sa poitrine à l'aspect de Stéphen, qu'il ne présumait pas aussi mal...

Pendant ce temps, Edmond, redoutant quelque incident fâcheux de la rencontre fortuite de Rybeirolles et de Schneider, se hâte d'entraîner ce dernier, — qui a, à peine, d'abord, fait attention à l'étranger, — dans un coin de la chambre. Edmond se souvient du récit de Stéphen; il sait que Schneider connaît et Rybeirolles et les droits qu'un hasard étrange lui a donnés à l'amitié de Stéphen... Sans paraître au courant de cette singulière histoire, Edmond, du moins, veut éviter à Schneider de compromettre, par un mot indiscret, l'intérêt que porte, à juste titre, peut-être, M. Rybeirolles à Stéphen.

— Ce monsieur est un vieil ami de Stéphen, dit-il à Schneider, il se nomme Rybeirolles.

— Rybeirolles! répète Schneider.

. . . .

Il existe presque autant de jalousie dans l'amour que nous inspirent nos enfants que dans la passion que nous éprouvons pour une maîtresse.

Schneider savait que Stéphen n'avait jamais cessé de voir intimement M. Rybeirolles; quelquefois le jeune homme, depuis sa sortie de collège, s'était vu forcé de parler à celui que son cœur préférait, des relations qui existaient entre entre lui et le vieux négociant; mais, par une sorte de convention tacite et sainte, jamais, au grand jamais alors, dans les rares entretiens, à ce sujet, de Schneider et Stéphen, il n'avait été question de la nature des liens qui unissait ce dernier à M. Rybeirolles.

Schneider pouvait donc se persuader ou essayer de croire, grâce à la discrétion sur le passé et même sur le présent, gardée de part et d'autre, que lui seul recevait de Stéphen le doux titre de père; que lui seul appelait Stéphen : mon fils...

Mais voilà que le hasard le mettait tout-à-coup en face de M. Rybeirolles... de cet homme dont il eut voulu oublier jusqu'au nom!... M. Rybeirolles accourait près de Stéphen... il pleurait en voyant *son* enfant en danger et Schneider ne pouvait, ni se mettre entre Stéphen et Rybeirolles, ni, même, s'opposer à ce que celui-ci, s'il lui plaisait, exigeât qu'on le laissât seul veiller sur le malade !....

Heureusement, pareille exigeance n'était pas à craindre de la part de M. Rybeirolles. L'imagination de Schneider, exaltée au nom de l'homme qui avait, jadis, partagé avec lui la possession d'une femme adorée et qui, maintenant encore, lui volait, à lui, le véritable père, — il le croyait, — une partie de l'amour de Stéphen, l'imagination inquiète du peintre, disons-nous, s'était seule forgé cette effrayante chimère, sur laquelle il devait bientôt revenir.

M. Rybeirolles, après avoir contemplé quelques instants, en silence, le malade, s'est tourné vers Edmond qui se tient à ses côtés.

— Que dit le médecin, monsieur? demande-t-il au jeune homme.

— Il dit que le cas est grave, monsieur, mais que rien n'est désespéré.

— Le nom de ce médecin, s'il vous plait?

Schneider ne laisse pas à Edmond le temps de répondre; il s'est rapproché, et d'une voix étouffée, il prend ainsi la parole :

— Le docteur se nomme Poultier, monsieur, c'est un homme prudent, exercé, qui possède toute ma confiance et, qu'en ma qualité de vieil ami de M. Stéphen, je me suis permis d'appeler ici.

— Je vous remercie, monsieur, reprend Rybeirolles; moi aussi je suis un vieil ami de Stéphen, et c'est pour cela que je me permets, de mon côté, de m'informer de ce qui intéresse si fort notre malade.

Et les deux pères se taisent : le premier, soulagé d'une cruelle appréhension,—M. Rybeirolles ne se présente qu'en qualité d'ami, — le second, heureux de savoir son fils entouré de bons soins.

La conversation reprend ensuite entre Rybeirolles et Schneider, sur les causes de la maladie, sur sa durée présumable, sur la manière dont le médecin la traite. M. Rybeirolles n'a jamais vu Scheneider, mais, bientôt, il se sent entraîné vers cet homme qui semble porter une si grande affection à Stéphen... et bientôt, à son tour, rejetant de côté d'injustes préventions, Schneider devient moins froid, moins sec en causant avec M. Rybeirolles.

....

M. Rybeirolles est demeuré une heure près du lit de Stéphen.

Il faut qu'il s'éloigne, mais il reviendra le lendemain, tous les jours.

Avant de partir il tend la main à Schneider :—Au revoir, monsieur, lui dit-il... j'emporte la douce assurance que cet enfant que j'ai vu naître et que je chéris comme s'il m'appartenait, ne manquera de rien, grâce à vous... Laissez-moi donc serrer votre main... j'aime qui aime Stéphen !... votre nom, s'il vous plait ?

— Schneider.

— Merci ! quand Stéphen aura recouvré la santé, je le gronderai bien fort de ne m'avoir jamais entretenu de vous !

Et Rybeirolles salue Schneider et Paule, et Schneider le suit des yeux, tout surpris de ne plus ressentir le moindre éloignement pour lui.

Edmond accompagne M. Rybeirolles jusqu'à la porte de l'appartement.

Puis Edmond, le cœur palpitant d'une ravissante ivresse, revient, d'un pas léger, dans la chambre du malade.

Avant de partir, M. Rybeirolles, ainsi qu'à Schneider, lui a serré la main en lui disant :

— Vous êtes un bon jeune homme et, vous aussi, je vous remercie du fond de l'âme de ce que vous faites pour Stéphen. Je suis certain de sa guérison : il a un père et un frère qui veillent sur lui !

Etrange rapprochement ! M. Rybeirolles en s'exprimant ainsi ne se doutait guère qu'il disait, *peut-être*, la vérité.

Encore ce mot *peut-être*, allez-vous vous écrier, lecteur.

Que voulez-vous ! c'est là le point original de cette histoire ; Stéphen avait trois pères... mais c'étaient trois *peut être*.

Que de Stéphen aiment des *peut-être*, sans s'en douter!

XXIV. — LE BOULET D'EDGARD DE BEAUVILLIERS.

Sans avoir absolument, en particulier, sur Rosemonde, l'opinion que nous émettons, en général, sur la tendresse qui se vend, Edgard de Beauvilliers en était cependant — au moment où nous le retrouvons, c'est-à-dire quinze jours après sa fugue avec la ci-devant propriété du prince Rufinkin, l'ex-maîtresse de Stéphen, — à réfléchir, presque tristement, sur la vengeance qu'il avait tirée de la noble conduite de Stéphen à son égard.

Nos voyageurs étaient alors à Naples, dans un palais tout de marbre et d'or loué par Edgard depuis deux jours — à trop bon marché, c'était du moins l'avis de Rosemonde... mais à Naples les palais sont à très-bon marché; il n'y a pas de quoi se ruiner en locations !

Et Edgard faisait les réflexions ci-après, les coudes appuyés au balcon d'une fenêtre qui donnait sur un jardin fort joli encore pour la saison, et qui devait être ravissant en été, tandis qu'à quelques pas de notre jeune homme, couchée sur un divan, Rosemonde dormait d'un sommeil qui pouvait paraître, au premier abord, celui de l'innocence.

— Sacristi ! où diable ai-je eu l'esprit quand il m'a pris fantaisie d'enlever cette femme à ce pauvre Stéphen ! mais le tour le plus indigne que je pouvais lui jouer était de la lui laisser aimer à son aise !... Cette créature n'a rien pour elle que de savoir jouer passablement la comédie... encore... au bout de quelques jours d'usage, s'aperçoit-on bien vite des ficelles qu'elle emploie! Elle n'est ni spirituelle, ni sotte... ni gaie, ni mélancolique... ni aimable, ni ennuyeuse... elle n'est rien du tout ! le pire état !

Me serais-je donc fait sottement voler en achetant pour du diamant un mauvais strass sans éclat, ou bien ce bandit de Stéphen possédait-il seul le moyen de faire étinceler les facettes de ce bijou!...

En ce cas-là, je suis doublement volé, car la gaillarde aura ses cent mille francs... je lui ai mis sa donation en poche à Lyon... sans compter l'argent qu'elle m'a coûté depuis et qu'elle me coûtera encore!...

Aurais-je, au contraire, débarrassé mon ennemi d'un fardeau qui lui pesait et sous lequel il se pliait par habitude!...

Mais alors je suis triplement volé... Stéphen doit rire comme un fou, là-bas, et bientôt tout Paris fera chorus avec lui !

J'ai cherché à faire causer ma charmante sur tout cela... mais bah! quand je lui demande si elle regrette Stéphen elle me répond en souriant : Vous voyez bien que non, puisque je suis heureuse près de vous! Quand je lui dis : pensez-vous que Stéphen vous pleure? elle sourit encore et s'écrie, sans qu'un seul muscle de son visage bronche : — Me pleurer! Allons donc! il serait terriblemement nigaud! il a une autre maîtresse!

Ah çà, mais ces gens-là s'aimaient-ils un peu? beaucoup? ou ne s'amaient-ils pas du tout? ou y en avait-il un qui aimât l'autre, et lequel était-ce qui aimait.

Dois-je dire comme Figaro : Qui est-ce qu'on joue ici?

Edgard en était à ce passage assez interressant de son monologue quand un domestique entra dans la salle.

— Une lettre pour monsieur, fit-il!

— Une lettre ! s'écria Edgard en saisissant le paquet qu'on lui présentait... de Paris! l'écriture de mon père... Ah! je vais donc connaître enfin ce que l'on pense...

Il s'arrêta... brisa lentement l'enveloppe et murmura en jetant un regard distrait sur Rosemonde qui ne s'en aperçut pas — elle ne s'était pas éveillée.

— Diable! mais j'ai écrit pour la dernière fois à mon père il y a trois jours, et il me répond si vite... de sa part cela n'est pas naturel... voyons...

Et Edgard se mit à lire la lettre du comte de Beauvilliers.

D'abord un sourire moqueur plissa les lèvres du jeune gentilhomme... puis ce sourire disparut et une pâleur livide s'étendit subitement sur ses traits...

Comme honteux de l'impression qu'il éprouvait, Edgard jeta alors, de nouveau, les yeux sur Rosemonde... elle dormait toujours.

Il continua sa lecture en se remettant peu à peu de son émotion.

Enfin, l'épître du comte achevée, Edgard alluma d'un air pensif un flambeau à la flamme duquel il la plaça jusqu'à ce qu'elle fût réduite en cendres.

Les cendres, enlevées par un coup de vent qui sentait la mer, disparurent par la fenêtre, et avec elles s'évanouirent tout-à-fait la pâleur et l'air sombre d'Edgard.

— Ah! ah! balbutia-t-il... j'avais donc tort de me désespérer! il est ivre de rage, il pleure, il veut me tuer! et il me tuera, m'annonce charitablement mon père.

Ah ! il m'a appelé lâche et faussaire.

Que m'importe! s'il le dit à d'autres, on ne le croira pas!

Pour ce qui est de me tuer, cela m'intéresse davantage; il serait capable, en effet, quand je me trouverai en face de lui...

Et on le dit aussi fort au pistolet qu'à l'épée.

Allons! allons! de quoi vais-je m'inquiéter là!... Je ne me battrai pas, je le sais bien... écrivons à Raymond; je l'ai laissé à Paris pour qu'il me rende compte, lorsque je le lui demanderais, de l'effet qu'à produit mon équipée, j'attendrai sa réponse dans cette ville.

Et puis il me donnera un conseil pour l'avenir!

Quant au présent, il m'appartient, et j'en userai à loisir... il n'est pas probable que Stéphen vienne me relancer jusqu'ici... Raymond et mon père seuls savent que je suis en Italie et ils n'iront pas le lui confier.

Ah! M. Stéphen de Bergue me maudit et se promet de m'écorcher tout vif à mon retour!...

Cette pensée me remonte l'imagination; oui... cela va redonner du stimulant à mes plaisirs... je m'ennuyais près de Rosemonde abandonnée à son ingratitude, je l'adore maintenant que je sais qu'on gémit sur sa perfidie.

Chère fille!... elle dort comme une souche...

Au fait! elle est bien jolie! et il y a des femmes plus sottes qu'elle...

Amusons-nous donc! cette aventure me fera grand honneur, j'en suis sûr, dans le monde.

Le dénouement qui l'attend, je l'ignore, mais, ce qu'il y a de certain, c'est que je ne veux pas qu'elle se termine pour moi d'une façon tragique.

Ce serait par trop niais, quand on est riche, d'aller se faire tuer par un pauvre diable... D'ailleurs un combat entre Stéphen et moi aurait une mauvaise tournure... ça sentirait son Étéocle et Polynice d'une lieue.

Raymond est inventif, il me tirera de là.

Quelques mots d'amitié et un mandat sur mon banquier, et il surpassera en rouerie le confident de traître de mélodrame le plus profondément scélérat.

Ne l'ai-je pas entendu dire mille fois à mon père : « avec de l'argent on a tout et on fait tout ce qu'on veut. »

Voyons comment mon ami Raymond m'empêchera d'être occis par mon cher frère Stéphen lorsqu'il me prendra fantaisie de reparaître à Paris.

Edgard écrit.

Rosemonde dort toujours; elle rêve qu'elle a quitté Edgard pour un prince italien, qui lui donne mille francs par heure.

XXV. — OU L'ON PROUVE QUE LES LORETTES ONT DU CŒUR.

Quinze jours après sa rencontre avec son ancienne amie et à la même heure, à peu près, où Delphine lui avait fait ses confidences, mademoiselle Désirée Roublard descendait de voiture à la porte d'un hôtel garni de la rue Molay.

En sortant de la citadine, Désirée s'était vivement jetée dans l'allée de l'hôtel qu'habitait M. Raymond ; — demeure d'une apparence médiocre, par parenthèse, pour un homme qui se targuait de gentilhomme, — puis elle était entrée comme une bombe dans la loge du concierge en criant ces mots : — Y est-il!

— Non, mademoiselle, M. Raymond est sorti.

— Ah! il est sorti?..... reprit Désirée après avoir laissé siffler un juron, y a-t-il longtemps?

— Dam! fit la jeune femme, deux heures à peu près.

— Et a-t-il dit où il allait?

— Non! Mais monsieur a dit quand il reviendrait... Tenez, mademoiselle, il ne tardera pas... il doit revenir à deux heures et demie..... il attend quelqu'un à trois heures!...

— Il attend quelqu'un?..... une femme!....

—Monsieur ne nous a confié rien de semblable, murmura l'homme en prenant un air fin ; mais, sans vouloir *faire l'ovation* de monsieur, nous pouvons attester, sur notre conscience, qu'il ne reçoit jamais, en fait de visites de femmes, que celles de mademoiselle...

Ces concierges étaient, ou bien profondément vicieux, ou bien forts de leur conscience.

C'est ce que pensa Désirée, du moins.

Mais elle garda ses observations pour elle, réfléchit une seconde et reprit d'une voix plus douce et le sourire aux lèvres :

— Je vous demande cela... parce que je l'attendais... ce matin, et qu'il n'est pas venu ! J'ai eu peur qu'il ne fût malade et je suis accourue... mais, puisqu'il doit être de retour bientôt, tenez... il me pousse une idée... donnez-moi une clef de son logement... vous avez les clefs en double, je crois..... je monterai..... vous ne lui direz rien quand il rentrera, et je le gronderai à mon aise.

Pour toute réponse, M. Jeannisson décrocha une clef que son épouse lui arracha presque des mains afin de la remettre plus vite à Désirée.

— Merci! fit cette dernière, je vous reverrai en m'en allant.

Et elle s'empressa de monter au logement de Raymond.

Le domicile de M. Raymond de la Gaule se composait d'une petite antichambre et d'une chambre à coucher avec alcove, le tout meublé avec cette simplicité laide mais sale qui caractérise les hôtels garnis du Marais.

L'amour embellit tout, dit-on, et Désirée adorait Raymond.

La lorette, avant de pénétrer dans le *sanctum sanctorum* de M. Raymond, avait prudemment retiré de la serrure la clef que lui avaient remise les époux Jeannisson.

Cette précaution accomplie, et tout en murmurant ces mots : « il ne saura pas que je suis là; et s'il amène une femme, nous le verrons bien ! » Désirée referma la porte et se dirigea vers une table, recouverte d'une serge verte, laquelle table servait de bureau à son amant.

Sur ce meuble reposaient, pêle-mêle, des volumes de romans, des brochures de pièces de théâtre, des journaux, des cahiers de papier blanc, des plumes et une écritoire. La jeune femme bouleversa tout cela sans découvrir, probablement, ce qu'elle cherchait, car elle se hâta de remettre chacun de ces objets en place; puis, comme frappée d'une inspiration soudaine, elle courut à la cheminée, s'empara d'un vase de porcelaine, soi-disant de Chine, qui s'y pavanait, côte à côte d'une piteuse pendule en acajou, plongea son œil dans la potiche et poussa une exclamation de contentement.

Elle avait aperçu le coin d'une lettre sous des feuilles de papier à cigarettes, des paquets de tabac et des vieux gants.

Saisir la lettre et en regarder la signature, fut pour Désirée, l'affaire d'une moitié de seconde.

Mais, aussitôt, l'expression courroucée de ses traits s'adoucit :

La lettre, datée de Naples, était signée : Edgard.

Déçue dans son espérance, si, toutefois, on peut nommer ainsi ce sentiment douloureux qui nous guide quand nous cherchons la preuve d'une trahison soupçonnée, la lorette promena ses regards autour d'elle, dans tous les endroits susceptibles d'être transformés en cachettes à billets doux... Désirée voulait absolument que son amant l'eût négligée pour une autre, et elle était montée chez lui, autant pour le surprendre que pour passer une inspection sévère parmi son mobilier... Mais, ou Raymond n'était pas infidèle, — et cette hypothèse convenait mieux à l'amour-propre de la lorette, — ou il était plus prudent qu'elle ne l'avait supposé. De quelque côté qu'elle se tournât, nulle épître féminine ne montrait son tissu pelure d'oignon, n'exhalait son parfum d'ambre ou de patchouli.

Désirée tenait toujours, machinalement, entre ses doigts, la lettre d'Edgard ; arrivée au bout de ses recherches, elle s'écria en levant les épaules et en baissant les yeux sur les caractères tracés par l'ami de Raymond :

— Au fait! je suis bête, il a peut-être été malade! Mais, ce matin, pourquoi ne m'a-t-il pas envoyé un mot, puisqu'il ne pouvait venir? Cette lettre... quand donc l'a-t-il reçue?.. elle est datée du 15, nous sommes le 20... il doit l'avoir depuis deux jours... c'est drôle!.. et il ne m'en a pas parlé...

Voyons donc ce qu'on lui dit!...

Et la curieuse lut cequi suit :

« Mon cher ami,

« Ton moyen me paraît excellent : il vaux mieux tuer le loup que le loup nous tue ! Dans peu de jours je serai à Paris, car je m'ennuie mortellement ici; ma toute belle n'est pas très-divertissante de sa nature, comme je te l'ai déjà dit, et l'Italie commence à me peser infiniment en sa société : à Paris, du moins, j'aurai pour me distraire ton aimable compagnie et puis celle de tous mes bons amis qui doivent bien s'impatienter de mon absence, et puis mon lansquenet chéri, et puis l'opéra et le bois de Boulogne, et puis.... Paris enfin! Peut-être le changement redonnera-t-il un peu de ton à ma passion qui se meurt de trop de tranquillité et de bonheur.

« Attends-moi donc au plus tôt; je compte monter en chaise ce soir même; j'ai fait part à Rosemonde de notre retour et elle en a sauté de satisfaction ! Chère amie ! elle brûle autant que moi de revoir le séjour des folies et des plaisirs ! Décidément il n'y a de joie et d'amour possibles, qu'à Paris !

« Je t'envoie ci-inclus un mandat de quatre mille francs sur Ganneron, cela te suffira et de reste, je pense, pour payer le courage de notre homme : d'ailleurs, s'il se conduit honorablement, nous serons toujours à même de le récompenser à l'avenant.

« Je te recommande, surtout, la prudence! Avant de rien risquer tâte bien le terrain !... Tu assures que tu es certain de lui ! tant mieux! néanmoins, — je suis disposé, aujourd'hui, à parler comme *Sancho* : deux précautions valent mieux qu'une ; il serait fort maladroit de s'être confié à un sot qui jaserait ou à un fanfaron qui disparaît avec notre argent.

« Du reste, encore une fois, j'ai confiance en ton esprit, et en ton habileté ordinaires, et, sitôt à Paris, j'obéirai à tes ordres les yeux fermés. Tâche, pourtant, d'arranger les choses à la douce : ce pauvre garçon ! — je finis ma lettre comme je l'ai commencée, — je ne veux pas la mort du pécheur, et si une petite leçon lui suffisait....

« Enfin, nous verrons ; à bientôt ! Je te rapporterai des camées et du macaroni : Rosemonde raffole également des uns et de l'autre : les premiers, montés en broches, le second au parmesan.... je la soupçonnerais presque, même, de préférer le macaroni à ton ami, ô Raymond.

« EDGARD. »

Sa lecture achevée, cette exclamation s'échappa de la bouche de Désirée :

— Qu'est-ce que tout ça veut dire !

Et elle reprit, après une minute de réflexion :

— Ah ! il reçoit des mandats de quatre mille francs et il ne m'en souffle pas mot! le gueux ! il me jurait, avant-hier, qu'il était sans le sou ! et à quoi est destinée cette somme fabuleuse, je vous le demande? Si j'ai compris quelque chose à la lettre de cet Edgard, je veux que le diable m'emporte !.... tout ce que je vois c'est que ce monsieur s'embête passablement avec sa Rosemonde ! Rosemonde! c'est celle qu'il a enlevée à ce pauvre garçon, dont Delphine s'est faite la garde-malade et qui regrette tant sa maîtresse! ma foi ce n'était pas la peine de la lui prendre pour en avoir assez si vite ! Mais que signifient ces passages : « vaut mieux tuer le loup que le loup ne vous tue » et celui-ci : « je ne veux pas la mort du pécheur et si une petite leçon lui suffisait.... »

Ah ! si Raymond était là, il faudrait qu'il m'expliquât... Je ne sais comment finira cette farce qu'ils ont jouée à ce M. Stéphen de Bergue, mais j'ai peur...

Désirée s'interrompit et prêta l'oreille... on venait de s'arrêter devant la porte du logement de son amant.

La lorette remit précipitamment la lettre où elle l'avait trouvée, puis elle s'élança dans l'alcôve du lit de Raymond et se blottit derrière le rideau de cotonnade qui fermait cette alcôve.

Il était temps; Raymond rentrait, non pas seul; un homme — un homme ! Désirée respira — l'accompagnait : cet homme était grand et mince; il avait l'œil terne et faux, le teint jaune, le front déprimé ; il portait une moustache épaisse, un habit noir fermé jusqu'en haut et une décoration à la boutonnière.

— Asseyez-vous, mon cher Solicof, fit Raymond en montrant un siége à son compagnon : voici des pipes, du tabac et de l'eau-de-vie ; nous causerons en fumant et en buvant, si cela ne vous contrarie pas?

— Cela ne me contrarie nullement, repartit le Polonais avec un sourire.

Les deux hommes prirent place en face l'un de l'autre et bourrèrent leur pipe. Désirée commençait à se repentir de son indiscrétion : du moment que son amant n'était pas avec une femme, que lui importait ce qu'il allait dire à ce monsieur ! Un instant elle songea à se montrer..... à sortir de sa cachette... mais elle craignit d'être grondée devant cet étranger, et puis ajoutons, qu'en digne fille d'Eve, un peu de curiosité la retint.

— Je suis bien aise de votre exactitude, dit Raymond à Solicof, nous avons à causer d'affaires sérieuses, et, en pareil cas, je n'aime pas attendre !

— J'ai servi longtemps, mon cher monsieur, et la ponctualité est le premier devoir du militaire : vous m'aviez prié de me trouver ici à trois heures... il était trois heures moins cinq lorsque je vous ai rencontré rentrant chez vous...

— C'est parfaitement vrai !... je vous demande même pardon de ne vous avoir pas attendu ici... mais un déjeûner... avec une petite femme charmante...

Désirée fronça le sourcil.

— J'ai donc eu raison de ne pas me montrer, pensa-t-elle.

— Mon cher Solicof, continua Raymond en s'étendant dans son fauteuil, le sujet qui nous rassemble est grave, très-grave !... je vous prie donc de me donner toute votre attention... mais, d'abord, tenez... avant de rien entamer d'intéressant, je me permettrai une observation un peu brutale mais que vous daignerez, je l'espère, prendre aussi gaîment qu'elle vous sera adressée.

Je vous connais de longue date, sans que vous vous en doutiez, mon bon ami; une personne avec laquelle j'étais fort lié jadis, avant de fréquenter le grand monde, et de vous y rencontrer, m'a souvent parlé de vous. Jusqu'à ce jour je n'avais pas jugé nécessaire de vous faire part de mon érudition à l'endroit de votre existence... passée... mais, à ce moment, où je veux être en droit d'exiger de vous de la franchise et du sans-façon, parce que, de mon côté, je vous en offrirai tout autant, j'oserai toucher une corde qui vous sera peut-être sensible...

La personne que j'ai connue, il y a environ six ans, et qui m'a parlé de vous se nomme : Ramachard.

A ce nom, M. Solicof, assez inquiet, déjà, du tour qu'avait pris l'exorde de Raymond, pâlit sensiblement, retira sa pipe d'entre ses lèvres et voulut s'écrier.....

— Chut! chut! ne m'interrompez pas! poursuivit Raymond, toujours calme et continuant de lancer devant lui, tout en parlant, d'énormes bouffées de tabac ; Ramachard était un commis voyageur, assez mauvais sujet, bon diable au fond, — c'est lui qui m'a appris à jouer au billard, — il m'a appris aussi qu'un sien ami se disant Polonais réfugié et se faisant appeler So.....

— Monsieur !... interrompit vivement ici le compagnon de Raymond, en dépit de l'injonction de ce dernier, je ne vois pas pourquoi.....

— Je vous apprends que je sais que vous n'êtes ni un polonais ni un Solicof, mais tout bonnement un français du nom de Bernard, anciennement professeur d'escrime à Lyon ! Et pourquoi ne vous dirais-je pas cela ! je vous avoue bien que je ne me nomme, en aucune façon, Raymond de la Gaule, mais Raymond Morin, tout vulgairement, et que mon père était bonnetier faubourg Saint-Antoine?

Désirée s'appuya le dos à la muraille pour ne pas tomber à la renverse... tandis que la physionomie de Solicof—nous lui conservons son pseudonyme, — de menaçante qu'elle était, devenait, au contraire, presque aimable et de joyeuse humeur.

— Vous voyez, continua Raymond, en riant, que si je ne mâche pas leurs vérités à mes amis, je ne m'épargne pas moi-même ?

— En effet, repartit Solicof, mais m'expliquerez-vous...

— Dans quelle intention je soulève des voiles qui devraient demeurer baissés! eh! mon Dieu ! vous allez me comprendre tout de suite, mon bon... Ce n'est pas le vain caprice de faire parade de mes connaissances, quant à ce qui vous intéresse, et de mon origine plébéienne, qui me dirige en ce moment ! Nous avons agi l'un et l'autre à notre guise... il nous a plu de nous parer de noms ronflants et de qualités équivalentes pour pénétrer dans un monde qui nous offrait des chances de réussite... rien de mieux! Cela ne regarde personne, et mal avisé, je crois, serait celui qui viendrait mettre le nez dans notre vie privée! Mais, entre nous... entre nous, qu'une même fortune conduit, qu'une même fantaisie a excités : la fantaisie de briller et de vivre sans se fatiguer, qui nous empêche de nous parler à cœur ouvert au moment d'entamer, en quelque sorte à compte à demi, une opération importante?... Un homme de bonne foi dit à celui du bras et de l'esprit duquel il a besoin : je vous connais... voilà ce que je suis ! et celui auquel il s'adresse lui répond...

— Vous êtes un drôle de tête et de cœur, et je suis à vous corps et âme !...

— A la bonne heure ! sacrebleu ! Buvons donc!

Et nos dignes amis choquèrent gaîment leurs verres.

Désirée retenait sa respiration pour mieux entendre.

— Allons ! mon cher Solicof, reprit Raymond, — je ne cesserai pas de vous appeler ainsi pour n'en point perdre l'habitude, — la manière dont vous traitez la hardiesse de mon début me confirme dans ma bonne opinion de votre intelligence. Franchement, quand je vous ai prié hier, à la table d'hôte de madame Elisa, de m'accorder une visite aujourd'hui, je ne savais pas encore comment j'entamerais le point principal de notre entretien ! Dieu ou le diable m'a soufflé une heureuse inspiration... Etrangers l'un à l'autre, ou à peu près, — qu'est-ce qu'un salut, un mot, qu'on s'adresse, en passant, dans le monde! — nous voici devenus, dès à présent, grâce à nos aveux réciproques, des amis dévoués, qui ne demandent pas mieux que de se servir mutuellement... surtout s'ils y trouvent, tous les deux à la fois, leur profit... qu'en pensez-vous?

— Je pense que... je n'y suis pas encore.

— Ça va être tout de suite fait : ouvrez vos oreilles bien grandes... il ne dépendra, ensuite, que de vous, d'ouvrir votre bourse dans une égale proportion.

Solicof, avez-vous jamais entendu parler de certains individus qu'on intitule, en Italie, des *Bravi*? *Bravi*..... au singulier *Bravo*?...

Un petit éclat de rire, sec, nerveux, accueillit la question de Raymond : le réfugié de contrebande était de compréhension facile : le peu de mots que lui adressait son compagnon l'avaient déjà mis sur la voie... il s'attendait à ce qu'on allait lui proposer... il prévoyait, même, qu'il accepterait.

— Eh! eh! fit-il, mais autant qu'il me souvient de l'avoir lu dans les romans, les *bravi* sont des gaillards courageux qu'on emploie en Italie, en les payant largement, à se débarrasser d'un ennemi ou d'un rival!

— Parfait! votre définition me ravit, Solicof, vous avez très-bien dit : des gaillards courageux!... Or, puisque tel est votre jugement sur ces messieurs dont l'espèce, assure-t-on, s'en va, malheureusement, s'éteignant à Rome et à Venise, que penseriez-vous d'un de nos compatriotes qui, doué de sang-froid et d'une rare habileté dans les armes, s'arrangerait en sorte, pour une somme ronde de quinze cents à deux mille francs, de provoquer et de mettre pour six mois au lit... — six mois, pas davantage! — on n'est pas trop exigeant, vous le voyez? — un petit personnage très-ennuyeux et très-gênant qu'on lui désignerait?

Solicof déposa sa pipe et retroussa sa moustache.

— Je penserais, répliqua-t-il en dardant ses yeux de lynx sur son interlocuteur, que le compatriote susdit, doué de sang-froid et d'une rare habileté dans les armes, n'aurait pas tort, pour... deux milles francs... de s'arranger en sorte de provoquer et de mettre pour six mois au lit le personnage ennuyeux et gênant qu'on lui désignerait; mais mon avis serait, en outre, que ceux qui la lui proposerait, devraient — l'affaire finie, — lui compter une somme égale à celle qu'il lui auraient donnée en premier lieu.

Raymond fit la grimace.

— Quatre mille francs! ça serait cher! dit-il.

— Pas si cher! Il y a des risques à courir pendant et après le duel! — Si le *bravo* est blessé, — je laisse de côté l'hypothèse de la mort, — si le *bravo* est blessé... et cela peut arriver aux gens les plus adroits, l'argent lui est indispensable pour se guérir; s'il blesse, il lui faut encore de l'argent pour se sauver : les duels sont très-mal famés à notre époque, vous ne l'ignorez pas?

Raymond secoua la tête approbativement.

— Sans doute! sans doute! reprit-il... vous avez raison... je le soutiens, c'est cher! mais, en considération de l'intérêt qu'on porte à la santé et à la sûreté du *bravo*...

— Et la mauvaise santé de son adversaire, n'est-ce pas?

— Soit! si le bravo agissait avec conscience, on ne se montrerait pas avare : les quatre mille francs seraient accordés.

— Dites-moi donc ce que j'ai à faire, s'écria Solicof, qui, alléché par l'appât de l'or, jugea inutile de continuer la conversation sur le ton allégorique ; hâtez-vous, car j'ai une course à faire dans ce quartier, je dîne ensuite en ville et l'heure s'avance.

— Rien ne nous presse; partez! après-demain je vous expliquerai tout; nous dînerons ensemble et, au dessert, vous aurez vos cent louis.

— C'est convenu! ah! un mot!... Le *personnage* m'est-il connu?

— Oui, mais fort peu, tranquillisez-vous.

Un sourire bizarre plissa les lèvres de Solicof.

— Je suis tout tranquillisé! reprit-il, il n'y avait qu'un homme sur terre avec lequel je ne me fusse pas battu pour des millions... c'était mon frère; il est mort aux Indes... je me soucie du reste comme de cette pipe vide... Cependant, souvenez-vous-en bien, je n'entends pas vous débarrasser pour toujours de celui en face duquel vous me placerez! Je suis pauvre... j'ai besoin d'argent... pour en gagner, je consens à mettre mon talent à votre disposition... ce sont des petits services qu'un homme d'honneur peut rendre sans s'avilir... il se bat loyalement on le paie de même... partant, quittes! Mais je ne veux pas tuer! A moins que je n'aie, ce jour-là, la main trop malheureuse, mon adversaire en sera quitte pour quelques mois de repos forcé.

— C'est tout ce que nous vous demandons! vous nous désobligeriez en agissant autrement.

— Nous sommes d'accord! A après-demain, donc! où nous trouverons-nous?

— Boulevard des Italiens; nous dînerons au café Anglais... à cinq heures; et, tout en sablant le Beaune et le Volnay, nous conviendrons de nos faits.

— Il suffit; au revoir, M. Raymond de la Gaule... pardonnez-moi de m'éloigner si vite... Je dîne chez Adèle Brémont... on y joue à l'écarté, ça m'amuse.

— C'est sans façon entre nous, mon cher Solicof, au revoir, et bonne chance!...

Raymond serra la main de son associé et le reconduisit jusqu'à la porte.

Raymond se sentait tout joyeux d'avoir si bien réussi... il entrait, en fredonnant, dans sa chambre à coucher.

Mais il avait à peine fait un pas qu'il s'arrêta frappé de stupeur...

Désirée était sortie de sa retraite et, debout, immobile près du lit, le visage un peu pâle, elle fixait sur son amant un regard de mépris et de dégoût.

— Elle a tout entendu! se dit Raymond.

Et, en un instant, il eut l'idée de se précipiter sur la lorette et de lui faire payer cher son imprudente curiosité.

Mais cette pensée ne fit qu'effleurer le cerveau de notre gentilhomme, non pas que l'exécution lui répugnât, mais il sentit le danger des résultats.

Il affecta donc de rire en s'écriant :

— Ah! ah! ma bonne amie, nous nous cachons donc pour espionner notre amant!... Eh bien! c'est du joli! il paraît que M. et madame Jeannisson sont dans votre manche... Mais vous avez été terriblement attrapée... vous comptiez me surprendre rentrant au bras d'une femme et vous m'avez entendu parler d'affaire avec mon ami! Allons! folle! je veux bien vous pardonner quoique vous ne le méritiez guère!

Et Raymond s'avança vers sa maîtresse pour l'embrasser.

Mais la lorette se recula vivement.

— Monsieur Raymond, fit-elle, je n'ai qu'un mot à vous dire : Adieu! Je ne vous aime plus, non pas parce que vous avez déjeuné ce matin *avec une petite femme*, et parce que je sais, depuis un instant, que vous n'êtes qu'un mauvais fils de bonnetier qui joue au grand seigneur! — on peut excuser l'infidélité et la vanité de son amant, — je ne vous aime plus à cause de ce que je viens d'entendre de... *vos affaires*... J'ignore à qui, aidé de ce M. *Solicoque*, votre ami, vous allez tendre un piége infâme... mais, je vous l'avoue du fond de l'âme, vous, et celui qui vous paye, et celui que vous employez, vous me paraissez trois canailles... et je méprise les canailles! et quand j'apprends que j'ai eu l'infirmité d'en aimer une, je me dépêche de m'en repentir!...

Raymond se mordit les lèvres jusqu'au sang, néanmoins, il repartit d'une voix qui voulait être railleuse, et où perçait l'émotion de la colère :

— En vérité, chère amie, je crois que vous prenez au sérieux la plaisanterie dont j'ai entretenu Solicof!... mais figurez-vous donc...

— Assez! interrompit Désirée d'un ton bref, ne mentez pas, laissez-moi partir, et rappelez-vous bien ceci : je vous défends de me parler à l'avenir, et de remettre les pieds chez moi! de plus, tenez-vous aussi pour averti, songez que j'ai les yeux sur vous et que si j'apprends que vous avez exécuté votre projet de vous débarrasser, — grâce à l'adresse de votre grand chenapan de Solicoque, — de l'individu qui vous gêne, vous et votre ami Edgard, — vous voyez que je suis plus instruite que vous ne le pensiez? — je conte partout ce que j'ai appris tout-à-l'heure!.... Adieu!

A cette menace, Raymond tressaillit.

— Mais tu rêves! s'écria-t-il en retenant sa maîtresse par le bras. Je te jure que c'est une farce, une charge!... Tiens, assieds-toi un instant, je t'expliquerai tout..... Voyons, méchante, avoue que c'est de m'avoir entendu parler d'une autre femme que provient cette grande colère?

— Laissez-moi donc! vous pouvez bien coucher avec deux cents femmes, maintenant, si ça vous amuse, ce n'est pas moi qui vous en empêcherai!... Je prendrai, ce soir même, un amant, fût-il vieux et laid : vous concevez que je me fiche de vous et de vos maîtresses!...

— Mais ne t'en vas pas ainsi, du moins! Quittons-nous gentiment!

— Je veux m'en aller tout de suite, et si vous ne me lâchez pas, je crie, et j'appelle au secours!...

Raymond hésita... son sang bouillait... les tempes lui battaient et il serrait convulsivement le bras de la jeune femme.

— Eh! fit-il en se décidant à lui rendre la liberté, après tout, va au diable si tu veux!...

Désirée rajusta tranquillement son chapeau et son paletot, un peu froissés par son séjour dans l'alcôve, puis elle se dirigea vers la porte en disant :

— Merci! au diable! je crois que si vous continuez, mon cher, vous lui vernirez ses bottes avant moi!..

Et elle disparut.

Raymond écouta, d'abord, quelque temps, le bruit des

pas de la lorette, bruit qui s'en allait s'affaiblissant dans l'escalier.

— Qui pouvait se douter qu'elle était là? fit-il ensuite... Brigands de portiers!... Mais, que sait-elle?... Rien. Oh! j'ai eu tort de lui confier l'affaire d'Edgard et de Stéphen... elle se doute... Ah!...

Il se leva et regarda dans la potiche où Désirée avait trouvé la lettre d'Edgard.

— Plus de doute! poursuivit-il en prenant la lettre avec un mouvement de rage, elle aura lu ceci...

Il retomba sur son siége.

— Peuh! reprit-il après quelques minutes de rêverie, ce soir elle ne s'en souviendra plus! D'ailleurs, après-demain tout sera fini!... Elle ne connaît pas Stéphen, c'est le point capital!... Mon projet ne court donc aucun risque, et si elle jase après... que nous importe?

. . . .

— Si c'était ce pauvre M. Stéphen de Bergue, dont m'a parlé Delphine, qu'ils voudraient mettre au lit pour six mois!... se disait Désirée au fond du cabriolet-mylord qui la ramenait chez elle; pourtant, puisqu'il était si malade... mais il peut être rétabli... Il faut que je sache où demeure Delphine, elle le préviendra de se tenir sur ses gardes...

Serments de lorettes, feuilles d'automne, autant en emporte le vent! Bonnes et généreuses parfois, parfois, aussi, elles sont folles, étourdies...

A son retour rue des Martyrs, Désirée aperçut une voiture bourgeoise qui stationnait devant sa maison.

Le marquis de Pongéran, — *un ancien*, — attendait la lorette pour lui offrir à dîner: ce monsieur s'ennuyait ce jour-là, et Désirée lui avait paru une distraction suffisante.

L'invitation de son ex-adorateur séduisit Désirée; son intérêt particulier l'emporta sur l'intérêt des autres; elle allait immédiatement commencer à se venger de Raymond.

— Demain, pensa-t-elle, je m'occuperai de trouver Delphine.

Petits et grands, sots et gens d'esprit, lorettes et femmes honnêtes, que de fois nous disons, comme Désirée: « Demain! »

Et demain n'arrive jamais.

XXVI. — LE MALHEUR QUI VIENT VOUS CHERCHER.

Six semaines s'étaient écoulées depuis l'abandon de Rosemonde, et le désespoir de Stéphen était aussi profond, aussi brûlant qu'au premier jour. Chacun le croyait, en même temps que remis de sa maladie, sinon tout-à-fait délivré, du moins, à peu près guéri d'une passion fatale, et chacun se trompait ou plutôt il trompait tout le monde. Une seule personne se doutait de la vérité c'était Delphine! Pour Schneider, pour Edmond, pour Rybeirolles, pour Paule, Stéphen savait se composer une physionomie sereine et donner à sa voix un accent résigné. Devant Delphine, Stéphen ne mentait plus... Les autres voulaient qu'il l'oubliât... Delphine lui parlait *d'elle*... ils lui disaient: c'est une ingrate... elle ne mérite pas un souvenir... — Elle pleure peut-être sa faute, lui disait Delphine — et Stéphen pleurait avec Delphine... non pas qu'il crût absolument à ce que la pauvre fille avançait dans sa délicate pitié; mais parce que cela rend heureux d'entendre dire du bien des gens qu'on aime... et qu'on devrait haïr.

Chère Delphine!... Edmond, en l'amenant près du malade, n'avait pas cru céder à une si bienfaisante pensée!...

Cependant, de temps à autre, il nous faut le relater ici, une étrange réaction s'opérait en Stéphen: comme tous les hommes, en pareille circonstance, doués d'une réelle intelligence, son amour, aux prises avec sa raison, avait alors le dessous. Ce qu'il ne pouvait entendre de la bouche d'un autre, il se le disait, à ces moments, lui-même. — Rosemonde est indigne de mes regrets.... de mes larmes, pensait-il, il y aurait plus que de la faiblesse, ce serait de la lâcheté de ma part de ne la point oublier!

Et Stéphen, alors animé d'un courage sur lequel Delphine, seule encore, ne s'illusionnait pas, ne s'occupait plus que de choses indifférentes à sa position. Edmond lui parlait-il de M. Rybeirolles qui s'était pris, pour lui Edmond, d'une affection réelle, comme pour le récompenser de ses soins au cher malade, Stéphen écoutait avec joie son ami et lui promettait que bientôt M. Rybeirolles, instruit de la vérité, rejetterait de côté d'injustes préventions pour confondre, dans le même embrassement, et l'enfant qu'il aimait depuis longtemps et l'enfant qu'il commençait à aimer. Stéphen s'informait aussi, avec intérêt, des travaux du jeune homme de lettres; pendant la maladie de notre héros, la pièce d'Edmond, en répétition au Gymnase, avait été représentée et accueillie d'une manière favorable; Stéphen se réjouissait, dès que le médecin l'y autoriserait, d'aller applaudir cette œuvre nouvelle. Enfin, pour chacun de ses bons amis, Stéphen, en ces instants, avait une parole aimable, un remerciment, une promesse. A Schneider, qui, en dépit de l'estime presque affectueuse que lui avait inspirée M. Rybeirolles, se montrait parfois, tête-à-tête avec son fils, inquiet et jaloux, Stéphen répétait en souriant: « Tu sais bien que je t'aime plus que lui! » à Paule, il murmurait: « Quand je serai rétabli, nous songerons à ta noce, petite; » à Ribeirolles qui voulait l'emmener, au printemps, en Italie, il disait joyeusement: « Soyez tranquille, cher père! nous irons où il vous plaira et nous ne mangerons que des truffes, et nous ne boirons que du vin de Champagne tout le long du chemin!... »

Mais ces moments d'un calme trompeur de l'âme duraient peu. A peine seul, Stéphen retombait dans une sombre torpeur. La tête sur la poitrine, les regards fixes, la respiration irrégulière, il demeurait des heures entières immobile, assis près d'une fenêtre, livré à des tourments d'autant plus poignants qu'ils n'avaient plus de larmes ni de soupirs. Une nouvelle visite venait-elle arracher Stéphen à ce dangereux abattement, il se secouait comme un homme qui sort d'un rêve, mais sa gaîté, plus que jamais, alors, était factice. Comédien forcé, il lui fallait paraître en scène riant et l'œil limpide, quitte à reprendre sa tristesse et ses pleurs quand il rentrerait dans la coulisse.

Or, nous l'avons dit, six semaines s'étaient écoulées depuis le départ de Rosemonde.

C'était vers la fin de janvier; quatre heures venaient de sonner.

La journée avait été froide et nébuleuse; la neige tombait..... Seul, dans sa chambre à coucher, Stéphen parcourait négligemment un volume de poésies...

Et, pourtant, ce volume portait la signature d'un des noms les plus chéris, à juste titre, du public. Ce nom était: Alfred de Musset.

Louis entra; il apportait une lettre pour monsieur.

Stéphen prit le billet, marqué du timbre de la poste; l'écriture lui en était inconnue...

Tout-à-coup, il chancela; voici ce qu'il avait lu:

« Votre ancienne maîtresse, Rosemonde, est de retour, d'hier, à Paris; ce soir, elle va à l'Opéra avec son amant Edgard de Beauvilliers. Il ne dépend que de vous de vous convaincre qu'elle vous a tout-à-fait oublié et que vous devez, par conséquent, lui rendre indifférence pour indifférence. Trouvez-vous dans la salle, vous verrez à votre aise la perfide, et sa mine rose et fraîche; son bonheur, sa gaîté, vous diront, mieux que moi, combien peu elle mérite que vous la regrettiez. »

Ce billet était anonyme.

Stéphen le lut et le relut cinq à six fois.

— Elle est à Paris! balbutia-t-il.

Il replia le papier, le mit dans un coffret qui renfermait d'autres lettres, puis il s'assit...

Il resta une heure, sa tête dans les mains..... sans proférer une parole......

Mais sa tête était brûlante... ses mains tremblaient.

A six heures et demie, Edmond et Schneider se présentèrent.

Stéphen les reçut si joyeusement qu'ils en furent tous deux enchantés.

Cependant il se sentait fatigué, disait-il, et, à sept heures, il pria ses amis et Delphine, qui venait d'arriver, à son tour, de le laisser.

Cette prière n'avait rien que de très-simple en apparence.

Ni les deux hommes ni la jeune femme ne soupçonnèrent que Stéphen eût un autre désir que celui de se reposer.

Dès qu'ils se furent éloignés, Stéphen appela Louis.

— Vous allez vous rendre chez M. Rybeirolles, fit-il, en remettant à son domestique un mot qu'il achevait d'écrire à la hâte: je lui demande de l'argent; vous prendrez ce qu'il vous donnera; s'il est absent, vous l'attendrez.

Louis s'inclina, cinq minutes après, il était parti.

Stéphen, alors, avec un calme et un sang-froid surnaturels, se mit à sa toilette.

Un sourire amer plissa ses lèvres comme il apercevait son visage pâle et amaigri que reflétait une glace.

A huit heures, il sortait de chez lui, habillé et ganté de noir.

Son concierge, à sa vue, poussa une exclamation de surprise:

— Quoi! monsieur! vous sortez tout seul, à cette heure! s'écria-t-il.

— Allez me chercher une voiture de place, repartit Stéphen d'un ton qui n'admettait pas de réplique.

La voiture arriva.

— A l'Opéra ! fit Stéphen au cocher.

XXVII. — A L'OPÉRA.

On donnait *Othello*, et il y avait une jolie salle — une jolie salle signifie, en style de théâtre, une salle aux deux tiers pleine.

Stéphen prit une loge entière au bureau ; son respectable coupon lui donnait le droit d'aller partout. On commençait, alors, le premier acte : Stéphen entra d'abord au balcon de droite, puis au balcon de gauche... il n'aperçut nulle part Rosemonde et Edgard.

Il tira sa montre : il était encore de bien bonne heure...

Stéphen jeta un dernier coup d'œil sur les avant-scènes et monta à sa loge...

Là, il s'assit, et les coudes appuyés sur le velours, indifférent à ce qui se passait sur la scène, il continua de promener ses regards de tous les côtés de la salle.

Deux hommes, postés sous le vestibule, s'étaient mis, dès le moment où Stéphen était entré à l'Opéra, à suivre notre héros à travers ses nombreux méandres ; ces deux hommes le virent, par conséquent, entrer dans sa loge, devant laquelle ils s'arrêtèrent en échangeant quelques mots à voix basse.

Tout-à-coup il poussa un gémissement étouffé... Au moment où le premier acte s'achevait, Rosemonde entrait dans une loge du balcon de gauche.

On ne doute pas qu'Edgard ne l'accompagnât.

Rosemonde était plus belle que d'ordinaire ; sa toilette, des plus élégantes et des plus riches, rehaussait encore l'éclat de ses charmes : elle avait des diamants partout, aux oreilles, aux bras, sur la poitrine...

Edgard était très-pâle ; cependant il souriait, à chaque minute, à sa maîtresse...

Stéphen ne respirait plus... le corps penché en avant, la main convulsivement agitée, il contemplait et Rosemonde et Edgard et il attendait, avec une sorte d'avide anxiété, que leurs regards rencontrassent les siens... Je crois, vraiment, que le pauvre insensé s'imaginait les voir tomber foudroyés à son aspect...

Mais l'impression que sa vue devait produire sur le couple perfide ne pouvait être aussi terrible que son état d'exaltation le lui faisait concevoir... Tous les jours une lorette aperçoit, sans frémir, un amant qu'elle a quitté la veille... et, quant aux rivaux favorisés, ils sont de trop bon ton, parmi les gentilshommes, pour prendre en mauvaise part la colère ou le mépris de leurs prédécesseurs.

Les yeux de Rosemonde s'arrêtèrent en effet, bientôt, sur Stéphen...

Elle se contenta de se dire mentalement qu'il avait très-mauvaise mine et une bien sotte manière de la considérer...

Les yeux d'Edgard se portèrent, à leur tour, sur Stéphen...

Et il effecta de sourire aussitôt et de se retourner du côté de Rosemonde.

Le sang monta au cerveau de Stéphen...

— Oh ! je vais les tuer ! murmura-t-il, il faut que je les tue !

Et devenu fou, complétement fou de rage et de désespoir, il bondit vers la porte de sa loge et sauta dans le couloir...

Les infâmes n'étaient qu'à quelques pas de lui..... il courait leur cracher, à tous deux, au visage....

Mais à peine s'élançait-il, que deux hommes lui barrèrent le passage.

— Voilà plusieurs fois que je vous salue, monsieur de Bergue, cria l'un de ces hommes à Stéphen, et vous ne me répondez pas ! Je vous trouve, ma foi, assez impertinent !

Stéphen leva, sur celui qui l'interpellait ainsi, un regard égaré :

— Laissez-moi, dit-il, sans le reconnaître.... Rosemonde et Edgard.... il faut que je leur parle....

— Plaisanteries que tout ceci !... reprit Solicof — on a deviné ce monsieur, — en retenant, par le bras, le jeune homme ; voici mon ami Wasilewski devant lequel vous m'avez fait affront et devant lequel vous réparerez vos torts.... ou sinon....

Et il serra fortement la main de Stéphen.

En toute autre circonstance, avant de le punir, Stéphen eût cherché à comprendre le motif qui poussait cet homme à l'insulter ainsi publiquement ; — car, aux éclats de la voix de Solicof, la foule s'était amassée autour de nos trois personnages, — mais, nous le répétons, Stéphen avait alors complétement perdu la raison, et la vue de Solicof, se plaçant, barrière vivante, devant lui pour l'empêcher d'arriver à Rosemonde, produisit sur lui l'impression que doit ressentir la bête fauve traquée, de tous côtés, par les chasseurs.

Il poussa un rugissement et se rua sur Solicof....

La foule épouvantée s'écarta avec un grand cri...

Solicof, repoussé avec une vigueur à laquelle il s'attendait peu, recula en chancelant.

Sans l'assistance de son compagnon, le réfugié fût infailliblement tombé à la renverse.

Stéphen était déjà à la loge d'Edgard et de Rosemonde.

Et il demeurait terrifié.... Rosemonde et Edgard avaient disparu...

— Que sont devenues les personnes qui étaient dans cette loge ? cria Stéphen à une ouvreuse.

— Ce monsieur et cette dame sont partis, monsieur, fit l'ouvreuse, qui eut peur de Stéphen.

Ce qui se passa alors, le voici :

Un homme — c'était de Ravignac, — s'approcha de Stéphen et le prit par le bras.

— Venez, mon ami, lui dit-il... on m'a appris votre équipée comme j'entrais au balcon... Quelle diable d'idée avez-vous eue de souffleter Solicof !... venez... il nous attend en bas avec un de ses amis...

Stéphen ne répondit pas, mais il se laissa emmener par Ravignac.

La foule avait disparu, le spectacle la réclamait... le second acte se jouait... Stéphen et Ravignac descendirent librement l'escalier.

Stéphen n'avait pas encore entièrement recouvré la raison... cependant un soupçon de la vérité perçait déjà à travers le dédale de ses pensées... déjà il se repentait de ce qu'il venait de faire.

— Pourquoi cette dispute !... se disait-il... pourquoi ces hommes sur mon passage au moment où je cours vers Edgard et Rosemonde ? Était-ce donc pour leur laisser le temps de s'enfuir !

— Je me bats à l'épée, monsieur, murmura-t-on à l'oreille de Stéphen : le rendez-vous est au bois de Vincennes devant le fort, demain matin, à huit heures.

Stéphen leva la tête : c'était Solicof qui parlait ainsi.

Nos quatre personnages, Stéphen et Ravignac, Solicof et son ami, se trouvaient alors sous le grand vestibule du du théâtre.

Stéphen considéra Solicof comme s'il eût voulu lire dans la physionomie du polonais ; puis il secoua la tête :

— C'est impossible ! pensa-t-il.

— Soit ! monsieur, répondit-il négligemment, puisque vous le désirez, nous nous battrons.

Et il tourna le dos à ses adversaires, et, toujours escorté de Ravignac, il sortit du vestibule.

— M'expliquerez-vous, enfin, mon cher ami, dit Ravignac, chemin faisant, ce que signifie ceci ?

— Je vous l'expliquerai d'autant moins que je l'ignore moi-même, repartit Stéphen ; Oh ! c'est air glacé me ranime... et pourtant je souffre horriblement encore...

— Mais que vous avait donc fait Solicof ?

— Ou, plutôt, que lui avais-je fait ! nous saurons cela plus tard... Les événements de cette soirée me semblent ceux d'un rêve... et il serait difficile de raconter catégoriquement un rêve, n'est-ce pas ?

— Mais votre rêve est affligé, néanmoins, d'un fort triste et trop réel dénoûment... Vous avez un duel sur les bras, mon bon...

— Me plaignez-vous si fort que vous refusiez de me servir de témoin ?

— J'allais, au contraire, m'offrir pour cet office.

— Je vous remercie... A demain matin donc, Ravignac... Excusez-moi de vous quitter si vite... je suis brisé... et j'ai besoin d'être seul !

— Ne vous gênez pas ! à demain ! et bonne nuit !

Et Ravignac s'éloigne en se disant :

— Ce farceur de Stéphen ! qu'a-t-il donc ce soir... on le croirait fou...

Et Stéphen fait signe à une voiture de s'approcher ; il y prend place, la portière va se refermer sur lui...

Une femme qui sort du théâtre se précipite dans la citadine près de notre jeune homme.

— Vous êtes M. Stéphen de Bergue, s'écria-t-elle.

— Oui !

— C'est bien !... Quel bonheur que j'aie rencontré M. Ravignac... il vous quitte... je vous cherchais partout dans les couloirs... Mais vous paraissez souffrant... dites au cocher où il faut qu'il nous conduise...

— Mais que voulez-vous enfin, madame?

— Ce que je veux!... vous le saurez tout-à-l'heure... où allons-nous?

— Rue Neuve-Saint-Georges.

— Bon! Partez, cocher! Ce que je veux, monsieur... Je me nomme Désirée Roublard et je veux vous sauver d'un guet-à-pens!

XXVIII. — LE DUEL.

Stéphen et Ravignac venaient de descendre de voiture devant le Donjon de Vincennes, à l'horloge duquel sonnaient huit heures.

Il faisait un froid vif et pénétrant.

— Voilà un mauvais temps pour se battre! s'écria Ravignac en regardant vainement de côté et d'autre s'il apercevait Solicof et son témoin, et surtout pour vous, mon cher Stéphen, qui n'êtes pas encore complètement remis de votre maladie.

Stéphen prit, en souriant, le bras de Ravignac.

— On se bat en tout temps, mon ami, lui dit-il, et notre polonais n'aura pas, je pense, plus chaud que moi... Mais il me semble qu'il ne se montre guère exact.

— Il est peut-être dans cette voiture? Ah! pardon, Stéphen, je savais bien que j'avais quelque chose à vous demander... — si toutefois, il n'y a pas d'indiscrétion de ma part. — Que vous voulait donc hier au soir la petite Désirée?.. Comme je vous quittais, après votre dispute, elle est accourue à moi en me criant qu'il fallait absolument qu'elle vous parlât... Je lui ai répondu que je vous avais quitté au moment où vous montiez en voiture, et je présume qu'elle vous aura rejoint?

— En effet, je ne connaissais pas cette dame; elle se trouvait, par hasard, ainsi que nous, à l'Opéra, et elle venait d'apprendre ma dispute avec Solicof... c'est au sujet de ce monsieur qu'elle désirait m'entretenir...

— Bah! Solicof serait-il son amant, et vous aurait-elle prié d'épargner des jours qui lui sont chers?...

Stéphen se prit à sourire de nouveau, mais d'une façon étrange, cette fois.

— Ce n'est pas tout-à-fait dans cette intention qu'elle m'a parlé, répliqua-t-il, et je vous le prouverai, Dieu aidant!... Mais, vous ne vous étiez pas trompé, voici ces messieurs.

Solicof et son compagnon de la veille descendaient, en effet, à leur tour de voiture en face du Donjon.

Les quatre hommes se saluèrent.

— Si vous m'en croyez, messieurs, dit Ravignac, nous nous rendrons, en ayant l'air de causer comme de bons amis, pour ne pas être remarqués, de ce côté du bois?...

Il étendait la main vers la gauche du Donjon.

— Nos voitures nous suivront de loin, et dès que nous trouverons un endroit convenable...

— Très-bien! très-bien! interrompit Solicof; marchons, messieurs.

On se dirigea de front du côté désigné par Ravignac; les voitures suivirent.

Chemin faisant, Solicof entama la conversation, d'un ton assez dégagé, sur les arbres couverts de givre, dont l'aspect lui rappelait, assurait-il, son pays. Wasilewski et Ravignac laissaient parler le polonais et répondaient, de temps en temps, quelques mots ou lui adressaient quelques questions.

Stéphen seul gardait le silence.

Cependant, il ne semblait pas que ce fût une secrète crainte qui le rendît muet; il marchait, au contraire, d'un pas vif et assuré, et son visage était calme, son œil brillant, presque moqueur. Il écoutait aussi Solicof, peut-être même plus attentivement que ne le faisaient les deux autres.

On atteignit ainsi une allée déserte où l'on décida que le combat aurait lieu.

Wasilewski et Ravignac prirent les armes dans leurs voitures respectives: on tira au sort pour savoir de quelles épées on se servirait: le sort favorisa les épées de rapières qu'avait apportées Solicof.

— En garde, monsieur! cria Solicof à son adversaire, en saisissant, avec une joie qu'il ne chercha pas à dissimuler, l'arme qu'on lui présentait.

— Un instant, je vous prie! repartit tranquillement Stéphen qui repoussa, au contraire, du geste, la flamberge que Ravignac lui tendait. Avant de nous battre, j'ai un mot à vous dire en particulier, monsieur Solicof. Je sais qu'il n'est pas reçu, en cette circonstance, de causer avec son adversaire, mais il n'est pas d'usage non plus qu'un duel n'ait que deux témoins. Nous avons dérogé jusqu'ici, — de notre plein gré, il est vrai, — aux principales coutumes de ce genre de combat, nous continuerons donc sur ce pied, s'il vous plaît?...

Solicof et les témoins regardèrent, avec étonnement, Stéphen.

— Soit! monsieur, que me voulez-vous? repartit Solicof en s'avançant vers Stéphen, après avoir remis son épée à Wasilewski, — lequel s'éloigna de quelques pas accompagné de Ravignac.

— Oh! mon Dieu! la moindre des choses! fit Stéphen à voix basse au faux polonais. Je veux vous dire seulement que l'on m'a assez curieusement édifié à votre sujet, monsieur Solicof; je veux vous dire, enfin, avant de vous faire l'honneur de me battre avec vous, que je sais que l'on vous paye pour me blesser, et que moi, que l'on ne paye pas, je vais vous tuer pour vous apprendre à ne plus vous livrer à ce vilain métier de spadassin à gages; remerciez-moi donc, mon cher monsieur, de vous traiter si noblement. Une volée de coups de bâton est tout ce que mérite un gaillard de votre sorte... mais je suis en belle humeur, et j'ai préféré le fer au bois, certain que je suis de me servir, quoique vous en pensiez, mieux de l'un que de l'autre, et enchanté, surtout, de prouver bientôt à ceux qui vous emploient, qu'ils ont mal placé leur confiance.

Solicof avait pâli dès les premiers mots de Stéphen; quand ce dernier eut achevé, il se contenta de lui répondre en lui serrant fortement le bras:

— Vous avez eu tort de me dire tout ceci, monsieur Stéphen de Bergue!

Stéphen, à ces paroles, tressaillit malgré lui. Il y avait tant d'assurance dans le regard et la voix de Solicof, qu'en dépit de son courage, notre héros fut frappé d'un sinistre pressentiment, et du regret, non pas d'avoir accepté ce combat, mais de s'être rendu son adversaire implacable.

Mais cette pensée ne fit que traverser l'esprit de Stéphen.

— Dieu sera pour moi! se dit-il en couvrant Solicof d'un regard fier et dédaigneux.

— Nos épées! messieurs, cria ce dernier aux témoins.

XXIX. — LA MORT.

Stéphen venait d'être rapporté chez lui, frappé d'un coup d'épée qui lui avait traversé les poumons. Il ne lui restait plus que deux heures à vivre, tout au plus.

Ravignac et un médecin étranger se tenait près du lit du blessé.

Louis, en voyant ramener son maître mourant, s'était empressé d'envoyer des exprès de tous côtés, à Schneider, au docteur Poultier, à Edmond; en attendant leur arrivée, le pauvre garçon avait couru chez un médecin du voisinage.

C'était cet homme qui avait déclaré que Stéphen ne pouvait plus exister que deux heures.

Stéphen reposait sur son lit, la respiration péniblement oppressée, mais les yeux tout grands ouverts et lucides; il n'avait pas prononcé un mot depuis qu'il était tombé sous le fer de Solicof, cependant, on lisait sur sa physionomie qu'il ne perdait rien de ce qui se passait autour de lui; sa tête s'était doucement agitée, en signe de doute, lorsque le médecin avait sondé sa blessure, enfin une expression de joie s'était répandue dans ses traits, à ces paroles que Louis lui avaient adressées en pleurant:

— MM. Schneider et Edmond vont venir, monsieur, je les ai envoyé chercher.

M. Poultier arriva avant Schneider et Edmond.

A l'aspect de son docteur, un triste sourire erra sur les lèvres de Stéphen.

— Cette fois, mon bon ami, murmura-t-il, votre science ne me sauvera pas!

— Malheureux! s'écria le brave médecin, tout en examinant l'endroit où le fer était entré, n'aimiez-vous donc personne pour jouer ainsi de votre existence!

— Ne me grondez pas, docteur, reprit Stéphen, et ne fatiguez pas ma blessure... vous devez reconnaître que tout secours est inutile maintenant... je veux mourir en paix. Vous me parlez de ceux que j'aime, bientôt, je l'espère, ils seront près de moi..... ils me pardonneront..... serai-je donc si malheureux de m'éteindre dans leurs bras?...

M. Poultier se retourna pour essuyer une larme: en dépit de sa longue habitude de voir souffrir et mourir, son cœur n'était pas encore complètement pétrifié ainsi que cela arrive d'ordinaire parmi la plupart des médecins.

— Ravignac, continua Stéphen en s'adressant à son témoin qui était resté près du lit triste et décontenancé, comme un homme assez embarrassé de sa position, vous pouvez vous retirer, mon ami... je sens que je n'ai plus longtemps à être de ce monde... vous ne trouverez donc pas mauvais que je me ménage pour ceux qui me sont chers avant tout... adieu, je vous remercie de m'avoir assisté dans cette affaire... adieu, je vous souhaite du bonheur et du plaisir.

A son tour, Ravignac, tout ému, cacha un instant son visage au blessé..... il hésita même à le quitter dans un tel moment..... mais ces mots que le docteur lui glissa à l'oreille :

— Croyez-moi, monsieur, retirez-vous ; les amis de Stéphen ne vous verraient peut-être pas ici très-favorablement.

Décidèrent notre lion.

— Espérance ! fit-il en serrant légèrement la main de Stéphen.

— Adieu !... répliqua ce dernier.

A peine Ravignac s'était-il éloigné que Schneider et Edmond se précipitaient dans la chambre du blessé.

Il est de ces scènes impossibles à décrire, — pour notre part, nous renonçons à vous dépeindre la douleur de Schneider et d'Edmond agenouillés devant le lit de Stéphen.

Oh ! savoir qu'un être, pour lequel on donnerait ses jours, est là, devant vous, l'œil encore souriant, la bouche proférant encore d'affectueuses paroles, et se dire que, bientôt, nulle puissance humaine ne pourra donner un regard à ces yeux adorés, une parole à cette bouche chérie !.....

— Mon père, fit Stéphen à Schneider, je voudrais dire un mot à Edmond ?... oh ! tranquillisez-vous... ce ne sera pas long... et c'est à vous qu'est réservée, d'ailleurs, ma dernière pensée.

Schneider, ivre de désespoir, fou, furieux, idiot, retrouva sa raison, son calme, son courage pour obéir au vœu de son enfant.

Stéphen, alors, en trois mots, raconta à Edmond, et ce qui s'était passé la veille, — la lettre anonyme, l'aventure de l'Opéra, la rencontre de Désirée,—et son duel du matin.

— Et vous avez accepté un pareil combat ! exclama Edmond, terrifié de ces confidences... mais cet homme et les infâmes qui l'ont employé méritaient...

— Chut ! chut ! interrompit Stéphen, je ne vous ai appris tout cela, Edmond, qu'à condition que vous me jurerez sur votre âme de ne pas chercher à en tirer vengeance ! Vous verrez cette Désirée, celle qui m'a tout conté... une autre personne la verra aussi... il faut qu'elle se taise !

J'ai cru que Dieu me permettrait de punir, à la fois, et le bras et l'instrument... c'est pour cela que je me suis battu avec Solicof... En le frappant, je me vengeais d'Edgard.

Dieu n'a pas secondé mes désirs.

Songeons donc, maintenant, non à ce que j'ai fait, mais à ce qu'il me reste à faire... avant de mourir, je veux...

—Je vous comprends, mon ami, c'est *elle* que je dois vous ramener... je cours...

— Arrêtez ! fit Stéphen dont le visage s'anima d'une expression de dégoût et de mépris indicibles, non ! non ! ce n'est pas *elle* que je veux voir !... Dieu permet, à ceux qu'il rappelle à lui, de recouvrer la raison au moment suprême !..... Quand j'acceptais ce duel, j'aimais déjà moins cette femme... à cette heure, je ne ressens plus pour elle que de l'indifférence !...

Ce que je veux, c'est que vous courriez chez le comte... il ne refusera peut-être pas de vous suivre.....

M. Rybeirolles se présente tous les jours ici à onze heures... espérons qu'il ne manquera pas aujourd'hui... Au reste, envoyez chez lui... pour que je sois plus tranquille.

Envoyez aussi chez ma mère...

Elle est ma mère, enfin...

Allez donc !... je sens que mes forces s'affaiblissent... je vous en ai donné une grande partie, Edmond... et... si vous voulez que... je puisse encore... vous prouver... mon amitié... hâtez-vous... car....

Stéphen n'acheva pas... ses yeux se fermèrent...

Les deux médecins s'empressèrent de lui administrer quelques cordiaux tandis qu'Edmond s'éloignait en gémissant, pour obéir à des ordres sacrés, et que Schneider revenait près du lit, et couvrait de baisers les mains glacées de son enfant.

. . . .

Stéphen rouvrit les yeux; quatre hommes se tenaient devant sa couche, pâles et consternés tous les quatre.

Stéphen fit signe, du regard, à l'un d'eux, — c'était le comte, — de se pencher vers lui.

Le comte obéit ; — les trois autres hommes s'écartèrent un peu.

— Monsieur, murmura Stéphen, je vous ai offensé, pardonnez-moi !... Votre fils m'a fait tuer, je lui pardonne... dites-le-lui, je vous prie... M. Edmond vous apprendra tout et vous donnera les moyens de préserver, une seconde fois, votre nom d'une tache ! Adieu... vous êtes, peut-être, mon père, priez pour moi !...

Rybeirolles prit la place du comte qui s'était relevé, sans prononcer un mot, mais le visage décomposé :

— Mon père, fit Stéphen à Rybeirolles, vous avez toujours été bon et généreux pour moi... je vous bénis de toute mon âme... Vous connaissez, sans le savoir, l'enfant qui a le droit de porter votre nom... c'est ce jeune homme... qui m'aime tant... et qui est là près de vous... Jurez-moi, si, vous voulez que je meure en paix, qu'il prendra dans votre cœur la place que j'y occupais !

Rybeirolles tressaillit en jetant un regard sur Edmond qui pleurait...

— Meurs en paix, Stéphen !... dit, d'une voix solennelle, le vieux marchand... Edmond Rybeirolles ne me quittera pas !

Une expression de joie céleste illumina les traits du mourant... sa vue commençait à s'obscurcir... cependant il aperçut un visage révéré qui se penchait vers lui... c'était Schneider...

— A toi ! à toi ! mon père, balbutia Stéphen, à toi ! que je veux, le dernier, appeler de ce titre si doux, à toi, mon dernier soupir !... ma dernière pensée !... Dis à ma sœur... que je l'aimais... donne lui... Edmond pour époux... Ah !...

Les trois pères et Edmond jetèrent un cri.

Stéphen était allé demander le secret de sa vie à celui qui sait tout.

. . . .

Sur les cinq heures du soir une femme entra, en pleurant, dans la chambre mortuaire...

Cette femme, c'était la mère de Stéphen.

— Vous arrivez trop tard, madame dit, à cette femme Edmond, qui, de même que Schneider, n'avait pas voulu quitter celui qu'il avait tant aimé... *il ne vous verra plus.*

Madame Élisa se couvrit le visage de ses mains.

— Dieu est juste ! pensa-t-elle.

CONCLUSION.

Telle est l'histoire de Stéphen de Bergue.

Un an après la mort de notre héros, Edmond, auquel M. Rybeirolles avait rendu, à la fois, un nom et une fortune, épousait la fille de Schneider.

M. Rybeirolles et Schneider se sont liés d'une étroite amitié : Stéphen vivant, ils eussent peut-être, — Schneider par raisonnement, Rybeirolles par instinct, — été jaloux l'un de l'autre... mais si l'on craint le partage du bonheur, il n'en est pas de même dans la souffrance : les larmes sont sœurs... et il y a de la place pour tous autour d'une tombe.

Madame Elisa tient toujours sa table d'hôte à Batignolles, mais elle ne vend plus à la toilette : elle pleure, quelques fois, en songeant qu'elle n'aura personne pour lui fermer les yeux...

La punition de cette femme commence...

Pauvre Stéphen ! Si sa mère l'eût aimé !... Il est de fatale passions auxquelles trois pères — les eussions-nous véritablement à notre service et nous aimassent-ils véritablement tous les trois, ne nous arracheraient pas... et dont une mère nous sauve rien qu'avec une larme, un mot ou u sourire.

VERSAILLES. — IMPRIMERIE CERF, RUE DU PLESSIS, 59.

www.ingramcontent.com/pod-product-compliance
Ingram Content Group UK Ltd.
Pitfield, Milton Keynes, MK11 3LW, UK
UKHW012301240726
13966UKWH00004B/1548

9 782013 353946